国家出版基金项目
NATIONAL PUBLICATION FOUNDATION

"十三五"国家重点出版物出版规划项目

散文·报告文学

舒群全集

第六卷

北方联合出版传媒(集团)股份有限公司
春风文艺出版社
·沈阳·

图书在版编目（CIP）数据

舒群全集．第六卷，散文卷·报告文学卷/舒群著；周景雷，胡哲主编．— 沈阳：春风文艺出版社，2023.7
 ISBN 978-7-5313-5875-6

Ⅰ．①舒… Ⅱ．①舒… ②周… ③胡… Ⅲ．①中国文学 — 当代文学 — 作品综合集 ②散文集 — 中国 — 当代 ③报告文学 — 作品集 — 中国 — 当代 Ⅳ．①I217.2

中国版本图书馆CIP数据核字（2020）第206991号

目 录

散 文

20世纪30年代（1930—1939）

我们沉痛的纪念"九一八"五周年感言 …… 003
唁　词 …… 004
一点更正 …… 005
记忆中"九一八"的周年日 …… 006
我的意见 …… 011
九月的夜记 …… 012
独幕剧《过关》的写作经过 …… 014
归来之前 …… 016
一个沉痛的申诉 …… 020
故乡的消息 …… 022
小 朋 友 …… 027
编后记 …… 029
不是单纯的技术问题 …… 030
我们应有的一种准备 …… 035
死　讯 …… 036
日本兵与日本马 …… 037
朱德与阎锡山 …… 040

西安与太原的途上 …… 044
战地的一角 …… 048
三十多个俘虏 …… 051
哭　诉 …… 055
日本怎样欺骗着士兵 …… 058
关于《战地》 …… 061
访　学　友 …… 062
《朱德印象记》（存目） …… 064
短　简 …… 065
海上之友 …… 068

20世纪40年代（1940—1949）

从一篇小说想起的 …… 071
为编者写的 …… 078
时代最高的声音 …… 079
工人文艺小组 …… 082
必须改造自己 …… 083
我所见的红军 …… 085
不朽的笔墨 …… 088
归　来　人 …… 093
沈阳漫记 …… 096
素描沈阳夜 …… 099
惊闻李公朴先生遇难 …… 101
民主政府散记 …… 103
"妈妈"底爱 …… 106
发扬学生革命传统 …… 109
今天的日本人 …… 110
读书的观点与方法 …… 114
日本鬼子在东北留下些什么？ …… 120
悼王大化同志 …… 123

知识分子故事之一 ··································· 124
谈"反'翻把'斗争" ································ 128
华君武同志的漫画 ··································· 130
关于《夏红秋》的意见 ······························· 134
评《无敌三勇士》 ····································· 138
舒群谈《暴风骤雨》 ································· 142

20世纪50年代（1950—1959）

东北戏曲改进会成立会致辞 ························· 144
生产喜报 ·· 145
老分队长等 ··· 155
天上地下 ·· 161
前线女护士王颖 ······································· 165
欢迎你们来 ··· 170
《怎样搞好冬学》（存目） ···························· 173
基本建设方面 ·· 174
为祖国的社会主义工业化而建设 ··················· 178
青年作者笔下的英雄形象 ···························· 180
本溪合金厂厂史（二稿） ···························· 182

散 文

20世纪30年代（1930—1939）

我们沉痛的纪念"九一八"五周年感言

谁不怀念他的故乡？

然而我的故乡失了五年了。在那五年中，我不知道我遭受了些什么，我也不记得走尽了多少旅途；仿佛是一阵风从耳边吹过了，仿佛是一个梦，在昨夜里。

每次夜深的时候，街道没了一切的骚声，我也许会记起了一幕一幕的记忆：故乡的战场受难的友人，永无消息的家人，以及冬天里飘下的白雪……这样，常使我重返故乡一次，看看家门前的土山，小溪，这样，常使我胸前感到一阵闷痛，失眠了，直到天明。

"是永别了故乡吗？"

我常常这样问着自己；自己却没有回答过一次。

《文学大众》1936年第1卷第1期

唁　词

　　世界的魔鬼正在加紧分割着我们的土地，分割着我们的骨肉的时候，世界的魔鬼正在激起我们被压迫民族抗敌救亡的时候，惊人的消息传来了——世界的魔鬼灭去了一个劲敌，我们的路上熄灭了一盏灯火——死去了我们的导师高尔基！

　　我们的高尔基的死，给予我们的损失悲痛，绝不是任何言语仪式所能代替说明的，同时也绝不是任何言语仪式所能代替追悼的。我们只有夺取我们被压迫民族危亡的生命，和一切被压迫民族解放的胜利，去遥祭我们死后的高尔基！

《文学界》1936年第1卷第2号

一点更正

文学界编者：

贵刊创刊号载我的一篇《沙漠中的火花》，在三四页第二行有"阿虎太"一语，注为蒙古语野兽的意思，那是错了。"阿虎太"原是蒙古的人名，错的原因是这样：在我的原稿上，"阿虎太"是写的"野兽"，以后给朋友看了，朋友在信上告诉我：最好把"野兽"译成蒙古音。因为我不会蒙古语中野兽的译音，便找了一个蒙古人名——阿虎太来代替了。那时候我改得很匆忙，在同一页上的第十三行也没加删改；所以转给那位朋友的时候，朋友以为"阿虎太"就是野兽的译音，代我写了注语。希望编者予以更正才好，祝好！

舒群谨上
六月三日
《文学界》1936年第1卷第2号

记忆中"九一八"的周年日

一、"九一八"第一周年日在洮南

　　洮南是我极陌生的地方，那里没有我的家属，也没有我的旧友；只是有一次往索伦去，从洮南经过，新识了有为青年，他叫马麟，是中学的学生。后来，他给我介绍了好多他所认识的友人。当我要离开洮南重返我的归处的时候，他们请我吃了饭，照了一张相片，并且在《洮南日报》上给我写了许多送别的诗。我为了他们那样热情待我，我留起他们了；所以在我第二次为了必要的事情再到洮南的时候，预定了多费去几天的时间，同他们玩玩；我默想着他们将在怎样的欢快中。

　　但是我下火车后，见了马麟的时候，他却一个人藏在自己的房间里哭泣着。我叫了他的名字，我说："我来了！"

　　仍没有引起我所默想中的那般欢快；他只是扬起手来向我打了一下招呼，泪水随着他的手势又多流了几滴。

　　"你哭什么?"我问。

　　"要我演剧！"

　　"你不是很喜欢演剧的吗?"

　　"那要看为什么演剧。"

　　"这次为什么呢?""为庆祝'九一八'，为训练我们做奴隶！"

　　我记起了又是"九一八"的周年日了。街头上巡游着"友军"的骑兵，炮兵，他们的刺刀闪动着光条，向我们逞着威严，向我们准备着屠杀。

　　马麟从窗子观望着，他已经决心拒绝剧中任何的角色。他的母亲担心着，劝慰着他："去吧！"

我听着气愤了："你愿意你的儿子做亡国奴吗？"

"谁愿意？"

"那么你叫马麟——去吧！"

"这是传下来的命令！"

命令？是的，主人对于奴隶只有命令；然而奴隶对主人，只有顺从吗？顺从到哪一年哪一天才是解放的日子呢？永远没有解放的那一年那一天；所以我永远拥护着马麟的话："反抗，反抗！"

二、"九一八"第二周年日在哈尔滨

我永远忘不了的哈尔滨，是我第二的故乡啊！我爱它，我要永远不离开它。

然而被"友军"占有了。我们最可爱的青年，无辜地遭到残杀；那种无情的残杀，好像要杀尽了我们所有的青年，好像要灭绝了中华民族！并且，在我们最悲痛的日子，强迫着我们举行着庆祝，强迫着我们做着笑脸。

各处悬起了灯彩，风里飘着新样的旗子，塞满着不停的骚扰声音，仿佛是我们往年的国庆节。

我从借宿的家里走出去的时候，街头上布满了"友军"的岗兵。在我还没有走出去十步以外，已经走来了两位岗兵阻断了我的去路。他们无声息地要我忍受着他们无理的检查：解开了我所有的衣扣，倒翻了我所有的衣袋；他们终于停住了手掌。

"完了吗？"

我这句话仿佛引起他们的疑心，又重新检查了一次；然后，握紧我的手腕问："你的，哪国人的？"

我的脸上，立刻充满了更大的耻辱。我的生命握在他们的手里，能不给他们满意的回答吗？然而我给了他们满意的回答，我自己却受了多大的痛苦呢？我想了想，为了使自己减少些痛苦，我只是默然着。他们又抓住了我的胸脯，推动着我的身子问："你的高丽人的？"

我不作声。

"你的，是不是满洲国人的？"

我所最怕听的话，他们故意要问我。故意要侮辱我，故意要侮辱我们整个民族。

当他们把我放开的时候，像放开一条野狗。

但是走开了不远，又有岗兵同样地检查着我，同样地指问着我。他们看着我那样不顺从的姿态，他们骂着我。

"你的不是好人！"

"怎么？"

"你的不是好人，'八格牙路'！"

那时候，我悔着我手里没有一件武器；如果我的拳头能打死了他们之中的一人，我情愿接受十字架上的命运，我等待着他们处我的死刑；死时我绝无丝毫的悔意。

我看他们摆起人类最无耻的神情，抽出了刺刀向我比量了一下，我想说："这不是你们的光荣！"

可是他们肯听吗？——像狼一样的无情，残暴，一样地贪食着我的血肉！

最后他们笑了，仿佛是开了一次玩笑，把我推开，我几乎没有倒在地上。

我又走开了，怀着一颗复仇的决心！

三、"九一八"第三周年日在青岛

我忍受快有两年的亡国的痛苦，当海轮驶进了祖国内海港，我踏上了祖国的土地的时候，我是该怎样的欢快啊！我想抱住一棵街树，一块石头……甚至婴儿，或是陌生的姑娘，我要倾吐一下我所有的记忆！然而又有谁知道，我是失了故乡的亡命人呢？

我观望着街景，我安慰我自己说："现在我自由了！"

经过着大平路，我看见在海面上停泊着"友军"的军舰，水兵在指挥台上练习着旗语。于是，我向自己又起了疑问："现在我自由了？"

以后，就证明了在我祖国，很少有着自由的地方。听朋友们"友军"在这里，曾有过一次武装士兵登岸……

"我们有过什么表示？"

我问朋友，朋友许久才回答我一句："你等着看吧！"

我等到"九一八"第三周年日的那天，也没有看见什么。只是街头上加多了岗位，"友军"的兵车不断地来去着。有的地方发现了"宣传王道"的标语，巡行警察还是偷偷地揭去，我想这种警察也许是专负这种责任的。

我同朋友走着，我奇怪地问他："你所说等着看的，就是这些吗？"

他也奇怪了："那么你还想看些什么？"

当突然拾起一张抗敌的传单的时候，我对他说："这才是我所要看的！"

他摇着头，立刻把传单撕成了碎片，被风吹入海上去了。我问："你为什么这样？"

他没有说话，便默默地离开了我。

在晚间我听说，有一批年轻人犯罪了，被捕了，他们就是散发传单的人，也有的是"嫌疑犯"。

四、"九一八"第四周年日在上海

两年中，我来过上海四次，每次都是很穷的。最穷的，还要说说是最末一次。

我一人住着一个小亭子间，我整天依着窗子，守望着屋内的四壁，守望着我窗外两面暴君的旗子——德国的和意大利的。

有一天，我正在静默着，我的脑里复活了一幕一幕的记忆。房东来了，她是一个已经没有了青春的女人，待我很好，像是她的家人一样，她向我招呼一下，又说了："你忧愁吗？"

"没有！"

"你看你的脸色吧。"

我拿起我要破碎的一块小镜子，自己也觉到眼睛有些异样，不然，怎样起了一条一条的红丝呢？

"我给你买酒吃吧！"

她走了。

我吃了她的酒，我的脑里仍是复活着一幕一幕的记忆。她逼问着我："你想什么？"

"没有!"

我装作的样子,也许使她更加不信任:"你忧愁吗?"

我只有承认了。她又说:"像你这样忧愁的人,我看只有你一个。"

其实我仅仅是三千万人中的一个。

夜深的时候,我独自走出去了。街上的骚声有些静了,可是舞厅的音乐,随着夜风从我的耳边飘过着,我猜想着有许多的场所,许多的人群,正在疯狂地贪取着欢快。

那天,就是"九一八"的第四周年日。

一九三六年八月廿一日

《东方文艺》1936年第2卷第1期

我的意见

我的意见,仅仅是一点关于国防文学创作上的,因为对于这口号的本身,我是毫无疑义的赞同,而且愿意实践。我可以分做这样的几点说:

1. 我们应当注意我们作品的公式化。一个初学写作的人,尤其是应当避免。由于专凭着一个单纯的合理观念去处理题材,这遗恨就常常发生。其实每一种题材都会包含着一种较高的意义,只要我们能比较地从各个角度去观察,发掘它,我们就可能得到适当的处理手段,也就不会流于公式化的毛病。

2. 我们不能承认剪取了一段最现实的题材就会产生一篇完好的作品,不管是写义勇军也好,不管是写反帝,反汉奸也好,不管是写了多少激烈的口号也好,因为作者若果缺少写作的经验,结果使一段最现实的题材很容易写成一段新闻。所以我们注意采选了题材,也不要忘记写作的技巧。

3. 一个作者在决定一篇题材之前,应当想想是不是自己所熟悉的,如果一篇题材勉强了作者,很难产生一篇完好的作品,就是不失败,也绝不会深刻的。这也许是一般人早已了解的,熟知的,不过我写作的经验太少,也只知道这一点。

《文学界》1936年第1卷第3号

九月的夜记

我永远忘不了九月，九月的一天！从那天开始，我的故乡，满洲，一天一天地失尽了它的土地。我像一条野狗，被逐出了故乡！我怀着一颗跳动的心，向我的祖国归来；在有山有海的地方，我不曾想到会遇见几支手枪，逼着我，走进着黑暗的狱穴来。四处的墙壁只留着一个窗孔和一个门洞，窗孔披着铁网与铁柱，门洞垂着一把我不曾看过的那样巨大的铁锁。啊，那铁网，铁柱，铁锁，消灭了我的一切自由，隔绝了我与人间的联系。我摸摸地板是那样湿淋淋的，我吸取阴森的空气，很自然地问着自己："这不是我的祖国吗？"

我听着看守骂声，打声；我便又给自己做了回答："你这失尽了土地的野狗哇，你的祖国早已忘记了你！"

于是我安心了，寂寞地守着这长夜。夜是那样慢地进行着；好像我一生也守不尽它似的！

看守用铁钥匙开了整天关闭的铁门，是放茅的时间了。我看见一群不是人形的人群，有的戴着手铐，有的拖着脚镣，响着铁与绞着肉的声音，我又问我自己："他们也都是失尽了土地的野狗吗？"

不是的，我从话音上分辨出他们是有土地，故乡，虽然同样的是不属于他们自己。

于是我更安心了："我的祖国不止忘记了我自己。"

然而我睡不着，我有着疯狂者一样的兴奋。我听见看守问女犯人：

"谁唱一段，我有烟头。"

很快地就有《四郎探母》《小上坟》唱过了，又有小调唱起来：

　　一封信何日可能到？

山遥水远路几千,
一别已经年!
卷帘看,
柳絮舞花间,
依楼添愁,
愁那春光去,
春色空庭数落花,
花落水流红,
乱纷纷,蝴蝶过墙东。

虽是旧的歌曲,旧的调子,年青的女人唱起来,也很动人。

我听见了看守几声清脆的笑声;却不知道年青的女人怎样接过了烟尾巴——是耻辱呢?是羞愧呢?是满意呢?或是同看守一样在落寞中寻觅着一刻的欢快吗?或是舒展一下自己久蓄的哀愁吗?

夜深了,我仿佛已经被宣告了罪名——死刑;不是绳绞,也不是枪毙,好像在旷野的草场上展开了一把轧刀,刀刃锋快地闪着,一动不动地待着我,待我把刀床做了绒枕,刀刃便迅速地落过了我的脖颈。

我永远忘不了的九月,九月的一天,又快来了。我愿把这一页九月的夜记,寄给一切被逐出了故乡的野狗,寄给一切怀着一颗跳动的心,向祖国归来的,像我一样遭难的友人!

《中流》半月刊1936年第1卷第1期

独幕剧《过关》的写作经过

（在《光明》杂志"读者·作者·编者座谈会"上的发言）

出席者：A、B、C、D四人

作者：羊枣、杨骚、许杰、（早退）舒群、罗烽、艾芜。

编者：洪深、沈起予

时间及地点：九月八号晚，一个小餐馆中

谈话经过

……

读C：小说我们喜欢《呼兰河畔》《野战演习》《蒙古之夜》等篇。因为我们可以从里面看出许多事情来。

读A：是的，我们特别喜欢罗烽、舒群两位的作品，因为里面都告诉了我们许多事实；像王秀才的使命那样从图书馆中得来的材料，我们感不到多大的兴趣。……

洪深：这大概由于各位的生活环境的关系，不喜欢含有寓意及带诗意的作品，而对《过关》的无兴趣，也就是这个原因罢。

读B：不过我总觉得在戏剧知识还未普遍的现在，《过关》这样的戏对观众是无效果的。

作者参进后的谈话

洪深：好了，现在先请《过关》的两位作者一面答复读者，一面也给《光明》一点意见。

舒群：不会说话，也没有特别意见。我只说点《过关》写作的经过：当我们看了"实验小剧场"的戏回来时，罗烽说有一个题材好写，于是我们便商量，便集体创作起来。先是一个写一个在旁边看，后来便一个写，一个睡，又一个写，一个睡，写好后又大家共同修改。完了。

《光明》1936年第1卷第8号

归来之前

近几日来，朋友被捕的消息每天里总有一次两次。朋友常常预言着终有一天会临到我的头上。那天晚间，我正在报馆里忙着整理稿件发下付印，来了一个人，是我旧日的好友。他那种忠实正大的性格在朋友中间都晓得的。平常的时候他好讲笑话，所以忧郁的人不喜欢他。然而这次却是意外的庄严，不幸的神情潜伏在他的脸上。因为房间里的同事太多，他用眼色把我唤出门外。我问他什么事情，他只是说："你走吧！你走吧！"

这是多么奇突的事情呀。他究竟是什么意思呢？他叫我往哪里走呢？这里是我的故乡，几次的战争，都是在死亡里偷活过来，也没有想过离去故乡逃亡。这里有家庭——父亲，母亲，弟弟，妹妹，另外还有一个影子深深地印在我的心上，那是苓子姑娘。我的职业每月所收入的，勉强维持着我们的生活。有时找几个朋友，男的女的，我们全混在一起。感到亡国的悲痛的时候，我们谁有钱，都可以买几杯酒来，然后，唱歌的唱歌，乱跳的乱跳，讲笑话的讲笑话——我们做着这种虚伪的欢快。

"你走吧！立刻就走！"

朋友仍是说。他的呼吸已经不是平常那样的匀整。神情与动作显得异常仓皇，而且狼狈。这样给我极大的不安，记忆里所有的一切，什么苓子姑娘，什么家庭，什么职务……在这一刻里全丢失了。我为了立刻明白事情的真相，使我不能不再问他了。

"你明白地说，到底是怎么一回事？"我急促地问。

"你不走吗？不走也好，你不要走吧。几天后什么'大典'什么'登极'的日子到了。就有地方永久安放你了。明白不？明白不？"

我为了爱护自己，为了朋友爱护我的好意，我终于决定去做逃亡者吧！去什么地方我都不管，也不怕；至于我的父亲，母亲，弟弟，妹妹，朋友，职务……都不容我再来顾及。苓子姑娘呢？只有任她去了。就是我自己，我都再没有力量顾及周全。那一个问题——路费便累苦了我，职务还没有到月，薪水自然发不下来，朋友多半是穷的，甚至连饭都没有吃的地方，家里呢，每月我的收入仅可以维持家庭的生活，哪里会有积蓄呢？起初我还想几十元钱的路费，虽然是问题，绝不至于怎样重大。平常几十个朋友召拢到一起，在星期日几十元钱在一天之内是可以用尽的。但是这次，却不像以前所想的那样轻易，而是重大，重大。当我感到各方面都没办法的时候，我便到我们社长的家里去了。我故意地扯了个谎，我说为了家里一件紧要的事情，立刻要到黑龙江去一次，十天之内准可以回来，至于我的职务，请同事的谁来代理一下。社长自语着："黑龙江？黑龙江什么地方呢？是你要去的？"

"齐齐哈尔（黑龙江省城）。"

齐齐哈尔是黑龙江最出名的，以前是我熟去的地方。为了答对社长的问，突然便把齐齐哈尔从唇边冲出，然而我说完之后，觉得说错了。我所以要见他，是因为提前领取薪金做路费，至多不过二十元。实际上我要走的路程，是经过很远的旅途和很远的海洋。

"齐齐哈尔正是冷时候"，他好像已经感受到齐齐哈尔的阴冷，全身有些寒抖起来。他又问："你哪天去呢？"

"明天"，我想想又说："也许今天晚间。"

"什么事情这样急促。好，你去吧。要在十天内一定回来的。"

"不过，我还没有路费，最好把这个月的薪水借出。"

现在我把我的希望提出来，还好他没让我失望。不过只借我二十元钱，去齐齐哈尔倒是充裕。但是我去的地方，不是齐齐哈尔啊。因为齐齐哈尔仍是属于暴力占有的土地，仍是不幸的地带。

等到路费凑够了（仅仅是路费，不必再讲什么以外的零用，就是在旅途上的饭费，仍是成问题呢，不过我可以安心，在大连有朋友）应当走了吧？离早车开出的时间，还有卅分钟的余闲，到站上买了车票，恰好来得及。然而，我没有。路费解决了，又有新的问题来了，而且更重大。

第一是家庭的问题，父亲以前因为终年的劳动，损失了健康，年龄已经快近六十岁了。一般的老年人在六十岁的时候，多是停止了生活上的奔波，并且父亲过去是平常的人，自然现在也很少社会关系，朋友是有的，也是同父亲一样平常的人，所以父亲再来维持家庭已经没有那种能力。那么，我走了之后，把家庭生活的责任放在谁的肩上呢？母亲总有着老年人的疾病，弟弟与妹妹又太小，还要有人来照顾。并且，我走时，怎样的走法呢？告诉家庭呢？不告诉家庭呢？如果回家说明白我要走了，怕是父亲立刻昏迷，母亲立刻死去吧？也许更有弟妹们的哭喊，叫着"哥哥，你为什么走？你把我们都丢下吗？"这样的景象包围着我，我是走不走呢？当然是要走的！如果我不回家说明白我就走了，家里的人等了一天，两天，没有见到我，那一定要到我的住处，打听我的消息，同事得说我去齐齐哈尔是为了家中的要紧事情。那么立刻会把我扯的谎揭破了，不知家人陷入在怎么悲惨的情景中了。

终于没有想出妥善的办法，我又不能不走，既然走，我就不愿意在我走前留下悲惨的印象；留在我走后吧，我不看见，我心总是安然些，虽然也是永远的伤痕在心上。

不过，另个问题我更没法处置，可是非要我处置不可。好像在死去的记忆里，这样教训我说：我的消息，是要告诉苓子知道的。因为我同苓子有很久的关系，当我从战地回来的时候，朋友们为了顾及自己的安全，把我丢弃了，我只是一个人，家里也不晓得我回来的消息。夏天快来了，我身上还是穿着棉衣服，每个衣袋里都是空空的，没有一个铜板，在街头，已被视为乞讨者。那时候只有两个人来照顾我，就是苓子和她的哥哥。而且她生长在富有的家庭中，母亲只有他们这两个孩子，所以在她母亲的眼中，这个孩子不是任何财富所能相比的。他们两人年轻，在她的心上，好像还没有丑恶，美丽，危险，安适，贫困，富豪的区分，所以她还肯照顾我。我不知道他们怎样向母亲说的，就在他们家里给我整理出一个小房间，于是，我就住在那房间里了。几个月的工夫，我想他们为我吃的苦不知有多少。我却绝没有感到什么不舒适。尤其是苓子，她逼着我去做衣服，把自己节省下来的钱，给我做零用。这样，我们有了很好的感情，可是现在我是要离开了。我们感情就这样结束了。在结束之前，我要见她一面，问题就这样地解决吧！

我到她家去的时候，她正在吃晚饭。她不吃了，立刻跟我跑到客厅来。还没等我说话，她就说话了——

"现在，你还说什么，事情就是这样办。恰好你今晚来了。"

这又是怎样奇突的事情啊！我一见她，便不安定。她却又给我意外惊慌。我不敢把我要走的神情，给她看出破绽来，所以我装作以前一样把她的手扯过来。问她——

"什么事情？告诉我，快告诉我，我还要回去发稿子呢！"

"哥哥被捕了。"

当她听说我也要走的时候，偷偷地送了我两元钱，要我买一件东西做她给我的赠品。赠品吗？我想不是的，那分明是责罚呀！

所以我愿意把钱再还给她，那么不知道她哭着或是笑着说：你又何必这样呢？最好还是让她把那句话，说在我走之后吧，我的心好受些，也许更难受些。

我从报馆里偷偷地提出一个小手包，那里什么都没有，只是牙刷，肥皂……很轻快地走向车站去。事情又是这样地凑巧，就在街头上遇见了弟弟。

"妈妈等你呢，你怎么今天还不回去？"弟弟说。

以前有过三两天不回家，没有人来找我。这次只隔一天，弟弟怎么就来了呢？我问他有什么事情来找我，他说："你不知道吗？今天是正月十五（旧历元宵节）。"

如果不是弟弟说起来，我真忘记了这节日。我对他故意装着镇静的样子说："你告诉母亲我很快就回来。"

于是我一个人走开，在我的心上，早已失去了快乐与痛苦的感觉，只看见白色的雪花，在我眼前飞着，飞着。寒风在我身上搜索着温暖。我自语着："别了！……别了！……"

"别了！"我不知是对谁说的，现在想起来还好像昨天的梦一样。

《中流》半月刊1936年第1卷第2期

一个沉痛的申诉

《光明》编者：

我要先声明，我寄这封信的动机：在绝大事变的五年中，我遭受了种种的不幸，为了这，我常常不安；最近接到有不相识者寄来一封《给东北抗日义勇军退伍战士的信》，附有《东北义勇军退伍战士救国会初步纲领稿》，另有给我的一信——意思是在痛诉着东北义勇军光荣的抗战与同胞的流亡的苦难，是要集中所有的义勇军退伍的军人组成救国会准备民族解放的斗争，是倾吐着最大忠诚换取同胞的同情和我的意见，为了这我更不安了；我只知道自己的体力做一个抗战的士兵尚可，可是，自己的智力确实有限，所以直到现在除了感到万分歉意外，我仍是没有一句适当的话回答不相识者；经过几次的酌量，我才寄了这封信，我相信它是出于我的热情与赤诚，同时，我也相信它不免于缺陷与错误，不过，我希望予以有力的指正与援助才好。

一、中国危亡在如何的情境中，似可不必重说，我相信别人比我会更明白些。近几天来，我看到几个团体发出几条勉励绥省将士的电文，还有上海救国会的捐款，旅平绥省同乡会绝食一日的集资劳绥省将士的消息。我想我们应当使这个运动继续着开展起来，普遍起来。我希望《光明》《生活星期刊》以及其他刊物能负起这个责任。

二、现在不止一部分东北义勇军退伍军人，就是整个中国多数的青年，谁不是燃烧着热血准备为祖国的生存做最后的一次斗争？固然由于多方面的条件限制了他们，使他们容忍在目前这般的沉默中，可是我们能因为限制就看着他们徘徊在志向的边缘上吗？比方说，有一个青年为了激愤而要从军去，我们应当怎样指示他？我希望《光明》《生活星期刊》以及其他刊物能再负起这个责任。

祝好

舒群
十一月十七日

　　这是《光明》读者们所熟悉的青年作家舒群先生的来信，我们诚恳地将这沉痛的申诉公开给《光明》的广大读者，关于捐款援助绥省抗敌将士的事，本刊已和各文化杂志共同发起，一方面在各自编辑费稿费中扣除十分之二，充抗敌经费以及各杂志名义去电激勉外，并热切地希望读者们也能当仁不让，慷慨捐助，我们相信读者绝不会使这样热情的作者失望的。

《光明》1936年第1卷第12号

故乡的消息

一、家人

　　为了想念家人，我常常失眠。任凭自己怎样做着催眠的方法，眼睛依然张大着，望着窗外的树枝，望着枝后的朦胧月色，望着远天停留下的几块白云——我想象那白云下就是我故乡的地方，那里有我的家人：父亲，母亲，妹妹和姐姐。两年前，我们全在一起；两年之后呢，我们便有着这样遥远的距离。谁曾想到在这样遥远的距离上，还有失眠的人患着乡思呢？渐渐地我疲倦了，可是我仍然没有一丝的睡意，却也并不清醒，我的噩梦，就是在那种蒙眬中出现的——父亲病着，他的病是沉重的吧？不然他怎么那样苦痛地呻吟着呢？他会把他已经破了的衣服再撕开，撕成一条一条的布条，让他的胸脯裸露出来，用手挖掘着，好像要把他的心从胸脯里挖掘出来。母亲为了他会唤起我童年的名字："你回来吧，天，保佑你，你回来吧！你不回来吗？——那你一生中再难看见他。你回来，趁着他还有这一口气，还容许你有最后的一次会面！你从前不是很听话的吗？那么你听我的话，快些地回来吧！路远吗？也不会远在天边吧？我相信，你不死你是会回来的——无论有多远的路程。你死了吗？不，不能，你还年轻啊；也许你那好斗的脾气，使你早死了吗？我总不愿那样——早死在你父亲的前面；如果是真的，那你快些给我送个梦来——告诉我你死时的情形，我也好安心呀。如果你还在世界上，你甘心不回来，那你不要怨我，是你给自己留下了终生的遗恨！……"

　　她已经白了的头发，好像经过好久没有梳理，散乱地披在头后，头前；她脸上的皱纹，同蛛网一样的密连——这说明她许久以前已经是老年人了。

姐姐和妹妹呢，她们在街头上做了乞儿，向每个过路人哀求着："怜悯怜悯我们吧！"

那可怕的冬天，满天弥漫着风雪，常常冻死了人，她们在风雪中冲来冲去，好像迷失了所要去的地方。她们常常在谁家的墙角边谈着：

"哥哥是什么时候走的？"

"你不记得那年的元宵节吗？也是下雪的天气，我们给他留的一碗元宵，留了多久呢，到现在也没回来吃呀！"

"他去的是什么地方？"

"谁知道，他不是偷着走的吗？"

"真是狠心的哥哥！"

"你看吧，他将来没有好死。"

她们的话是愤怒的，她们骂着我；白色的雪天是凄惨的，好像给我那失去的故乡行着祭礼。

——类似这样的噩梦，整夜地缠绊着我。于是，无形中，在我内心上增加了几分悔意：在临别之前，我不当不回家探望一次，我不当把给家人的信撕毁了。现在两年了，只写了一封信，由姐姐家转去的，也不知家人收到了没有。最好是没有收到，让家人的热情渐渐地淡下去也许会有忘记我的一天；如果收到了，家人该怎样地痛心呢！信上我什么都没有说，只是请家人代我毁了婚约——这不就是说我没有回去的时日了吗？而且信上没有写下我的通信地址，家人就是有要说给我的话，能对谁说呢？

不过，我的确也不愿意家人有信寄给我，因为我受不了更多的痛苦。

想不到我的一个友人给我送来了家人的消息。那天我正在吃饭，有一封信来了。从字迹上我分辨不出是谁写来的。当我拆开的时候，我才知道是我另外的一个朋友把我的通信地址转给了他。这里的第一段，完全是为安慰我说的，这在我孤零的生活中，至少也要感到几分欢快。于是，我猛力地多吃了几口饭菜，又读了一段——我要把那种欢快延长些时间，让我慢慢来感受。但是我读到最后一段的时候，我的饭不能吃了，虽然我还没有吃饱。

晚间，我没有开灯，让屋里的黑暗裹住了我，吞食了我。窗外正落着暴雨，雨滴投到地上有着回响，一声声地配合着时间的节奏；暴雨打着我的窗子，送来了秋天的凉爽。我手握着友人的来信，我想再重读一次；可是，我却没有读，空空地挨过了两三点钟的时间。因为窗外有人在打架，有汽车驰去留下的吼声……这些骚扰使我不能安下心来。

直到夜深了，四处才渐渐地安静下来，只有邻家的一个姑娘还在唱着歌。她的窗子透出一缕灯光穿入我的窗里，照开了我被上的一朵红色小花和一片绿叶。我仍旧没有开灯，只悄悄地，让友人的来信遮蔽了那红色小花和绿叶。我读出声来，好像在读给别人听。读到最后一段的时候，我沉默了，我在注视着模糊的字迹：

那天松花江快结冰了吧？我正想从船坞过到友人家去。有人来找我，那就是你的父亲，母亲。不用他们自己说什么，我已经看出来了他们脸上的过分的悲哀；可是我又有什么话能使他们由悲哀转到欢快去呢？朋友，你也许太狠心了吧？不然，便是我太懦弱了。我的意思是你不应当一点消息都不让他们知道。我不多说了；说多了，你也许会生我的气。现在他们要我转达给你的话转达给你吧——

"他（这就是指着你说的）既然走了，就算了吧！那是我们的痛苦还没有受够，我们应当再多受些。你们是朋友，他将来也许有一天记起了你，给你来信，那就请你告诉他吧——他的父母在此地没有朋友，他们没法生活了。他们领着他的两个妹妹，三个弟弟，要步行一千多里到伯力去了，到了那里也许能想些办法再生活几天。此后，不用他再惦记我们，只要他安心就好了。……"

二、友人

我有一个友人，他会画，还会写诗；他有职业，每月可以收入五六十元钱，养他的母亲、女人、孩子，每月也许还有些余让他买酒吃，看电影去。

"友军"占领了哈尔滨以后，他没有什么改变，生活仍像从前一样。不过他常说："这奴隶的滋味，我算尝够了。我得走了，不管走到哪里，只要我有个伴，我就肯去的。"

我决定要走开的时候，我去找了他，告诉了他。他却有些踌躇了。他对我说："我还要回家商议商议。"

我不愿意听他这种话；我说："走就走，不走就不走，还有什么商议的呢！"

"我有家，那又有什么办法呢！"

"我没有家吗？"

"你商议没商议？"

"我没有！"

"我可不行，我一定要商议商议。"

"那你就明说——我不走吧。"

可是他又不肯。我直等了他一整天，他也没有消息给我，我因为没有再多的时间等他，便又到他家去找他。

天落着很大的雪，马路，屋脊……完全被埋在雪里了。路上行人吐出的气息，像一圈圈的白烟从嘴边散开着。我冻得哆嗦起来。到了他家，他女人说他不在，孩子却说："在家呢！"

我很奇怪，我看见他的时候，质问了他。他说："你知道吗？她不同意我走，她这是怕你诱走了我，女人的心你还不懂吗？"

我匆促地问他："现在我要知道的是你到底走不走？你说一句痛快话，我好有个决定。"

可是他垂下头，沉思了许久；他说："你再等我一天，我明天答复你。"

过了一些时，他又问我："照你的意思呢？"

"你还是走呗！"

于是他的女人在外面屋子里摔打着东西。为了我的话，她在骂着什么。于是我很不舒服了，我便不想再多说什么。后来我又听见他母亲的哭声，我便站起来要走了。

在门外，他向我诉说他的苦衷——因为家人完全依靠他一个人生活，他走了，家人除了死亡再没有第二条路可走。所以我代他做了一个决定："那么还是不走吧！"

可是他却说："走是一定要走的，不过你先走，我后走吧！"

他的母亲听见，跑出来把他拖进屋去，她还说："谁有怕人的事，谁就走；咱们既没有怕人的事，咱们走什么呢！"

然而我走后，却听见了他被捕的消息。因为我不能给他写信，也无法探听他的详细情形。直到最近，另外一个友人逃来了，才把他的不幸的遭遇告诉了我——

仿佛是一天的夜里，"友军"的宪兵抽查了他的家，并没有抽查出什么，可是他被逮捕了。押在哈尔滨有两个月，没有一天不受着酷刑。人家逼他写出犯罪的口供来，可是他没有犯罪的事实，他怎能写出犯罪的口供呢？所以，他终于被酷刑弄死了。

他的家呢，他的母亲为他忧郁成病了，又加没有钱医治，不久便死了。他的女人在他被捕后又生了一个小孩，之后不知道她领着孩子哪去了。

——留给我这个沉痛的记忆；我担心着我的其他的友人要遭受到与他同样的命运。

《中流》半月刊1936年第1卷第6期

小 朋 友

　　我常常在友人的家里，我常常依在友人的窗边，默然地望着隔壁的小学校。门前停着许多自用的汽车，人力车，直到校内一天最后的铃声响了，我的眼睛便集中在校门，看着一个一个的小朋友从门内走出来，上车了，回家了。渐渐地在我眼里只余下了校门，校前一条空净的道路。可是我仍在呆望着，我记起自己的童年，在东北不也是同他们一样从学校走回家去吗？虽然我没有车子而是步行着的。

　　现在我的童年，遥远地离去了我，为什么我也遥远地离去了我的家？有一天，落了大雨。雨晴的时候，小学校放学了，可是还有一半的车子没有来，许多小朋友停留在门前。

　　我跑出去，混在他们的小群里，我用种种的方法惹得他们骂我，打我，我同他们玩在一起——那时我已经忘记了自己的年岁，不过我没有忘记自己遥远的家。

　　他们追着我，我追着他们，骚扰了那一条空静的街道。时间久了，他们疲倦了，渐渐地他们都问起我了："我的车子怎么还不来？"

　　我要他们不要忙，太阳仍没有没过西边的一处楼顶。他们都拥着我说："要回家啦！"

　　我为他们想出了一种新鲜游戏的方法，仿佛引起他们一些兴趣来，然而只是那么短短的一刻呀！

　　"要回家啦！"

　　"要回家啦！"

　　他们每个人都在喊了。

　　那么我只有说："你们就回家吧！"

"怎么回去?"

"自己走回去呀!"

"街上的车马太多。"

"那就不用回家啦。"

"你送我们回去吧!"

于是我说:"小朋友,你们快些长大起来,我还等着你们送我回家呢!"他们一个一个地呆直了眼睛,奇怪着我的话。

《生活知识》1936年第9期

编 后 记

  这一期已经在匆忙中引出。内容如何，希望爱护本刊的读者予以指示。更希望全国的相识的，不相识的文艺作家与文艺青年供给大量的稿件。因为很多人都已散在各地无法探寻通讯处，寄发征稿信件，只有在这里附记几句。请原谅我们的苦衷。

《战地》半月刊1938年第1卷第1期

不是单纯的技术问题

通俗文运动的再度提起讨论是很必要的。一个月以前语文社同人发起通俗文运动广泛的讨论，而在第一期"听书月报"上，夏征农先生也说"为了出版界的前途，我觉得有重新把通俗化问题提出来讨论之必要"。我很赞同这个意见，所以对于语文社的征求敢提出几点意见。

不过，我过去而且现在依然不能赞同把通俗文运动单纯当作一个技术问题来看，所以关于有许多问题（纯粹限于技术方面的）不打算答复。因此，我很抱歉我不能遵照证文的秩序表示意见，而提出四个中心问题来讨论。

一、要积极地检讨通俗化运动

大约一年多前，通俗化运动的提出，正是救亡文化运动开始猛烈发展的时候。通俗化运动本身便是救亡文化运动的一个主要支柱，为了要唤起大众的民族意识和爱国热情，为了使没有教育或者少受教育的民众很快地获得生存的知识，而推动他们赶来从事争自由求生存的运动——用一句话说，就是为了达到救亡的目标，我们实有必要把各种生存的知识灌输给大众。而实现此项任务的一个手段便是通俗文运动。

我们应该在这样的意义下去了解通俗文运动，才不致把它孤立起来，使它从整个的救亡文化运动分离，而成为一个单纯的技术问题。

现在，当整个的情势起着猛烈的变动时，整个的救亡文化运动须要重新加以检讨指出过去积极和消极的经验，成功和失败的所在，而把它推进到一个更高的水平。因此当作救亡文化运动的一个支流的通俗文运动，也需要做一番新的检讨。

这个检讨是十分必要的。但我们同时要注意目前流行的一种不正确的观点，即在检讨过去的缺点时往往把过去全部成绩否认了。一年多以来，通俗化运动中当然存在着严重的缺点，但是不可否认地它有它的功绩——它在救亡文化中尽了伟大的作用。这一点，我们必须指出，因为有些人在批评通俗化运动时，往往只注意它的缺点、过错和失败，这样发展下去，可能因此根本否认通俗化运动的。

我们应认清目前检讨通俗文运动的中心任务不是在否定它的功绩，不是在消极地批评它，而是在这样的论据——它始终是救亡文化的一个主要支柱之下，积极地提出改造的意见，以期把它提高到一个更高的水平。

二、反对通俗化的一体化

我想要检讨过去的通俗化运动，第一我们得指出一般化的缺点。"通俗化"不能是一个概念，而是一个实践的方法。这正是有些作家所忽视的。

"通俗化"不应是一点万灵药，可用于一切场合，用于一切对象。事实上，若干科学的法则是不能用简单的例子来说明，而且即使勉强举出几个例子仍不能说明真理。对于这些法则、学理、定论等等，读者非有一定的知识，不能懂得。所以我们认为，随便哪一种知识都加上"通俗化"的作料，送给读者，以为他们必能享用，是不正确地把通俗化"一般化"（generalise）了。

同样地，这也是一般化的错误。所谓"通俗"与专门是相对的。对于某一群读者是通俗的读物，对于别的一群读者，并非如此。所以在决定如何"通俗化"之前，首先要决定通俗化的对象。一般地讲通俗化正是一年来通俗文运动的主要缺点。而且直到前几个月，我们才注意到为各种不同程度的读者群写作不同程度的作品。

我总觉得多数通俗读物只是为比较少数——虽然在绝对数量上讲并非少数——较有知识的，成年读者写的。有的读物虽然表面上是为较低的读者写的，实际上还只能为低级知识分子所接受。又有的读物，虽说是为少年与儿童写的，但是也只能为成年人所接受。

许多通俗读物的"知识分子气"与"成年气"便是把通俗化的对象看到太狭小，也就是把文化程度更低的读者一般化地当作知识分子看了。现在补救的办法很简单,就是!

认清各种程度不等的读者群的文化水准,为每一个读者群写作他们所需要的切合他们程度的作品。

三、通俗化主要是内容问题

通俗化并不是一个单纯的形式问题。把它当作单纯的写作技巧,必然会造成没有内容的空洞东西。美国的所谓 popular magazines,低级的电影,中国的唱本和连环图画都不能不说是通俗的。然而他们和我们的通俗读物没有丝毫共同之点;这里主要的分野便是各有不同的内容。

有人说通俗文有流入庸俗的危险。这危险在哪里呢,便是专注意形式,而使内容贫乏。的确,有的通俗作品专注重趣味,专注重有兴趣的例子等等,都会因此忽略内容的。

过去通俗作品专注重形式。的确已造成内容的贫乏。专门深入的研究并非不可用浅显的文句来说明。然而空洞的通俗文字却很少有充实的内容,因为它们已经为转弯抹角的说明,表面上有关而实际无关的例子所挤满了,已经没有一点点地方容纳应有的内容。

事实,材料与充实的内容并不是难懂的,令人摸不清头脑的倒是冗长的说明。如果我们的作品不只是空论,而充满了实际的材料、事实、数字等,那么它们一定是雄辩的,同时也是易懂的。例如亨利的"希特勒征服欧洲计划",欧脱莱的"日本的透视"便比较多数国人关于欧洲与日本的通俗作品更来得通俗,因为他们有充实的材料与数字,而我们的作品中常是空论,即使他们写得很通俗。

内容的充实与切合大众的需要,是通俗文的最重要的条件。然而我们也不因此忽视技巧。不过要在切实的内容下来改造写作技巧才有达到真正的通俗化的可能。

四、实践与写作

做一件事必须认清这一件事的对象。做通俗化运动必须认清通俗化运动的对象。作家的写作室和大众的活动与工作的地方之间的距离是很远的。我们必须努力使二者接近。但是现在要把大众的文化程度提高到进画室的水准是不可能的，那么只有作家走到大众中去。

一提到民间去，我便想起十九世纪七十年代，俄国知识分子的努力。他们在到民间去之前"先在城市里降低他们的生活程度，投到工人和一般劳苦民众的家庭里。经过了一个相当期间的训练，便在一八七四年春天，几千人穿戴着农民用的羊皮衣、木靴、毡帽，离开了安逸的家庭和平静的学校。他们分散开来，加入农民的队伍。男的多半做医生、外科助手、小学教员、教堂仆役、苦力、铜铁匠、木匠，女的则做教师、仆妇和保姆。他们都做着乡间最苦的工作，和平地向乡间的贫农宣传革命的思想，他们分散着革命的书籍，传给农民知识，教他们识字，更暴露专制的罪恶和地主的贪狠。有时和农民把锄推犁，共尝甘苦，在休息的瞬间，把现代的福音来宣传"。我想要使通俗文运动真正有伟大的成绩，必须要做到这一步才行。

我们需要无数的文化工作者深入民间，到农村，到街头，到工厂，到兵营，与人民共甘苦，而在和他们共同努力中所产生出来的作品才是真正的通俗作品。事实上已经有不少的文化工作者如此做了，例如在绥远前线服务的文化人，做平教运动的教青工作者，都市中的平民学校，和工人识字班的教师等，他们都和他们教育的对象密切联系，因此他们能真正了解读者的要求、兴趣、文化程度等等。而且如果他们肯从事写作通俗的作品，他们一定能成功的。

但是这些文化工作者多半没有写作的技能，或者没有时间从事写作。职业的作家应该帮助他们，和他们合作产生真正通俗的作品来。

然而职业的作家往往有不能深入民间的困难，我们不能希望他们立刻抛下来比较安适的文字生活。但是我们敢要求他们多观察下层人民的生活，多和后者接近，来学习他们的口语，考察他们的兴趣要求，而且要把握他们的情绪，别的作家可以自满于他们狭小的环境，然而通俗文作家却万万不能。

现在也正因为有许多通俗作家太不接近民众，因此他们自以为通俗的作品往往和后者隔离太远。例如我手边有一册什志中的几幅连环图画，这应该是给低级程度的读者画的，这几幅画都很明白易懂，但是我看到最后一幅，描写浪人唱歌，画了许多豆芽瓣。试问一般没有知识的民众懂得么？这位作者显然把他读者不知道的东西硬加进去，而自己远不觉得呢？这便是因为他们创作的时候没有顾及大众的文化水准。

　　所以我对于通俗文运动的结论是：要以后的通俗化运动有更伟大的成就，那么作家的写作与生活实践（当然是广义的）必须配合起来。

五月二十七日

作于1937年5月，收入《通俗化问题讨论集第二集》，新知书店1937年版

我们应有的一种准备

我有一种意见,供给各地各界的救国团体。意见是:组织常备的战区服务团,受到短时的训练,必要的时候,派往战区去。这战区服务团,可以分为这样几种:

1. 敢死队,准备在火线下不顾一切牺牲地勇敢地负起最危险的最艰难的工作。

2. 宣传队,准备加强兵士抗敌的情绪,与收集战报,向线外发送,使人们知道真实的战情。

3. 运输队,准备帮助军队转送一切的军用品、慰劳品,发给在战争中的兵士。

4. 救护队,准备补正式的救护队之不足,在战地运送尸身,救护伤兵。

5. 慰劳队,准备在前方随军慰问,在后方伤兵病院中随时招待看护伤兵。

6. 救济队,准备调查伤亡官兵以及为战争服务人员的眷属,必要救济的时候,送往各救济团体。

7. 侦缉队,准备侦缉敌方雇用的间谍,汉奸及一切违背民意的反动者。

这仅仅是我个人想到的,其中也许有多余的,也许有不足的,甚至谬误的,希望他人能有以补正。

我希望这种队员,任人自由参加。最好更释放一切政治犯,使他们也有参加的自由。不过参加的队员,最必要的一条件,就是健壮的身体。

这是我觉得我们应有的一种准备。

《中流》半月刊1937年第2卷第10期

死　讯

　　剑啸死讯，在去年已经传来了。

　　不过，他死的地方，不知是在哈尔滨，或是在齐齐哈尔，更不知他是被苦刑逼死了，或是被判了死刑。总之，他死了，已经死了。他死的原因，是为了"叛国"的罪名。

　　这罪名伤害了无数的友人，伤害了无数的东北人，无数的中国人，他只是其中之一！

　　他是一个青年人，他有着多方面的天才；如果他不死，他可以成为一个诗人，也可以成为一个小说家，剧作家，画家，导演。可是他的生命被暴力夺去了，他的天才被暴力摧毁了。

　　现在，我觉得没有任何的言语可写了。

　　最后，我以最大的敬意哀悼他以及与他同命运的东北人，中国人！

　　本文选自齐齐哈尔市档案馆馆藏档案，一九三七年舒群在上海为纪念巴来就义一周年而撰写的。

《金剑啸纪念文集》1986年6月

日本兵与日本马

一、日本马

"看日本马去!"

八路军的一位同志这样唤着我;我便随他去了。

天色已经临近了黄昏,西天的彩霞渐渐在明朗而现露。在这种模糊的色调中,有模糊的山,有模糊的树林,有模糊的抗日的队伍的行影。

我们穿行着土垄,看见远处的林中,有人在打着篮球,有人叫喊着包围在一处——是如何的神秘的所在呢?为什么不给我们留下一条缝隙让我们在未走近前望进去呢?

在我们走近的时候,那个同志喊了:"那就是从平型关运来的日本马!"

果然是日本马:高大的肢体,红色的皮毛,混血种特有的神情,仍遗留在眼中。我很熟识日本马,因为我在东北的时候早已看惯了它们走与跑的姿态,甚至它们每个细小的动作。我数了数马数,一共是六匹。其中的一匹,在腹部已经中了弹伤。它们的肢体瘦弱了,胸部已经凸出了肋骨的条痕,所以它们不时垂下头去,吞食着地上的荒草。——虽然有六个人握住它们的六条缰绳,在绕走着一个固定的圈子。

一些临近居住的孩子跑来了,在他们听说那是被俘的日本马的时候,他们有的握起拳头,有的从地上拾起断落的树枝,以最大的仇恨的神情要向它们寻找报复,可是被我们阻止了。于是他们奇异地注视着我们,恶意地比画着我们,好像我们不该阻止了他们复仇的心。

那些日本马,仍是安然地抛着蹄子,走着。它们不知道孩子怎样地仇恨着它们，也不知道怎样地载了背叛正义的主人，从祖国的海岛驰入中国的大陆。它们所知道的，也许感觉着自己的身旁失了海景与樱花林，只有漫没天际的炮火与杀声，只有一片旷野，站了些陌生的人群。

我走近那匹负伤的马的身旁，抚摸着它的伤痕，为它摘取些已经腐化的血肉。它仿佛感激我地回转过长颈，吻着我的肩膀。这时候，我很可怜它，自己也很难过。——我为什么不是一个马医呢？

我临去的时候，想向它们谈些什么，可惜它们是无知的。

二、日本兵

"看日本兵去！"

我与几个约定的友人同声地去了。

去的地方，是太原的宪兵司令部。院内一间寂静的房屋，门前站了两个武装的宪兵。我们走进去的时候，从五张床铺上立刻站起了三个人，坐起了两个人。他们就是被俘的日本兵吗？我自己有些不敢相信，这也许因为我只是记忆逞着蛮性的日本军人的缘故吧？这次使我知道了日本兵也是这个样地有礼节，规矩地站着，规矩地坐着——而且负了枪伤。我开始的印象，便感到了他们也像我们的同胞一样的可爱：他们怎么是与我们正在战斗中的敌人呢？

有一个人为我们翻译，我们开始问他为什么打中国。他们中的一个人悲惨地说："我们也不知道，国家的命令，我们不敢不服从。"

然后我们知道他们都是工人与农民，最近才抛了自己的家庭、职业，被迫随着军队出征。于是我们又问到他们的国家如何地对待他们的家庭。他们都说了些话，大概的意思是这样："国家对于现役的军人，已经有规定，每月津贴多少钱，战死的时候给多少抚恤金。可是现在国家太穷，也不能再按规定的实行。我们的家人现在都是靠亲戚，靠朋友生活。"

他们说完了，我立刻记下来。我不知道他们为什么惊恐地望着我的笔。突然我明白了，所以我告诉那位翻译转告他们，我绝不发表他们的姓名，使他们释放回国后去受苦刑。他们听了我的话的时候，都不住地说："谢谢，谢谢！"

虽然这是两个简单的字，而且是我听惯了的短句，但是这次我才感受人类真正的谢意。

我们与他们解说了些中国日本的关系以后,我又问了他们一句:"日本怎样待中国的俘虏呢?"

　　"我们想也像中国待我们一样。"

　　我知道他们这种回答是谎话,我也知道他们不得不这样回答的苦衷。难道他们敢坦白地告诉我他们完全惨杀了中国的俘虏吗?也许他们自己更甚地惨杀过中国的平民,不过我早已看出了他们表现在脸上的内心的谴责。我相信他们现在已经了解中国与中国人,绝不像他们国内的统治者所说的欺骗宣传一样。

一九三七年十月二十五日深夜
《解放》1938年第28期

朱德与阎锡山

——太原通讯

日本这次企图占领华北而策动的卢沟桥事件，现在已道至最紧张的阶段——山西的争取。因此日本不惜一切最精锐的部队与最精锐的武器的牺牲，做最大的冒险的尝试。在某军队得的战利品中搜出日本军队的命令，指定本年十月三十日前占领太原。

不过战局如何的转移，造成如何的新的局面，谁也不敢预言，总之，这次在日本一定要占领山西，才能安定它所预定的局面，在中国呢也只有保卫山西避免造成中国收复失地的更艰难的局势。我想现在中国人很关心山西的抗战，更关心抗战中的两位主角——朱德与阎锡山。因此我要把这两位主角最近的访问，写在一起，介绍给读者。

阎 锡 山

十月二十日，我与立波、史沫特莱三个人，由另外一个人领我们去访问阎锡山先生。行前我们借用的汽车，已经他往，临时，我们分乘了四辆人力车，向绥靖公署去。在太原类似北平常常飘浮着尘土的街旁，有几处遗留着日机轰炸的旧痕，临近绥靖公署的地方也是一样。到绥靖公署的时候，我看见门前站着很多守卫，负着大刀，握着冲锋机关枪，异常森严。当守卫查问我们来意的时候，我听见门内已经有人喊了："来了，来了！"因为绥靖公署早已知道我们这次的到来。然后由交际课的一个人把我们领入客厅。不久有人把客厅的门帘很谨慎地揭开，让阎锡山先生走进来了。阎锡山先生穿着黄呢的军服，黑色的布鞋，他的面孔，像我们看见的他近年来的照片一样。被人把我们一一地介绍后，我们坐下来，他也坐下了。我们没有说什么客气话，便开始了正式的谈话。这时候屋里只有我们四个人，立波跟史沫特莱负责翻译。我们开始问的是关于山西一般的战况。阎锡山先生回答的是这样："讲起山西的战况来可以分为两方面说，一方面是忻口，一方面是娘子关。日本主要的目标是太原。但是在原平他们受了意外的创伤，尤其这次在忻口，他们增援三次，人数达到七八万，也没有进展，因为他们的后路，已经被我们截断，一切运输都不方便。东面的娘子关他们也陷入苦战中。"我们问他观察山西局势将要如何的发展下去的时候，他想了想说："这很难说，现在双方都保持对峙的形势，双方的死伤都很多，我们死伤愈多，我们的士气愈盛，可是日本就不同，他们的兵士每个人几乎都厌战。这就我们所得到的他们的手册日记就可以看出来。他们有一个中队长写过这样的一句话：'看前线双方的死亡，我对人类感到极大的悲观！'还有一个兵他大概攻入了中国某个城市，他不忍看那样地残杀中国人，他写了一句：'亡国之民也真可叹！'"然后他又派人给我们取来很多日军的手册簿，有的写着情诗，有的绘着思乡的梦想。总之几乎全部都是这样的感觉："对于牺牲的惨状，有良心发现，因有厌战的情绪。"（丸冈战场余录的句子）因为担心阎锡山先生公务忙迫，我们又放下了那些有趣味的本子，继续地谈起话来。史沫特莱谈了些国联以一批巨款援助中国医药的事情，她说她可以写信给她的一个朋友——国联驻南京的一个代表，请他快些给山西运来一部分药品，她问阎锡山先生需要些某种药品，她也可以通知她那个朋友。阎锡山先生感激地点着头，唤来了绥靖公署的医务处长与史沫特莱商谈。最后史沫特莱给阎锡山先生照了一张相片，他与我们每人握过手去了。从这次会见我个人对阎锡山先生所得的印象是这样：他很忠实，他的聪明超过了其他的技能以上。关于这一点，我们从各方面也可以知道些。比方他的主张，很多都是进步的，最近他批准了"战地总动员委员会"的组织，开始解放民众运动。我们更希望他将是我们实现真正民众运动中的主角之一。

朱 德

十月二十四日，在前方某地，仍是我们三个与朱德先生会面了。我们走进院内的时候，他正在刮脸，他看见我们以后立刻站起来与我们握手。然后他叫人给我们送来两条长凳,他又去刮脸。他穿的与兵士的衣服一样,他的态度也正像一个忠实的兵士。他刮完脸以后,我们就开始谈话:在中间因为他有公事间断过几次。总计我们谈话的时间,不下两三个小时。他已经是五十三岁的人,可是他并没有一些的倦意,而且一刻比一刻兴奋,只是从一点来看,他也真不愧是中国今日抗战的一位战士。他谈的话很多,为了时间的限制,只能择取些主要的写在这里。我们问到他这次与日本战斗的经验的时候,他说:"这次与日本战斗的经验很多。它有很多优点,也有很多弱点。优点是:(一)配合很好的火力,仍可隐蔽。(二)宁愿战死不做俘虏(这有三个原因:一、因为他们残杀中国人,怕中国人向他们报复;二、武士道的精神;三、他们国内欺骗宣传说中国人野蛮)。弱点是:(一)冲锋不强;(二)放手不善做工事;(三)警戒疏忽;(四)爬山不如中国兵;(五)胆怯。大概是这样。也可以这样说,我们这次知道日本军并不凶,中国不仅第八路军可以打胜仗,任何的部队也是一样。不过要有一个条件,就是抗日的信念。"我们问到他这次与日本战斗所得的成绩的时候,他说:"可以说我们得到很好的成绩,平型关一战,消灭了日本一个旅团一切的战利品,更不用说我们每部游击队的活动,每天都有胜利的消息。昨天晚间在××地方有几个我们工作的人员,他们还击毁了日本的一队运输队。不管哪一次的斗争,我们都要得到一些战利品!"是的,我相信第八路军得到很多的战利品,因为我看见他们有人已经佩起日本的手枪穿起日本的黄呢大衣,骑起日本的高大的战马,而且,我也吃了日本的罐头饼干。我们问到他现在的战局的形势,他所说的与阎锡山先生告诉我们的差不多一样,不过他另有一种战略的主张,他说:"日本的一切主力部队,都合配在正面,他们的火力十分强大,同时中国也像日本一样配置,谁都知道中国的火力怎么能抵抗日本的火力呢?这是我们以往失败的最大的原因。我们应该在正面支持,集中侧面的进攻,断绝他们的交通,就可以致他们的死命。比方这次忻口的战争,所以能够支持这么久的缘故,就是因为我们截断了他们的交通。现在他们的炮弹缺乏,已经把大炮运到后方。他们的给养更缺乏,只靠从中国老百姓家抢一些,所以这几天他们拼命地进攻,找一条出路。我相信最近他们如没有援军到来,不难解决他们。"最近我们听说日本在北平公布对第八路军用毒瓦斯,我们问他这消息是否真实,他说:"我也听说了,不过,我们不怕他们的毒瓦斯,像不怕他们的飞机大炮一样。因为我们知道避其优点,攻其弱点。"我们最后问到他这次斗争的感想的时候,他说:"现在这时候,只有全民一致抗日,我相信今日中国没有不抗日的兵和民众,更没有怕死的兵和民众,不过要注意怎么样训练就是了。即使太原失掉也无关紧要,只要我们能够长期地坚决地抵抗下去,我相信最后的胜利是我们的!"他留我们吃了午饭,与彭德怀先生又谈了些话,然后我们才离去了。

一九三七年十月二十五日

《国民杂志》1937年第1卷第18期

西安与太原的途上

一、川军

  本月十六日的下午,我们这一群十几个人到了潼关。潼关早已被我知道——一个战争的要塞。在我这次看见以后,也不过只是一个小小的城市而已。古老的城内所有的居民,流星一般地零散或是密集在几处。全部的房屋,几乎完全是泥土的墙壁、纸糊的小窗。这与上海比起,仿佛落后了几世纪。
  在我们准备渡过黄河、经过潼关的街道的时候,我看见每个小商店都住满着我们祖国的军队,他们那一律的灰色军服几乎遮没了其他异色的服装,仿佛会使人感到潼关立刻要化为战场一样。不知为什么我被他们使我感到一种苦痛,也许正是因为他们穿的都是破旧的军衣,有的赤着脚、有的穿了草鞋。不过他们的精神很饱满、身体很健壮,而且很有纪律——当我们经过他们身边的时候,他们每个门前的岗兵,都向我们穿着军官服装的同伴,行着军礼。我注视着他们,狂想着他们是关于某一部下的军队呢?因为他们身上没有番号,也没有徽章。如果不是乘着人力车,我一定要有一刻的停留,询问他们一下。
  以后我们渡过黄河、遇见了大公报记者徐盈先生,才知道他们是川军,是田颂尧的部下,经过廿五天的长途,到了潼关。同时,我也特意去认识了一位川军的兵士,谈了几句话:"你是从四川来的吗?""是,是从四川来的。""你太辛苦了!""先生,为国家谁不辛苦呢?……可是,先生,我们过秦岭的时候,真是苦得很,你知道我们是光着脚走过雪地的吗?"这时候,我们很自然地表露了我敬慕他与他所有的同伴的神情,如果我是一个基督教信徒,□□□□□□他所有的同伴在自己的胸前画着十字架。现在我仍然悔恨着自己不该与他默默地别去，我应当猛力地拍拍他的肩膀，放开喉咙高呼一声："再见，中华民族的英雄！"

二、渡黄河的时候

黄河的一边，临近着潼关的城外。黄河，仿佛是一条黄色的带子绕缠着潼关。所有临近的地方完全是一色的沙地我想这也许就是黄河早年经过的旧道吧。

我们到了黄河岸，已经没有了渡船。在这种没办法中，也只有等待。几个小铺的主人和一些停留着的行人，都围起我们，好像在众观着一种新奇的物品。我们呢。有的去买水，有的在凝望着潼关的远景，我因为临去西安前玩篮球伤了脚，只有坐在一个箱上。时间过了很久，我不知道他们都做些什么或是看些什么，我躲在一家小铺的布棚下，由史沫特莱给我的脚换了一次药。幸而恰巧有一只军用的船，允许把我们送往黄河的彼岸；不然，也许要在沙地上露宿一夜吧。在船上我遇见了一位何柱国部下的军官，我们痛谈了些九一八的惨史以后，我问他："东北军现在什么地方呢？"他笑着说："现在这个时候，你想东北军还在什么地方？早就开到前线去了——"然后他告诉我某军在何处，某军在何处。可是，我为了他最后的一句嘱托："这是军事的秘密，不可发表！"使我不能写在这里。我们坐的是一只古朽的帆船，使很多的撑船者几乎流尽了汗粒，也难冲过黄河的一寸急流。我看着那几个的撑船者，握住长长的木杆撑着船，刚刚撑出一步，立刻又被急流打退了一步。最后他们不得不分出几人来，把脚插入水中阻碍船的后退。我真奇怪这不过膝骨的浅水，为什么可以阻碍着船的行进呢？我真猜想不着它的力量的潜伏的所在，好像日本猜想不着中国也有全民抗日的今天呢！船到了彼岸的时候，我真感到是一种意外。

同蒲路距离我们登车最近的一站是风陵渡口。我们雇用了几个脚夫，为我们搬运行李；我们随从他们走过着一片旷大的沙地。沿路，我看见了不知从什么地方退下那样多的伤兵，有的躺着、有的坐着、有的缓慢地踱着步、有的把身陷入沙土中半合拢着眼睛，凝望着过往的行人，好像盼待着一种希望，让自己的生命再有一刻的延长——虽然在黄河之边的沙地上，没有一口水，没有一点食粮，没有一丝绷带一块药棉，缠缠伤痕。我一边走着，一边想着，我们这样地待他，我们的祖国也这样地待他，我认为这真是一件憾事，内心受着无限的谴责，因为他的伤痕，就是我们祖国的伤痕，这样地待他，能不使他感到一种难言的苦痛吗？

三、风陵渡口的黄昏

我们到了风陵渡口的时候，才知道有几个人为了探望一下伤兵，没有同来。我们先来的人，只好在风陵渡口站外的一块沙地上，安排了所有的行李，等待他们，直等待到近了黄昏。月亮明朗地停在无云的天空，让这旷僻地方的贫穷的人们；住民、兵士，得以减少灯火的费用，尽量地工作。同时，也帮助了我们去找没来的同伴，走过着一些难走的小路。我为了脚痛只有留在风陵渡口站旁，看守着行李，看守着这一切无主的月光下的景色：这些的小房，模糊了枝叶的树影，近处的存留的弹箱，军人待用的棉衣，散系着的一些马群。四处寂静着，车站没有汽笛的鸣叫，伤兵又离我太远，在风中也传不来一声轻微的呻吟；在这种寂静中，复活了我已久的记忆。——几乎完全是痛苦的，最痛苦的还是九一八以后被日本逐出了东北故乡的痛苦；这痛苦，现在正在临近着每个中国人！中国这次全民的抗战，也就是为了拒绝这痛苦啊！□□□□□□□□□渐地□□□□他们同是失望地回来了。我们集拢着，商谈着没来的同伴的去向：仍在探望着伤兵吗？迷途了吗？结果还是意外地从风陵渡找到了没来的同伴。然后我们因为同蒲路富夜没有开往太原的列车，立刻又把行李，搬到战地总动员委员会驻风陵渡口特派员的办公处，准备夜宿。幸而商量好了已经停止营业的小饭馆，为我们烧一次晚饭，不然，我们也许要饿着肚子，饿到第二天吧。我走进那小饭馆的时候，有几个兵士正在烧饭。"请你卖给我们点酱油。"有一个兵说着，手里珍贵地握着几枚铜圆。那小饭馆的主人告诉，已经没酱油以后，他便把面条投入白水锅里。于是我把我们买来的鸡蛋赠给他们三个。他们笑了；在那种笑中潜伏着人类最大的谢意。他们为了我们烧饭的方便，把他们烧好的面条送在房外去吃；借着窗下街头的灯火，迅速地吞食着。为了我们的饭还没烧好，我凑到他们的身边说："你们是退却下来的军队吗？""不是，我们是运输队。"然后我问起他们为什么这样狼狈，于是其中有一个兵士向我说："这次我们一连弟兄护送运输的列车，在榆次被日本飞机炸了两辆。我们的弟兄死伤了一半，死的抛下了，伤的也抛下了，只剩我们几个弟兄。""死的抛下了，伤的怎么也抛下了吗？""我们还要随着列车运输呢，实在顾不了他们。他们能爬就爬到近点的医院去，不能爬，那也只有——"后半句话，仿佛他不肯残酷地说出口来。

四、少年先锋队

第二天早晨刚刚七点钟我们便上了同蒲车，这次的列车完全是军用的，有的载着军用品有的乘着办公的军人与伤愈后归队的兵士；车开以后，不知在某站又加入三车少年先锋队，他们赠给我一张告山西同胞书：

亲爱的山西父老兄弟姊妹：

自从天津北平失守后，疯狂的日本强盗，现在又打进我们山西的雁门关来了，鬼子的飞机到处轰炸，烧毁了我们的房屋田园坟墓，对我们的男女同胞任意杀戮奸淫无所不为。眼看到我们整个的山西大好土地、山西的繁华的城市都要被敌人飞机大炮炸毁了，我们老百姓再也不能像以前那样的安居乐业了，难道我们中华的大好儿女，就这样地等着敌人来炸死我们，来杀死我们吗。

我们少年先锋队，都是山西志愿牺牲救国的热血青年，为保卫山西保卫华北去和日本鬼子死拼到底。

这样的传单应该从每个□□□□到我的手里，同时□□□□□把同样的传单送到每个中国人手里，这可以表示了全中国人，都有抗日的□战死的决心！

在途中的一个黄昏的时候，他们举着少年先锋队的旗子，戴了"民族英雄"四个字的袖标，勇敢地走下车去——虽然他们是垣曲的农民，仍然是农民的服装。

他们去了以后，我又过了一夜，才遥远地看见了在未明中的太原的模糊的影子。

"到了太原"我们所有的人都欢呼着，因为我们可以从此探知些北方战局的实情，报告给后方的同胞。

《西北文化日报》1937年11月4、5日

战地的一角

十一月五日早晨,我刚刚起来的时候,便听见了第八路军××师胜利的消息:获得了很多的军用品,医用品,四五百马匹,还有一部分俘虏。任何的战利品,在第八路军都是很平常的事情,几乎每次战斗都有。不过俘虏却很少见,因为日本的教育与武士道的传统,几乎深入了每个兵士的灵魂,使他们只知道在战场效死,绝不降服。同时他们也知道他们自己怎样残酷地杀害着中国的兵士与平民,恐怕被俘虏,中国也同样残酷地待遇他们,所以有很多日本的散兵,在中国兵士包围中自杀。因此第八路军特意教给兵士几句日本话:"放下枪!""不杀你!"等等。听说这次有一个日本兵士就是因为听了那几句话,才放下自己的枪,安然地做了俘虏。我们十几个人,有的为了必要的工作,有的被俘虏所诱惑,去往昨日经过战斗的战场。在路上,我们无形中分为两批,前一批远了,不见了,我们这后一批最先到了××村。我们最先走入一家院内的时候,看见一群非常狼狈的中国人,向我们行了最深的敬礼。然后我们才知道他们就是在昨天战斗中被俘的被日本迫做夫子的东北人。唉可怜的东北人!"九一八"以后,日本以暴力把他们从人类中迫出人类以外,不得不接受了奴隶的命运,在不幸中几年了,直到今日!我同其中的一个老年人谈些话,我的心,是如何地苦痛着呢!他说:"我们都是东北人。日本兵从我们的家中,强迫地拉走我们的骡马,又强迫地拉走我们。我们知道不来就是死,来了也许还有些活路。可是谁知道我们是怎样地受苦呢?自从我们乘火车入关到丰台以后,天天随着日本兵走,谁也不知道要走到什么地方。我们一小队一百三十东北人,十个日本兵,一个日本队长。他们一个人管我们十三人,什么事情,都要听他们说。如果我们有人走慢了些,就用刺刀捅了你。每天只给我们一顿饭吃,睡觉的时候,把我们绑在马腿上。幸亏你们这些恩人把我们救下来了!"

谁听了他这些话，能不被感动呢？然后，我们又走进另一家的院内，立刻看见了一个被俘的日本兵，仍然穿着完整的日本式的军装，坐在墙边的一条长凳上。在他那种寂寞忧郁的神情中，完全消逝了日本军人的蛮横。问起他家中情形的时候，引起了他思乡的情绪，哭了。午饭后，我们领他到××村去留宿。沿路横着无数的小河；河中积留着无数的弹粒和粮米。路上，塞满了开赴前线的队伍，开回后方的战利品，散乱着的马匹，一群接连着一群。路旁，凸起着的土山、石山，同样地欠缺着树木，寂静而且荒芜。在这种情景中，一个思想最简单的人，也容易被引起无限的复杂的想念。我们走过很远以后，开回后方的战利品，马匹，已经赶过我们的前面。开赴前线的队伍，却还没有过完，而且遇见了×××与×××两位有名的将领，谈了几句话。我们回转着头送远了他们和他们所率领的队伍。——仿佛像日军一样，穿着日军的黄呢大衣（战利品之一），我们到了××村的时候，天色，已渐近黄昏了。这地方，不是什么主要的军事机关，感到极大的不便，可是我们为了等待从我们中间分散出去的前一批人，不得不在这里留宿。天黑了，院内有人叫了："又来一个俘虏！"我跑到院门前，在暗淡中我看见几个模糊的人影：站立着的是我们的三个武装兵士，骑在马上的是俘虏。他默默地下了马，由我们引进房内。在微明的油灯下，我注视一下他的面孔：阔大的面颊，浓黑的眉毛。我们与他经过短短一段谈话以后，便证实了他是日本典型的军人之一，比起前一个俘虏完全不同。不管我们问他什么，他都是大胆地站在日本的立场回答我们。而且，他故意问我们一句："太原好不好？"这话中表露了他们日军必定进攻太原的企图。我们也有人故意回答他一句："太原的葡萄很便宜，也很好吃。"他笑了。夜渐深了，我们都分散地睡觉去了。第二天早晨，我起来很早，我看那前一个俘虏，在炉边烤火，那后一个俘虏，还在睡梦中。吃早饭的时候，他们两人在桌边相见，默默地相望一下，没说一句话。不过，他们都表现了一种难言的苦衷与惭色。并且在我们之中，他们感到了极度的孤独。其实，在他们两人之外，还有几个受伤的俘虏，在另一个地方医治，他们不曾知道。我们为了不能再等待与我们分散的那批人，立刻离开此地到××村去。可是在走出不远的路上，便遇见了他们。他们告诉我们他们到战地去了，在战地所看到的一切的情形：日本兵士的尸身，有的在山下，有的在山上，有的在河中，此外还有日本战死的军官，也像他们的兵士一样葬身在中国。我听他们说完以后，感到没能同他们亲往战地去一次真是此生最大的遗憾之一！虽然，那战地离我们只有三四里地，可以清楚地望见那山，那山上的树木，可是，却没有时间允许我们再去一次。直到了××村，我还在怀念那战场。又过了一天，我们所在的地方，便又临近战地了。吃早饭的时候，有三个日本发出的炮弹，落近我们的身边，被弹起的灰尘与草茎，破坏了早晨清朗的天气。近处山腰，山底，山顶的农家小房，都起了火，集结着的浓烟，仿佛是从高空落下的一片片的黑云，在浮荡，在游行。有被炮弹炸伤的兵士回来了，他的脸上流着为中国的自由而流的鲜血！这时候，我感到我们每个中国人都应当像他一样流出我们的鲜血！

一九三七年十一月十一日
《宇宙风》1938年第60期

三十多个俘虏
——"今日的东北人"之一

去年十一月的一个早晨,我刚刚起来的时候,便听见了胜利的消息。据说一一五师在广阳附近打了一个胜仗;除去缴获的战利品以外,还有一部俘虏。

我被这种消息所激励的心情,使我忘去了自己从不曾忘去过的一些记忆。当时只知道随着那些负有工作的人,走向战地去。大概是有五六十里的距离;沿路响着的炮声,使我清楚地听见。有时候,是像响在我身边一样;不过那些高耸的山顶,让我看不见炮火的来处与去处。以后,我才知道那里就是十几个战士迎着敌人的炮火而抗战的战地之一。

在我沿着河岸行近一个村子的时候,我渐渐地发现了河里,路边散下的一些弹粒,粮食,草茎,零碎的布块,断了的皮带与麻绳,我感到了战地特有的一种景色。我看一看面前的农家,完全被一种死沉的气息所包围;只有几家房脊上,寂寞地露着几缕炊烟。我再看一看那广大的田野,完全荒了,荒得像未开的旷场一样。就是高空中飞着的一个小鸟也不停留下来,休息一刻,只是疲倦地飞过了。不知中国有多少美好的都市与农村,都被敌人所迫害而遭临了如是的不幸的命运!

我走进那村子以后,为了探问俘虏的所在,转入一家站有岗兵的大门去,找了一个有武装的人,我问他:"俘虏在哪里?"

"我还不知道,你可以到那里去问问。"

他指给我一个大门,我又走进去了。院内,并不是一个旷大的院场,而且挤满了很多人。他们都穿着破旧的夹衣或是棉衣。他们有的蹲着,有的站立,有的在地上弯着腰卷成一团。他们的年岁不等,有青年人,也有老年人。不过他们的脸色中都潜伏着疑虑,惊恐以及难言的苦衷。当他们看见我的时候,把所有的视线都集中在我一人的身上,我没有理会他们;只是向一个正在徘徊的兵士问:"俘房在哪里?"

于是,那些人以一种极大的谦逊的神情,仿佛要我宽恕他们的罪恶似的说:"大人,留命啊,留命啊!"

从他们的姿态中,声调中,我知道了他们是如何的一群。

"大人——"

有一个老年人在我面前跪下来;我的眼里饱蓄着一种难言的泪水,我把他扶起来:"你坐下,坐下,让我同你谈一谈话。"

他听了我的话,立刻问我:"咱们是老乡吗?"

"是的,咱们是老乡,咱们都是一样的东北人。你坐下。"

于是其余的那些人,都围近我的身边来;好像会见了他们久别的亲人一样,好像在我的手中,握有他们每人的生命。所以我第一句话告诉他们的就是:"你们不要怕!"

他们望一望我,又望一望自己,愚蠢地,低声地问着:"我们怎么不怕呢?我们昨天才让你们从日本军队里打下来,还没过一回堂呢,我们怎么不怕呢?老乡,你说真话,你看我们要紧不要紧?"

"不要紧!有什么要紧的呢?你们现在到了中国的军队里,怕什么?你们还看不出来他们待你们怎样吗?"

"看出来啦!可太好啦!看管我们那几位老总,可太好啦,问我们冷不冷,问我们要吃不要吃,哎呀,可太好啦!"

"这就得啦,还怕什么呢!"

"可是我们心里没有底儿啊!"

我以严肃的神情,担保他们的生命并无危险以后,他们都向我示以最大的谢意,而且有人又要为我跪下,被我阻止了。这时候,其中有一个青年,他还遗留童年时代的真纯,坦白地问我:"你不是骗我们吧?"

我深深地感到了一个人是怎样地爱惜自己的生命。我被他的话所感动,几乎让我流出泪水:可惜我的泪水从前已经流尽了;我对他只有苦笑了,表示我为什么要骗人?为什么要骗同我一样流亡东北以外受难的人呢?

"那你告诉我,你在这里是什么职务?"

在我告诉他我在××军并不负任何的职务只是一个记者的时候,他们所有的人都带有一种疑虑地问我:"记者是什么？什么是记者？"

我给他们说明以后，他们对我失望了；仿佛我的话，并不能保证他们生命的安危。因此我又说了很多的话，才使他们安心了。

然后，我问起他们从离家到现在的经过，有一个中年人，开始说了:"我们都是辽宁人，也都是庄稼人。几个月以前，有一天，日本宪兵来了，把我们的牲口拉走了，还要我们去人。谁也不知道是怎么一回事，我们想牲口拉走就拉走了吧，可是不去人也不行。听说谁不去，就杀谁。还有什么办法呢？只好跟着去了！"

这时候，引起了他们一些思乡的神情，遥望着远天，移动中的几片行云，好像为了望不见故乡的所在，有人在叹息了。

"等到把我们编在日本军队里做马夫，我们就知道不好了。等到把我们开到天津的时候，我们就都明白了。可是跑也跑不了，再说地方一点也不熟，这边也没有亲戚朋友，跑到什么地方去呀？

"跟日本鬼子这几个月，可苦透啦！天天走，天天走，走到什么地方去，走到什么时候去，他们也不告诉你。反正只要你不死，就得跟他们走！睡觉也不能睡觉，他们把你的脚，绑在马蹄子一块，马一动就醒了，怎么睡？吃饭呢？也吃不饱，有时候，一天只给吃一顿饭，有时候这一顿饭都不等吃完，他们就喊了：'走啦，走啦！'如果慢了一点，他们就是几脚几拳，唉，也许用刺刀对准你的头砍几下子！走路的时候，他们走多快，你就得走多快，慢了的时候，他们就对你心口一刺刀啊！有几个人就是他们这样杀死的。"

其余的人，听着他的话，仿佛记起了那些残酷的景象，禁不住愤怒地说："现在见着日本鬼子，见一个杀一个；一个他妈也不留才好！"

"那时候，我们就想杀他们一个是一个；可是总也想不出法子。别看他们一个人管我们十二个人，我们没有枪呀！再说我们谁敢先出头？那要叫他们知道，可了不得，小命立刻就没有啦！昨天我们一听枪声，可真想动手，谁知道日本鬼子比我们还怕，他们也不管我们就跑啦。那时候，我听见我们有人说：'咱们别跟他们跑，跟他们跑就倒霉啦，枪子儿（枪弹）都是找他们的！'后来我们找了一块离他远一点的地方躺下了。一直打到天黑以后，我们听见有人喊：'喂，有人吗？'我们说：'有呀，有呀！'我们又听见：'做什么的，起来，举起手来！'第××军的老总来，把我们送到这地方，一直到今天。"

他讲完不久，我便别了他们。

第二天早晨，我又看见他们，正在火线上救护着伤兵。

此后，在行军中，我也遇过他们两次；那时候，他们每人都是第××军中的一员了，穿的像第××军一样的军装，一样勇敢地前进着。他们看见我的时候，便向我这样地呼唤："老乡，又看见你啦。走啊，走，打日本鬼子去！"

在他们这话中，潜伏着一种急于归乡的情绪，使我深深地感到了。

《西北文化日报·战鼓》1938年1月24日至1月27日

哭 诉

——"今日的东北人"之二

我在睡梦中，被扰醒了。我听见很多人正在传说着："我们捉住一个汉奸！"

同时，我也听见有很多人否认着："什么汉奸，也不过就是一个受难的东北人罢了！"

"汉奸""东北人"这些字句，非常打动我好听好问的心情。我起来了，希望知道得更明白些。

有一个人进来了，他是负有侦缉责任的；我认识他，因为他是一个东北人，我想他可以知道那事情的底细，我要他告诉我一些。他说："昨天打下的很多俘虏里，其中有一个日本辎重队里的翻译，他是东北人，也是一个知识分子。因此他不无汉奸的嫌疑。"

这样，我知道了那事情的模糊的轮廓。在我想更多知道些问他的时候，他说："你等等你就知道了。"

又有一个人带来了。他穿了一身破旧的西装，衬衣上的灰尘，已经遮没了原有的衣色。他的鞋子破裂了，鞋前露出了脚趾。他还留着长发，不过他的发丝乱了，长了，蓄饱了尘土与沙粒。他的脸色，浮肿，惨白，恐怖多过了一切；可是他还年青，最大也不过二十七岁。他呆呆地站在我们的面前，他失去了一个人应有的骄傲与尊严，几乎近于卑贱了。这时候，我被他所感动，不管他是汉奸，或是受难的东北人，我都要说："喂，你是一个男儿，你精神些，勇敢些！断头台上也要有些男儿的本色！"

可是我没有说；为什么随时随地都施展着自己的热情呢？

那个负有侦缉责任的东北人，很客气地请他坐下了，问他："请你谈一谈你的经过吧？"

他未说话前，他的眼里已经充满了泪水。他说话的时候，泪水便被禁不住地流下了。他说："我是辽宁人。我家在凤凰城。家庭状况还好，使我能够在师范毕了业。九一八事变的时候，我正在一个小学教书。当时，日本宪兵任意逮捕，屠杀知识分子，家人恐慌了；我为了听从家长的意思，辞去了教书的职务，回家了。从此，我的不幸，一天比一天加甚，一直到现在！

"从此，我的不幸，一天比一天加甚，一直到现在！这正是从此，我们每个中国人的不幸，一天比一天加甚，一直到现在。

"在家里，住了些时候，感到也是一样的不安。因此我家长是不得不要我到'警察训练所'去做学警，以为这样就可以保存了一个人的生命。到毕业的时候，也不过多学了一些日文；然后被迫定我去做一个警察，哼，去做一个警察！——"

他似乎有一些更要说的话，他终于忍痛止住了。又继续讲着他的经过："做了几个月的警察，我实在做不下去了，然后又想了办法，辞去回家了。谁想到——"

他仿佛记起了过去的一幕悲惨的景象，使他的手颤抖起来，要去捉捕着恶魔；同时，他的泪水，也更大量地流落了，好像他又把自己一生的泪水都在这一次流尽。

谁想到，县里的"参事官"来了，他给我一份职务，一定叫我去做。我百般地不答应他，他气了，他说："这是'满洲国'的命令，不去的，不行！"没办法了，第二天我到县里去见他。他告诉我去做翻译。我说我只学了几天日文怎么能做翻译呢？他又说只要我说几句日本话就可以；无论如何也不肯放我回家了。我不得不答应他了。当他把我送到日本军队去的时候，我更后悔了；可是——

他长叹一声代替了他那"可是"以下的话。然后他又继续地说："我想我在日本军队里，早就该死了，没想到还活到现在，有这重见青天的一日。"

他的话，讲完了；可是他的泪水还没有流完。

第二天，我和另一个东北人去看他。意思是想更清楚地认识他一下。我们走进他住的院内的时候，他正在窗前吸取着阳光的温暖。他看见我们，仿佛还记得曾见过我们一面，所以他先问了我们："做什么去？"

"我们特意去看你。"

"唉，我还值得你们一看么！"

这也就是表示，他现在还不如荒漠中的一粒细沙，那样渺小啊！

他经过我们的一些安慰，精神渐渐地欢快了些。突然他指着远天的一处问："那边是东北的方向吗？"

我们告诉他指错了；东北的方面正是他所指的相反的一面。于是他转过头来，自语地说："啊，东北还是在那边呀！"

这时候，我知道他还在遥想着他的故乡；所以我问他："你想回家呀？"

"想回家，东北人哪一个不想回家呢？可是我现在不能回去，也不想回去。回去的时候，是要用我们的□与我们的血；我愿意自己也是这样地回去！"

以后，我们在行军中，也常常见面。最后，很久不见他了。在我正要打听他的消息的时候，我又踏上了归途。

不过，我还想向他说："喂，你是一个男儿，你精神些，勇敢些！断头台上也要有些男儿的本色！"

《西北文化日报·战鼓》1938年1月30日至1月31日

日本怎样欺骗着士兵

日本军阀为了侵略中国，进占中国，对于他们的士兵，已经用尽了种种欺骗的手段。比方，他们每次要侵略，进占中国的时候，便自造了一种事，作为开始的导线，然而他们却无耻地倒转事实，在国内国外虚伪地宣传，故意在夺取他人的耳目，故意使他们的兵士去为他们效死。——九一八事变和这次七七事变都是证明。此外，他们还要利用佛教的信仰，武士道的传统等等配合着他们的军令，使他们千千万万的兵士都抛弃了家庭，远离了故乡而来中国寻找各自葬身的墓地，然而他们自己仍在宣传这是他们军国民教育的成功。那么，为什么在行军前，他们领袖领导他们的兵士参拜神社？更为什么给他们的兵士都带了护符？难道他们不知道这是在欺骗着他们的兵士吗？难道他们不知道他们兵士写成的许多厌战的日记吗？他们知道，他们知道得很清楚，所以他们更以"千人针"及其他的慰劳品刺激他们的兵士。而且，这次第八路军对于他们怎样欺骗他们的兵士，更有一种新的发现。——从日本战死的兵士身上，搜出一种特殊的信件，现在我把这种信件介绍给读者两封：

早晚很凉了，你们的身体好吗？我们每天从报纸上或从无线电的放送里，知道了你们很活跃。我们天天互相地谈着你们，我每当谈到你们活跃的时候，我就想如果我下次生为男人就好了，然而，这是我想错了，就是女子也可以为国家做许多事情。所以，我此后发誓要拼命地用功，努力完成学生的本分，坚固我们的后方。你们为了正义，把中国完全灭亡，让太阳的旗子翻飞在中国的山顶上吧，我这样地祈求你们。

天气要冷了，请你们保重你们的身体吧，祝福你们奋斗！

给出征将士诸君

京城第二公立高等女学校二年级梅组大井清子

早晚很冷了，我想战场上也许更冷了吧？

从每天报纸的号外上，我们看到日本兵士和横暴已极的中国兵交战而得到胜利：占领××，或是轰炸上海等等大胜利的纪事。在后方的人看到这种纪事，是多么高兴。使我所以这样高兴的，那是完全牺牲了你们强壮的身体，为了国家而战斗的牺牲。我深深地，深深地感谢着你们！

我天天又看到了报纸上所报道的名誉的战死者和你们的信件。失掉了这样伟大的诸君，我真不禁为之悲痛，我们正在祈祷着这些战死者的冥福。我们后方的国民谁也不弱于为东洋和平而斗争的你们，正在一致协力着。

现在，我正在真心真意给你们这些诸位皇军做着背心衬衣，并且还有"千人针"等等。这是一件不足介意的事情。

此外，我每天都去参拜神社，祈祷你们武运长存。

这里有很多的人就是一分钱也要积蓄起来，作为国防献金。甚至外国人，敌国的中国人，尚且感激感谢我国堂堂正义的态度也在献金，这一切我也是有益于你们的战绩的。

我们第二高等女学校，不论什么时候，即使敌机来的时候，也一点不慌张。我们已经做有防空的准备，使功课不致停顿，在后方是这样的情形，请你们放心，用你们强壮的腕力，把始终不觉悟又不法而横暴已极的中国军完全消灭吧，能早一天就早一天，使东洋得到和平，这是我们最盼望。

我们尽我们女学生的本分，我们服从先生的命令，以最大的决心突破非常时期的时局。

我想大陆的中国渐渐地冷了。请你们诸位好好保重身体为国家而奋斗。

给出征将士诸君

京城第二公立高女第四学年菊组橘恭子

我们读完这两封信，就可以知道，她们是"服从先生的命令"而写的，信的内容完全一样，甚至句子也一样。同时，我们更可以知道这些日本教育机关被迫于军阀的。从此我们可以看出日本军阀是如何无耻，他们不能强迫已经成年的女子，而只有使用这些未成年的女孩，欺骗这些未成年的女孩，再让这些未成年的女孩去欺骗他的兵士。他们的本意，是想以女性的关系诱惑他的兵士。他们并不怜惜这些未成年的女孩，使他们在养育着一种妓女式的行为。我认为这不仅是日本文化的损害，而且是日本教育耻辱。

战斗旬刊第十期廿六年十二月十八日

《新文摘》旬刊1938年第1卷第2期

关于《战地》

最近有些人来信问我，关于丁玲的生活怎样，以及为什么她在《战地》没有发表文章。因此我从她给我的信件中选出了两封（删去了一些不必要的句子）：一是可以知道些关于她的生活情形，二是可以说明她在《战地》为什么没有发表文章。

此外还有些人常常探询《战地》的经过，现在我可以简单地说明一下。

当我随军住在山西高公村的时候，丁玲有一天对我提议办一个文艺刊物。我立刻赞成了。这刊物的名称由她提议叫它《战地》，当时，也经过我的同意，这是刊物名称的由来。我们对于内容所有的决定，每人都记在自己的一本手册上，与现在《战地》的内容完全相似，不过那时候，我们计划是周刊，由自己设法筹钱，在西安出版。那天以后，我们随时都在想着使《战地》如何实现。最后，在不得已的一次中，我们想一同去西安一次，筹备《战地》出版。出版以后，由我在西安负责编辑，她仍回战地服务团为《战地》负责集稿。但是，后来因为她的职务使她不能够离开，所以我们又不得不中止我们已经预定的行程。以后，我离开了前方，到了西安遇见了以群先生，我们谈起了这事。不久他回到汉口为《战地》与上海杂志公司商量好了。当时他给我与丁玲每人一封航空信，他告诉了《战地》出版的条件，我接受了，随后又写一封信给丁玲问她的意见，她也接受了。于是我来汉，不久《战地》便诞生了。

《战地》出版后，使我感到了从前不曾想到的一些难言的苦衷。

并且我已经病了，丁玲还忙于她的工作。因此，曾想停刊数期。兹以几位好友的激励，只有在病中挣扎，让《战地》继续生长。

《战地》1938年第1卷第4期

访 学 友

　　自从我别离那些学友以后,已有四年不相见了。这期间,他们仍在海上学习,创造自己的生活,很少有些以外的变动。而我先到处流浪,挣扎,与他们断绝了一切相会的机缘。

　　我记得我在上海的时候,去年夏天有一封信寄给他们;当时我也得到回信。但是不久,又七七事变了。最后我收到他们中间一个人的照片;穿着美丽的海军军服,充饱着军人赴战的神情,并且告诉我,这相片,将是永别的赠品了。

　　此后,我便不知道他们的去向了,而他们也不知道我的所在。但我对于他们的想念,不曾有过中断。

　　今天我到武汉的时候,在街上遇见一个相识的人,这人与他们也有些关系,他告诉我:我所有的学友,都被改编为江防要塞守备队了,而且当日就要从武汉开往防地去。这次在武汉意外的相遇,我该去探望他们一次;然而时间不容许实现这一希望——那时候,已经是夜深十一点钟了。如果一个人发现了自己遗失的珍物而未取来,该有如何的感想呢?

　　他们去后,关于他们的消息,无从探知了,然而我对于他们的关心,也日渐加甚,在沿江每个要塞开始战争的时候,我便预想到了那些英雄之中,必有他们,那些英雄的伟业中,也必有他们的一份,那些战死者的尸身中间,更难免他们零碎的骨肉存在!

　　我该感激那一次街头的徘徊,使我意外地遇见了一个学友,他告诉了一切我所要知道的消息。有几个学友,已经战死了,而且死得很壮烈。听说其中的一个学友,在受伤的时候,还指挥他的部下向前冲杀,直到死。虽然他在学校的时候是爱静的,对于杠子木马的练习都感到厌烦。

　　几天以后,我与遇见了的那一个学友,搭了他们的军用汽车,从武昌到他们的防地去；这地方是保卫武汉长江的最后一道防线，如果再被敌人突破，长江上的敌艇，便可自由地出入武汉了。所以他们宁肯埋骨于长江之畔，不愿再退一步了。我到了他们的总队部时，最先看见一个在总队部服务的学友，他还未和我谈话，便匆忙地打电话通知其他队部的学友去了，并且约定在另一个学友处集合。在我们集齐的时候，恰好又有个学友指挥着帆船大队从前线来经过此地，为了与我会见也不得不延长一些时间，再继续他未完的航程。我望着自己眼前这单单的几个身影，我虽不爱回忆，但这一刻却不自主地陷入回忆中，我记起我们这班入学的时候，总数有四十三人，经过几年的变动，分散夭亡，战死，在今日所能集会的仅仅我们八人而已。因此我们谁也不敢预想，再几年以后，还能集会几个学友，所以我们每人都非常重视这次的会见，互相拍了几张照片——表示将来，我们如果全部的躯壳发现缺陷，但愿我们所有的遗影和灵魂长在一起！我们这次的谈话虽少，但值得注意的问题却太多了。比方其中一个学友告诉我，他在军舰服务时，母亲和妻子已从东北回来，住在青岛上，在去年青岛总撤退时，他去前方作战，他的家人，便追随着他的行踪，直到他移至沿江防地时，才与家人会面，这以后他和家人从未分散，让江上的一双帆船代替了他的家里，他一面指挥着部下作战，一面照顾家人生活，那只帆船随着他所指挥的军事进退，这样生活到现在。在抗战中，人们对于他这种情形不免有些疑虑和责难，然而谁能了解他的苦哀呢？他是东北人，内地没有家族和亲戚，他又出自海军学校，对外界少有的关系，他把家人送往何处呢？而且家人每日都必须他供给生活费用，他在前方作战领饷不便，几月才领一次，又加邮寄困难，即使他可能把家人送到后方安定的地方，在这种不正常的情形下，他怎样供给家人那种正常的需要？我想这种问题，必须早些解决，对于我的学友对于抗战的前途，都不容有一刻的迟缓！

我们谈话正热烈的时候，敌机在附近不住地侦察轰炸。因此，他们告诉我敌人希望查出江上这最后的一条封锁线而炸毁它！他们不怕，即使在轰炸下牺牲也无所踌躇，不过他们说这封锁线，还未完成，而敌人似乎已经知道了——想到汉奸他们不禁长叹了。

黑夜以后，他们用汽车送我回来。在车里，我还可以模糊地看见车旁交替的战士行列，正像我来时一样。这时候，我想到这一次往返，今生难忘。但我看到那些经过的战士行列，不觉有愧于他们的一来或一去。

《抗战文艺》1938年第2卷第8期

《朱德印象记》（存目）

短　简

（一）给海军战死的诸学友

战死的诸学友，我们永别了！我从不曾想到我们的永别，是这样早……我们还都正在年少！

我在欢快的憧憬中，该忘去一切的悲哀；但我怎样约束这不由自主的感情所引起的一刹那的忧伤？这忧伤，也许有辱于你们生前的心愿：请你们宽恕，你们知道，我爱的是坦白。

今日，在遥远的战地的一角，你们的学友在为你们举行祭礼。我虽是你们的学友之一，但我不能亲往你们的祭坛一祭！我远在天之北……祖国的边缘。夜空的阴云，低近我的窗边，凄厉的夜雨，打着我门前无人经过的小径；我借宿的房尾，被炸后，已经残缺，往日健壮的墙壁，禁不住夜风偷行，行过我的身边，吹乱了我的心绪，又吹着我桌上仅有的烛火，摇拢而欲灭。这时候，我记起了你们。趁着宇宙最寂静的一瞬，随伴着神秘而恐怖的夜影，你们来吧，让我们再有最后的一次相见，永别而无怨！

在学校的时候，我稚气，我蛮横，我的拳头曾伤害过我们久久积蓄的友情。今日，你们纵然泯灭了一切的记忆，而我怎样忘去难忘的往事？唉，一刹那的自负竟是永远自责的所在！

在校离别以后，为了志愿，我们各自分路而行。这期间，二年不曾相见。在青岛意外的机缘里，我曾希望剥去我们的躯壳，让我们的灵魂相见而相识。谁知道我在不幸中失去了自由，使我们不再相见一面，直到永别，这遗憾，将随我终生。

八一三的时候，我还在上海；你们不忘我，从远方给我寄来照片。我看见了你们美好的军服，英勇的姿态，我看见了祖国之魂寄托的所在；我从未想那照片，便是永别的赠品！

在汉口，有一位学友约我去你们前方的时候，我才知道往日全部的学友，今日缺少了你们……在长江之岸，已经战死！

我相信你们死后，遗给我们民族以无限的光荣；你们是民族光荣的死者！我愧对你们，我和你们曾同生而同学，但我不曾和你们同死，死在同一的光荣里。你们莫笑我，我并不吝惜自己的身躯；你们相信吧，有一天，我将追随你们同去而同死，死后葬在同一的墓地！

你们的父母，我愿照顾；像我将来重返故乡照顾自己的父母。你们的妻子我劝她们再嫁；我不愿你们的死亡而给她们的青春遗下罪恶，这不知你们是否同意？至于你们的孤儿，祖国不忘你们，必给他们以安适的归宿。你们安心吧！

将来，我必去长江的两岸，探询你们战死的地方，寻找你们的尸身……即使是破碎而零乱的骨肉，我也要一一拾起，让二十一声礼炮（海军礼，最高礼炮为二十一发）长埋在海底，因为你们曾是爱海的英雄，海之子！

（二）给青华

我们自狱中别后，已近五年。这期间，我曾遍地流浪，既苦于生活，更无力愿你；我曾寄信数十，从未接到你的一句复言。在不眠的长夜中，我曾想你被判了死刑，或是全部的信被扣他人之手？结果，一切仍是茫然。念人之苦，莫过如是；我愿忘你，但又不能！

自八一三开始，我想你仍在人间，知你有出狱希望。然而，是时，我正随军行于战场之上；我纵然念你，我怎能奔往狱门以待你？我更怎能遗弃民族与国家以慰私心？我相信，我之所不愿的，也正是你之所不愿的一样；所以我心尚安！

唯念你孤零一身，久囚他乡，与外断绝一切关系，出狱之后，何处寻我……这一无家的流亡者！

关于你，传云纷乱：有的说，出狱时，并未见你，有的说，你已寻王先生去，有的说，你出狱后，即参加游击队，有的说，你投往母亲的怀抱……如是消息，我何以听从？

自见英华后，才知道你一些情形。你不该怨我，我是无辜的！

现在，以战区的影响，她已不知你的去址。据说你已参加游击队；祝你勇敢而平安！据说我长久的盼待将是一度的幻想；愿你把我长忘，能够永远。

当然，我不愿你放弃工作，以就私情；唯望你给我一信而已！当此战时，人事常变，即使你另有苦衷，那你也该告诉我才是。我们往日相处，并非短时，你当知我已深；纵有任何难责，我决不加于你，而应自负！

海上之友

几年以前，我们祖国海上的自由，已经被暴力威胁了的时候，我们有几千勇敢的青年，会为了渴慕海的伟大和尊严所引起的一种生的热望，我们各自走出不当离去的校门，留有近年记忆的故乡的庭院，生活得幸福的门槛，而走入一处教养海上战斗者的小岛；我们似乎都有这样的一个志愿，这样的一个简单的感觉：生前如不是海的伟大和尊严的护卫者，死后也愿是海的殉难者；这好像说，我们将做海上英雄故事的主人。

从此，我们换了白色的被褥，白色的军服，只有白色的帽上，多一金色的小锚。如果说那白色可以代表我们心的颜色，那金色的小锚便是象征着我们炫耀于生命的讯号。

我们开始生活在那初识的境地的时候，对于一切，都感觉新奇，爱恋；绿色的草野，永不平静的环抱四周的水面，通过树木的寂寞小径，尤其是过道上悬挂着的一切有关海军的照片和图书，使我们忘怀关于过去一切小的悲哀与欢快，而被现有的景象激动起来的美好的憧憬所迷惑。我们可以说我们是幸福的；甚至幸福得无知。

每当水面淹没太阳的黄昏，我们三五成群，偷偷地走到酒店饮酒，酒后而高歌；有时，为了夸张自己的醉意，摔碎一个酒杯，一个酒瓶。那酒店的年老的主人，常常笑我们这一群一群的幸福的孩子，为什么从幸福中走到幸福以外？为什么需要一阵狂暴风雨摧残一下幸福的航行？我们自己也不会知道。幸福，幸福有时候是罪恶！在罪恶磨难自己灵魂的时候，常常不求宽恕，而自顾忏悔，我们当然也是一样；在忏悔以后，我们立刻又记起了自己的命运，祖国的命运。

我们并不止这些缺点，比方，我们也有人在陌生地方，为了追踪一个可爱的姑娘而忘返，也有人在剧场，在一些放荡的处所，从早迷恋到晚；但此外，我们却有一种由于海的伟大和尊严所产生的自豪，骄傲，我们可以不向弱者逞强，也不能对强者示弱——因为我们会自认是海之子。如果有人侵犯了我们，就是侵犯了海，侵犯了海，也就是侵犯了我们；我们和海水是永远在一起的——不管是生，还是死。

因此，在九一八事变的时候，我们会要求，纵然我们还没有资格从军舰上分得一个指挥塔，也该允许我们炮手的炮位。然而，事实是常违反理想的！

我们这些海上的友人，既未能拦住从海上来的"海盗"，而且被"海盗"从海上逐往海外。从此，我们别了我们会渴慕于海的伟大和尊严的所在。尤其是我，又别了我们这些海上的友人。

一年以后，我们带着往日的耻辱，他们转学于另一个海军学校，而我在流亡的长途，开始流亡。

不久，在一个陌生的地方，我会见他们了。他们穿着相似往日的服装，帽上仍有往日炫耀于生命的记号，而并不比我少些流亡的悲苦与愤怒。他们往日脸上的青春，被流亡的不幸折磨，被折磨得像我一样，深陷的皱纹，割裂了结实的完整的额头和眼角。他们表示老了，但也怕老，怕生前不及时报复青年时代遗下的仇恨。那时候，再难找到他们往日无聊的感情；并且，他们的思想，非常单纯，单纯得几乎只有一种复仇的态度。

不过，他们仍像往日一样热情；那热情，比往日更深沉而久远。他们用庄严的晚会接待我，像接待一个生死相共的来客。这虽是一时，即使是短短的一刹那，我也必长久留念，直到无期。

我和他们再度别时，他们已经毕业，开始在舰上服务。他会告诉过我，他们的坟墓，将是祖国海上自由的基础。他们还期待我说：我们虽生活异地，但愿我们死后的灵魂同去！

八一三以后，他们为了服从命令，把军舰自动地沉入海底；拖着舰上的炮，被开放到长江一带的战场。我可以想到没有军舰的舰员，在战争中是忍受着如何的难言的苦衷。

为了这，我会有一次到前方去拜访他们。那时候，他们正在退走当中，都像是生自土中的泥人。他们在匆忙中抽出一刻的时间，招待这一久别的海上的友人。

我这些海上的友人，已不是原有的人数；除去还是指挥作战的以外，其余的都战死了。据说他们有的断了腿，或是手，有的破碎了胸前的最珍贵的骨肉，有的伤害了带着勇敢神情的面孔；他们每一小小的伤口流下的血，都在地上流成无数的红的小河。当他们临到生命最后的一瞬，仍用脚代替手，用手代替脚，用天赋的一切智慧，以放出生前最后的一弹为止。

　　是的，战争是恐怖，残酷的——像人们所谈的一样。人们爱和平，和平的幸福的母亲。然而，我们为了生活而战争，我们忘情于一切不幸之中，这是我们的光荣！

　　不过，这些死者会有一种遗憾，因为他们的葬地不是海底，而是长江的两岸。尤其是我，我将遗憾终生；因为我未能和他们生死在一起，因为我们会是海的伟大和尊严的渴慕者。

《中学生》战时半月刊1939年第2期

20世纪40年代（1940—1949）

从一篇小说想起的
—— 一个读者的笔记

最近，我读了一些小说。其中有一篇，给我一些实在抑止不住的也难说的感想。我要把这些感想记下来，给自己，或是给自己的朋友看一看；或者也可以说，我只是为发泄，非为发表而作的。同时，我必须声明，这并不属于什么严正的书评之类的东西，只是作为一个好读者的笔记而已。

我学着"介绍家"的口气说——"让我们想起这篇小说来吧。"它是登在《文学月报》第三卷第二、三期合刊上的，编者（我的朋友）誉为"优美的作风"的。作者不是"新人"，而是早就闻名了的碧野先生（也是我的朋友）。小说的题目叫《乌兰不浪的夜祭》。最初，我根据这题目认为是写蒙古的，而以为乌兰不浪的地方也在蒙古，后来费了一个钟头的工夫，才从地图上知道是在绥远。我开始读的时候，真有点读不下去，于是数了数页数，大约有三万字。因为这些文章，我常常读不下去而就停了的——不知道是自己对作品鉴赏的不够呢，还是作品有什么问题。可是我怕养成一个"读不下去"的毛病（"读不下去"的读者，还称为读者吗？），便把心一横说："这次我一定要读下去，读完它为止。"

我读着，好像啃着不熟的骨头似的，啃了好几个钟头。我读完以后，仿佛卸掉一种重载，仿佛从前在家的时候，卸掉逞强时背起的大豆袋一样，在解脱以后的舒畅中，肩头还有些隐痛的滋味。

我一边尝着这种滋味，一边还在记忆中跳动着各式各样的字句，似乎它们争夺某种名誉和地位一样，个个都互相嫉妒地警告我："注意我，我比谁都重要。"或是："看我呀，我是头子。"我被迫得有点气愤地回答它们："我知道你们都是重要的头子。可是你们的数目太多呀，现在纸张是贵而难得的，容纳不了你们那么多。所以只有看你们谁侥幸吧。"

这就是其中的"侥幸的"。

"威风"和"剽悍","滚木石似的"和"一刀挥落","隐士"和"奸贼","五绺银发"和"龙角檀木杖","仰天大笑"和"大惊失色","娇妻"和"良驹","勇猛如鹰鹫"和"来去如飞燕","天高草长"和"兵强马壮","虬髯骑士"和"女英雄","飞红巾的父亲唐兰就是威名播扬在这乌兰察布盟宽广几万方里土地上的老英雄。当唐兰壮年的时候,在一次全乌兰察布盟的大英雄们会武与阿卜顿,他以三枪之回击战败了和他在乌兰察布盟同负盛名的阿卜顿盟主格鲁奇。格鲁奇从战马上翻跌下来,这一翻跌,令格鲁奇的英名从此破灭!"和"……呵,哈的卢,你这可恨的逆贼而又可爱的人呀!你当真能终生来忠爱我吗?上有苍天,下有大地。你敢说这话不会是假的吧?唉,为了顾念你就不能兼全大义,为了带你逃走我将永远被人唾骂!但是,唾骂吧!我终归是一个多情的少女,我不能亲手来杀死我自己的恋人!哈的卢呀,你使我好为难而又好伤心!……"这些字句,唤起了我童年的记忆。我好像又趁着母亲疏忽的时候,偷出几个铜板,跑到小市场,听着落拓人讲武侠一类的评书。我被打动过,也着过迷,但那是我无知的时代,过去的时代。

……"这大草原永远没有尽头,这茫茫的四周,目光所能到的,好像是画一个大圆规。"学过数学的人都会知道,"大圆规"好像是几何画所用的仪器的一种,用以画弧线和圆周的。这也就是说,大圆规可以画天的轮廓,天的轮廓绝不会好像画了一个大圆规。如果大圆规和大圆周可以做同样的解释,那我的话就说错了。"然而他的双眉长长地往下拉……"和"在八只马蹄后边,奔跑着一只高大的獒犬,它为长途的奔跑而疲劳了,舌头拉得长长的……"这前后两个"拉"字上面的两个名词——"双眉"和"舌头",在这种句法上似乎应该解释为被动的,那么外在的力量呢?究竟是谁"拉"的和怎么"拉"的?"犬牙长长的嘴咧开来"的一句,怎么能表现了狗"咆哮了起来"而又张大着口呢?"飞红巾和她的爱人哈的卢同住在一家牧人让出来的帐幕里……"和"飞红巾已经睡熟了……"而后,接着又是"哈的卢不敢看一下在月光下闪着红光的飞红巾的红头巾",倒有点像"拗口令",比如:"大花碗里,扣着一个大花活河蛤蟆。"而且这"月光"究竟是怎样进来的?是帐幕没有门,或是没有关门进来的?还是帐幕有窟窿漏下来的?如果是的,月光真能那么准确地巧妙地找到红头巾的所在吗？月光真能映出红光吗？"巴龙用满布血丝的疯野的眼睛击退了飞红巾的悲哀的眼光。"我不大懂眼睛怎么"击"，眼光又怎么"退"。"英星""沃重""月夜出静"和"一座极其古老极其巍伟的神宫，神宫残缺的高墙上，爬满了杂草和小树，高墙外是一个古老的参天的柏树株（'株'大概是'林'之误），柏树林外是一片淡茫茫的天空，天空上挂着一钩黯淡的浑月，两缕云纱，和几颗微光的星星。"甚至还有"的"和"地"的滥用。这些字句，似乎还需要重新校正，重新标点。

"唱一个巴音的情歌吧！""飞红巾，你爱芒花吗？那多刺的东西？""……你的心印着我的心。我的心印着你的心呀！……""……请再让我叫你一声心爱的人呀！……"和"她穿着薄薄的软绒质的长睡衣，踌躇地渡（大概是把'踱'字排错了）出营幕来""开始在火光中轻轻的舞蹈起来，痴情的望着年青歌者""他刚从莫斯科高级参谋研究班毕业回来……"我从这里嗅到了一种外国的气味。这气味，好像是字典翻译家翻译出来的作品才会有的。

以上这些各式各样的字句，使我掉在字纸里了。我不知道我们的语言怎么贫乏，混乱而恶劣到这样地步！

这贫乏，混乱而恶劣的语言所叙述的，有两个主要的人物，一个是女的飞红巾，另一个是男的哈的卢。一开始是飞红巾押解哈的卢到乌兰不浪的总部去的，并且她还是他的爱人。跟着她的，看守犯人的有一只"忠义的猛犬"，名叫厥奴。（它的确是"猛"的。"在哈尔红河畔……亲眼见过一个日本间谍和三个日本兵都是被厥奴一口咬断喉咙死去的！"）（大概它很像有名的狗明星琳丁丁。）在路上夜宿的时候，她把自己的责任交给了厥奴，就睡熟了。哈的卢几次地想要逃脱，终于从她的袋里掏出手枪打死了厥奴。（它真不失为"忠义的"，"它经随着它的老主人度过五年征战的岁月，如今，却因为解救它的年青的女主人，而被杀父的仇人哈的卢用枪打死了！"这死，也和琳丁丁的死相似——同是被害的。）不过他还是没有逃脱了。因为"在枪声和獒犬的哀号声中，飞红巾突然从梦中猛醒过来，她霍然地跳起，大吼一声，像一阵骤然的旋风，拔枪对准哈的卢……""他回转枪口急扣扳机，但是枪不响了……突然他发觉到手中的枪没有了子弹！"（幸而被偷去的手枪之外，她还有手枪，幸而他偷来的手枪只有两粒子弹打厥奴用掉了；不然，不是他逃走了，就是她被打死了。那么这篇文章也就难再成为"小说"了。）

第二段是叙说和这两个人物有关的往事的。飞红巾的父亲唐兰是一位"老英雄",曾"以三枪之回击,战杀了和他在乌兰察布盟同负盛名的阿卜顿盟主格鲁奇"。因此格鲁奇趁着唐兰远征的时候,"带领着他的恶士们骑着马像一阵风般的疾驰到唐兰居住的蒙古包来。格鲁奇手执着亮刀,从马背上跳下来,单身冲进蒙古包里,把一个美丽的孕妇拖了出来。""这一妇人有了胎妊的肚子重重地被踢了一下,她双手抱着肚子在草地上打滚哀号……""格鲁奇一刀挥落,把妇人的肚子噗的一声破开,一摊肠子如汗血一齐迸流出来!"这时候,有"一个恶士从人群里跑出来,双手把血水淋淋的一大摊肠子从地上拿起来,挂在蒙古包的矮门上……又有一个战士找到了附在肠子上的那个胎包,用一支锋利的匕首插在血水淋漓的胎包上。"(这"胎包"大概就是胎盘和胎膜——科学所谓的后产(After Birth)。可是胎儿哪去了?)"忽然从蒙古包里传出来一阵婴孩的啼声。"(如果这:"婴孩就是胎儿",那也许已经足月,恰好在母亲被破腹的时候出生了。但不知是谁剪了脐带,也不知婴儿怎样逃进蒙古包。)

于是又有"一个彪形恶汉飞奔进蒙古包里,从一个黑暗的角落里提出一件东西来……解开来一看,原来包着的就是一个女婴,他在女孩的脸上打了一巴掌,怪吼一声:'呵呵,你这小畜生不是唐兰的歪种吗?'"(这时候,我读了又读,越读越糊涂。婴孩既然裹了一件羊皮袄,大概不会是刀下小产的,而是早就生了的。可是又怎么不称她"产妇"而称为"孕妇"呢?既然是产妇,胎包怎么又"附在肠子上"呢?人们都会知道,胎包和婴儿是有脐带连着的,它随着婴儿离开肉体世界而后才彼此离开的。难道是科学的混乱,或是畸形的生产,胎儿和胎包本来就是分离着的,当胎儿生了而胎包还未下来的,非常巧妙的一刻里,母亲遭了杀死吗?如果这"婴孩"产后□□是□□,那一包是胎包,前后各不相关,那么这妇人所"胎妊"只是一个胎包?或是胎包也就附带着胎儿的意思吗?……正像作者在本文另一段所说的一样,这是"一个谜,能够千年而不解……")"吼声未止,彪形大汉×(这字模糊)臂一挥,把婴孩高高地抛向天空(上天了吗?)。"可是又"噗——婴孩从高空上跌落到远处的一片小草沼上"。(抛向的是"天空",落在的是"远处",这之间所经过的一条弧线,是存在着一种暧昧的关系。)这婴孩,正是后来长大起来的飞红巾。(她不但没有摔死,而且是后来"威名大震"的女英雄飞红巾。真是"天之将降大任于是人也,必先苦其心志,劳其筋骨"乎?)

当日本进攻察哈尔的时候，德王叛逆了，而且收买了格鲁奇。唐兰为了讨逆复仇而赴战了，可是不幸他阵亡了。"于是继唐兰起的，是飞红巾了。"还有"已死的老英雄唐兰最精明的助手巴龙和獒犬厥奴，现在成了飞红巾的助手"。（注意，下面是作者回过笔来写的）"……他（格鲁奇）叫了他的主子哈的卢，这个美貌年青的歌者，潜入到唐兰的部下来做破坏工作，一则格鲁奇想利用他的侄子的美貌和歌喉来勾引（大概是勾引）飞红巾，盗取军情以求媚于日军；再则格鲁奇密嘱哈的卢乘机害死唐兰，以灭当年巴卜顿盟主被杀的仇恨！"是的，作者想的都做到了。"一则""老英雄唐兰的战死在百云庙的挺进途中的哈尔红河畔，就是哈的卢的破坏工作最大之成绩之一。"还有"再则""美貌和歌喉来勾引飞红巾"也达到了目的。因为飞红巾被哈的卢"多情的歌喉所×（看不清的字）惑而沉醉了……化作一摊春水……"所以飞红巾"怎能按捺得住少女的芳心？怎能按捺得住芳心中一缕缕飘忽未定的情思？"最初她不听助手巴龙预言的劝告（此处原文模糊）结果糟了，终于发觉哈的卢是一个奸细。（助手毕竟不失为"精明的"。）于是她说："我要把他押到乌兰不浪总部去！"

然后就是第三段，接着第一段末尾的。第二天，她又押解着他起程了。在路上，她经不住他的眼泪和听着这一类的"哀求"："……要是到乌兰不浪去当作一个□□来被人家打死，就不如在你的马下做一个殉情的鬼！……"她动摇了。于是"英雄的飞红巾现在成了一只驯良的野兽，她对哈的卢已不再厌恶，而内心则波激那旧日的美满的感情……"她引着他改了道——从乌兰花的小路上进发了。一方面"大奇山变得，好像天山的山，□□□□□□□的失于□□的行迹！飞红巾身为唐兰的女儿，成为乌兰察布盟的威名赫赫的女英雄！""突然（神经病似的），飞红巾从马上直跳下来，她一脚踩着哈的卢，一手从腰围里解下一根用牛筋做成的绳子来，（都准备好了。不过这用牛筋做成的绳子，不知是什么时候发明的。）弯下身子去把哈的卢背后的捆绑了。她不管她的恋人哈的卢是怎样的哀号怎样的挣扎，她终于横着心眼把哈的卢绑在枣红马的肚子下。（这样的绑法，我还是第一次听说。）"然后（仍是神经病似的），"飞红巾霍地登上枣红马，两腿用力一夹，把辔头猛一勒紧，加鞭向乌兰不浪的路上飞驰去了。"最后她到乌兰不浪亲手枪杀了他——曾经使她"好为难又好伤心的人"。到此完了。

用三万字完成这样一个故事和两个这样的人物，作者是根据什么而写的呢？尤其是飞红巾不住的"像是一团火，一片惊雷"，不住的"闪着红光"；在我眼前仿佛又出现了红姑，或是红姑的化身。难道作者是重写《火烧红莲寺》吗？不然，飞红巾和其他的人物在这时代里，是活着的吗？这样的人物既不是活的，也不是死的。因为不曾活过的，自然也没有死。如果一定需要说明，我只能这样说，那些人物都是紫彩铺匠人特为蒙古人制成的货品。他们仍用中国式的旧模子，像印刷厂打纸版似的打出头型来，然后刷上白粉，准备"开脸"。在有时候，他们需要用点脑子——这头型是女的，女的应该是漂亮的，于是描了"眼睛圆而大"；因为她是"女英雄"，便给她"头上缚束着颜色鲜艳的红头巾……上身穿着一件多纽扣的猎衣，下身穿着一条马裤，马裤左右的斜袋上，插着两支手枪。"又因为她是蒙古人，便又再给"她的脚上穿着一双有着美丽花纹的蒙古高筒雕靴。（听说到现在为止，蒙古雕靴还没有高筒的。）"按照中国丧礼的旧风俗，匠人有个老惯例，一做"人"就做两个——所谓"金童"和"玉女"。既然先做了玉女，必定要再做金童，好配搭起来。于是匠人又做了一个——"眉宇清秀的年轻男子。"因为做的是"蒙古人"，匠人也就把金童和玉女随便的改了名字。在"初秋的夜的草原，群星像雨洗后的果子缀满了柔蓝的天幕，月亮在吐放着光辉，普照着幽静的像海一般的草原，野兔河在静静的流着，水波斜闪出迷离的白光"——匠人布置的世界上，于是飞红巾和哈的卢出现了，也许凭着"大青山的山神"做了一件荒唐的事，便名之为"乌兰不浪的夜祭"。

我说过，我只是作为一个读者。我既非索引家，当然不会索引什么是柏林斯基说的，什么是高尔基说的，什么是鲁迅说的，什么是谁说的；又非批评家，更不会应用理论的尺度和术语，给《乌兰察布的夜祭》来一次"最后的审判"。不过，我听过一个平凡的故事——也许别人早就听过了的，请原谅我改写一下，让我重说出来。有人说，比方用"虎"作题目，给几个人来写。最好有的曾经是猎人，在危险的狩猎中，可能和虎生活过而熟悉了虎，这样写起来，容易真实。（因为写作技术和其他关系，当然有时也会写不好。）其次有的是被"虎"打动了，激起了热情，便背起猎枪，辛苦的冒险的到处去打虎。打住虎以后再写。再其次有的是爱虎，敬重虎，信仰虎，由于虔诚而要写它；便到动物园去，看看虎的生活，或是用钱登广告，买有虎的画作为参考。最烦的是有的舒舒服服地坐在家里，看着猫，或是想象着，也不知为什么就写起虎来了。这样写起来的自然难免是虚构的。这大概也许就是说，从生活而创造的，可能是好的，成功的。（因为写作技术和其他一些关系，当然有时也会贫弱。）可是从止不住的热情，从天赋的责任，尤其是从不知所来的想象而创造的，自然难免是空架子。只有架子的房子，永远是住不得人的。

最后我希望勇敢的批评家别再沉默吧。早就到时候了，早就到你们对作品——不管好的坏的，朋友的敌人的——说话的时候了。不然，在你们的沉默中，能知道些什么？难道世界上也有□□的雄辩家吗？

《解放日报》副刊《文艺》1942年第81、82期

为编者写的

我觉得作为一个编者是很难的。特别在边区，似乎更难。当约稿的时候，他的腿脚必须是健康的，最好练习练习长途竞走，以便来去于作家的路上。当面临着作家的时候，他的身体虽然是高大的，有时也难免变得矮小。当眼前放满着稿子的时候，他应该使自己尽可能地成为一个较好的读者，较好的批评家，最客观的鉴赏者，批评者，取舍着人家心血所在的结果。当编排的时候，他在物质和技术的限制之下，不但要给每份占有者以尊重的地位，而且要把这些地位连在一起，在整体上能够美观，他，从读者，批评家，最好能够成为美术家。当这一切都做完了，他的劳力所完成的东西出现的时候，他要非常冷静的，理智的，在情感上既需要控制力，又需要忍耐力，也许正像身在法庭，听着审判一样的听着——不管上的下的，作家的读者的，好的坏的一切的意见，甚至拾字纸的人拾得它的时候，随便说的什么。因此，编者的工作，应该是几种专家集体的工作，不然，一个编者也应该有多方面的才能，始能胜任。可是在我们，又多半是作家兼任编者，那就难上加难。比方，伟大的托尔斯泰对于莎士比亚的作品，便很难成为好的编者吧。

所以我还觉得一个作家未必是一个编者。（但我这并不是对于丁玲同志的"下台"，或是我的"上台"，在这前后之间，有所骄傲，有所安慰和有所解脱。）

《解放日报》副刊《文艺》1942年第102期

时代最高的声音

> 一切动人的诗歌
> 都不能比，
> 任何最大的诗歌的成功
> 都比不得这简单的
> 报上的消息，
> 假如人们是这样兴奋、轰动。
>
> （马耶可夫斯基）

在这里，在太阳最热，街道也最热的中午的寂静里，人们容易睡去。即使天空滚过了巨响的雷声，有谁能够从这舒适的沉睡中醒过来呢？这正相似住在海边的渔人，久了，完全习惯了那种波浪的交响乐，再还有什么海上的声音，能够搅扰他们的好梦呢？不过，我们没有睡，睡了的也醒得早，好像被天外什么奇迹惊醒了似的。那不是什么别的，唤起他们的，是这个太清醒的日子——"七七"。

向中国人，甚至全世界民主国家的人，都不用解释，谁都知道这"七七"，并不是我们神话里传说的牛郎和织女的会期，而是我们历史上撕不掉的纪念日。

作为这纪念日的"主催人"的他们，用那鼻尖下留有一块小黑胡子的年青的傀儡天皇的名义，用那可怜的老百姓的血汗，用那自己永无边际的野心，强调着樱花似的"国运昌隆"，而在阿沙尔都和三菱等军火厂造了大批的，自己所谓的"神鹫"和"铁的浮城"，在东京帝国印刷厂，印好了大批的，这样的布告："大日本军司令官，兹特郑重论告中华各界民众，惟本军奉行大日本帝国之使命,夙欲确立东亚和平,增进中华民众福祉……"它像廉价的"仁丹"和"味之素"广告似的,在我们的土地上,从"满洲帝国"的边缘的卢沟桥,开始招贴起来。随着,土肥圆之流的矮东西,也开始了"英雄的事业",这正像"劝语"所说"内勤于筹划,外劳于攻守,赫赫武功,中外宣扬……汝等军人,深体朕意……"的"违心之论"。随着,我们的土地被占了,财产被抢了,房屋被烧了,妇女被奸淫了,儿童被杀害了,他们因而还渐渐地创造了"三光政策"。我背负着民族的伤害和侮辱,带着难言的沉痛团结起来。我们团结着,战斗着,到现在五年了。

为了这,为了战斗下去,为了团结下去——不但团结而抗战,并且团结而建国,为了阵亡将士,我们有些门上飘起了国旗,门边裹好了松树的叶子,门前插了红缨枪,在南门外的广场上,修好了一个作为纪念哀悼的会场。从远看,在山顶高耸着的塔影的那边,在光光秃秃的山下,它好像一半巨型的白色花圈,中间插着一片蓝色的大花瓣:一者是悬挂挽联的,一者是蓝布裹成的主席台。这台前,就是广大的广场,昨晚下过一阵雨,把地面打扫得很干净。为了防空,而且在场四周挖好了一些曲折的沟壑。是的,我们在后方,像在前方一样,一样时时刻刻地准备着接近战斗。我们不像敌人带着"武运长久"的千人针,或是"大物主命"的护身符。我们所凭依的只有一个——一个意志,一个行动,一个目的:赶走日本帝国主义,建设独立自由民主繁盛的新中国。

天变了,大风把阴云刮过这边来,并且摧毁了我们许多人几乎一天的工作——用白布围起来的墙,破落下来;墙上的挽联,有些零碎了,飘过小树林的那边去了。是的,它们有一天终归要飘出去,飘向全世界去,尤其是日本工农学校和反战同盟献给中国抗战阵亡将士的一幅:

诸君:你们是死了!当和我们日本军队英勇地进行战斗的时候。但是,来和你们作战,并不是我们日本人民的真意。我们是被欺骗,被强制而来的。然而,现在,我们是明白了:中国人民不是日本人民的敌人。相反的,真正的敌人,是日本法西斯!

诸君:你们是死了!为了保卫祖国,为了民族解放。但是,你们的精神还活着,永远地活在继承你们遗业的中国人民里面,活在已经觉醒了的踏着你们道路前进着的我们中间!

并且,他们亲自来了。延安各界都来了。那全副武装的是英勇的战士。他们挺着胸，胸前挂着饱满的弹带，跑着步，好像听从着毛泽东同志挽联上所说的"为左权同志报仇，为一切死难烈士报仇"而赴战去。那穿着各式各样的衣服和举着相似的红缨枪的，是自卫军。他们——农民的脸上，充满着夏收以后的愉快；他们——工人在兴奋中，已经忘去了刚才劳作的疲倦了……那颜色鲜明的，一面一面旗子周围的，是属于许许多多的机关、学校、工厂和医院的工作人员和学生，他们在严肃的沉默中，带着衷心的哀悼。那穿着白色和蓝衣服的，梳着发饼的妇女们，她们有许多是抗属。她们的丈夫，也许还在前方坚持着抗日根据地，也许为抗日根据地战死了。不管怎样，让她们骄傲吧，因为她们有她们值得骄傲的。那穿红衣梳小辫的女孩们，还有脸和衣服一样脏的男孩们，从他们随便的跑来跑去和稚气的玩耍里看来，他们懂得的，也许还不多。可是，他们这些工农的后代——革命的后代，慢慢地一定比我们知道得更多，也更明白，明白这是什么日子，明白怎么样的追悼，怎样的纪念，那还有比他们更小的婴儿，躺在母亲的怀里，不住地放声大哭。旁边的人也并不对这打搅着听觉的哭声，而表示什么怨言，因为谁都知道，婴儿还不知道什么，也许还不知道自己究竟为什么大哭。可是将来，他一定知道自己究竟为什么大笑哇。

好像只有一刹那间，空闲的广场就变为人的大海了。

听吧，到处都是声音哪。这里是一阵阵的歌声，那里又是一阵阵的跑步声，马蹄声，还有军号声，特别是开会时，从扩音器里传播的响亮的言语，和着响亮的言语所引起的掌声，不断地不断地响着，响得好像声音就是这世界的一切，世界的一切也就是这声音。这声音，是时代最高的声音哪！

这声音，告诉我们：一年，打垮那个泥水匠的儿子——用人家的啤酒瓶子和人家的血而封自己以"日耳曼的元首"的家伙；两年，打垮他的伙伴们——一个一个小狗熊似的"大和的武士"！

《解放日报》1942年4月4日

工人文艺小组

　　这是他们休息的日子，他们穿得非常整洁，尤其是手显得格外干净。他们来边区以前，除去失业和死亡的时候，很少有过什么休息，好像从来也没有听说过什么"休息"。现在，他们知道了，而且享受了一个礼拜里应有的一日休息。因为他们是无产阶级自觉的劳动的人，不仅在工作中积极地提高生产，而且在休息中用来从事业余的学习。所以，中央印刷厂文艺小组终于又成立起来。

　　这个文艺小组，还是一九三八年延安开始文艺小组活动最初成立的一个。在组员方面，有的是工人和学徒，也有的是为了响应生产的号召而参加了这一部门工作的青年知识分子。不管他们经过多少变动，加入或是退出，在一般工人的队伍里，他们的文化水准最高，他们的学习成绩，从"清凉山演义"到墙报"萌芽"；到小组汇集"□□"等数册，再到鲁迅先生逝世纪念特刊等，一直是发展着的，壮大着的。后来，因为领导和帮助方面的变动，所有的文艺小组的活动，无形中也随着停顿下来，这个文艺小组自然也没有例外。这一次它的成立，也可以说是复活。由于它的复活的影响，一定会给过去的一切文艺小组带来了新生的勇气。

　　我作为一个文艺工作者，愿趁这个机会再说：我们一切的文艺小组复活起来。特别是在毛泽东、凯丰同志召开的文艺座谈会以后和整风学习的现在，我们的文艺小组的复活，将更有意义；所说文艺大众化，文艺和大众结合等，从理论到实践，将从这里得到更进一步的事实的解释。

《解放日报》1942年9月27日

必须改造自己

不是抓一把种籽，随便一抛，抛到哪里就算哪里。那是要熟悉种籽，好好地选种籽，要熟悉把种籽播在什么地方，和播在什么地方最好，这个道理，农民都懂得很清楚。在文艺座谈会以后，我们才比较认识到另一个道理，到底什么叫作"面向工农兵"。这就是说，我们要写他们，起码要写和他们有关的人和事，要写给他们读，读得懂，或是听得懂，读得高兴，或是听得高兴，甚至非读非听不可。这是新文艺发展的必然道路，我们要走的必然道路。

在这里，问题就来了。问题不在读者的水准上；我们已有很多工农出身的同志能够阅读文艺作品。问题不在写作的材料上；不说前方打仗，单说边区生产和学习的热潮，值得写的就多得很。问题不在出版的条件上；我们这里的出版物，第一不要经过检查官的眼睛。问题不在生活上；我们这里不但有吃有穿，而且要吃得好，穿得好。结果，问题就在我们本身，就在改造自己。

从前，我们虽然说过或听过"大众文艺"或"文艺大众化"等口号，却没有实践得很好。为什么没有实践得很好，当然有客观上的困难，如当时环境的恐怖，书只在大城市里打圈子，工农既忙于挣扎生活，又限于购买和阅读的能力等等。同时，也有主观上的原因。不管我们来自城市还是乡村，曾经是学生还是流浪汉，却都是出身于小资产阶级。这个阶级的思想，就是我们的思想，这个思想，贯串着每一篇，每一句，每一个字。不管我们曾经生活得简单还是复杂，大体都限于小资产阶级的生活，而且我们一写开头，生活就更孤立起来，越写越贫乏。最后不是写"伟大的想象"，就是写"杯水的风波"。因为内容的贫乏，就不得不在"技巧"上找出路，找发展，无形中，技巧好像成了最主要的，慢慢地连语言都僵化了，完全知识分子八股化了。结果，读者只剩下知识分子一个小圈子。这是关于我们写作的一方面。还有另一方面，那就是不管怎样，由于社会职业的分工，我们已经成了"作家"。加以写作只限于个人的活动，再加以读者来信说些什么好话，书报的介绍，以及书店争订出版合同等等，就造成了自己的"作家的堡垒"，好像这堡垒是自由的独立于世界似的。所以讨厌一切组织而发挥个人的散漫性，喜欢自我中心而显得自高自大，自视特殊等等。在过去，我们检查起来，我们常多把问题推到客观上去，少把问题提到主观上来。

因此，当我们从"亭子间"来到工农群众中间，面临新的人物新的事件时候，真好像从另一个星球掉在地球上来似的。这新的人物，新的事件，我们从前既不熟悉，今天又没有很好地去了解，以致就无从表现。写是写了，不是没写好，就是写歪了。这"没写好"和"写歪了"，不仅说明了我们不熟悉这些人和这些事，而且说明了我们本身存在着严重的问题，需要改造，改造我们的思想，改造我们的生活，改造我们的语言。这个改造，必须通过实际斗争才能改造得好。新文艺必须通过这个改造，才能发展得好，所以这次下乡不是平常的，是一个改造自己的过程，新文艺发展的过程。

在这个意义下，我们必须改造自己，必须下乡去。

三月二十五日

《解放日报》副刊《文艺》1943年3月31日第4版

我所见的红军

一路上，大家常在谈论红军。越走近东北，大家谈论得越多。从迈进东北的第一步时，大家就恨不得早点遇见红军的影子。我，也自然不在例外。

虽然，我在一九三八年亲眼看过，武汉上空帮助我们搏斗的苏联空军。

虽然，我又在一九三九年，由于偶然的机会，亲自参加过桂林苏联空军的晚会，并亲耳听过一位军官述说他们为中国人民流血的故事。但是，那全不能减轻我这次对于红军的盼望。这并不是我（或者你）主观的偏爱，而是红军本身存在着一种不可抗拒的崇高的诱惑力。他们的全部历史，不过二十八年，但他们执行了历史上的两次伟大任务：一次打倒了沙皇，又一次打倒了希特勒和他的伙伴。他们做了人家所不能做的，或难于做的。假如没有他们，又有谁们能够在欧洲摧毁法西斯的大本营？假如没有他们，又有谁们能够帮助我们在东北缴关东军的枪？像这样给欧亚两洲以解放，给人类以和平的红军，尚且不值得盼望，那还有什么值得盼望？

为了忠实履行中苏友谊同盟条约，红军那时已从南边逐渐撤退。因此，进入东北第三天，我才头次看见那站在原野的，守卫着东北土地和人民的红军哨兵，如果你看过"前线"战士的装扮，便不难想象他是个什么样子。他穿着灰色大衣，褐色大皮靴，戴着小羊羔皮帽子，握着新式的自动步枪。这种枪全部是钢的，枪身差不多等于全长约二尺，枪柄短短的，仿佛一小截铁勺子把。在枪膛上，嵌着一个装子弹的圆盘子。因而东北人给它另起个名字，叫转盘枪。它比中国冲锋手提式轻便，比美国新式自动步枪火力强。它还有什么优点，我无从猜想。除制造者和使用者外，也许希特勒和他的伙伴们懂得它，正如它懂得他们一样。在它和他们的交往中，它体验了一个风雨时代。我想，倘若能够停留下来，从它的经历上，我将会记下一部当代的教科书。可惜我没有这个机会。直到车子远了，再不见它和它的主人时，我仍然忘情于这个珍贵的梦想中。

靠近沈阳的，我忘掉地名的那个小火车站，车头发生毛病，就停下来了。在这时候，我们认识了两位红军战士。一位较老的，约近四十岁，他站在窗外，用手势姿态和表情和我们在谈话。他做着瞄准的姿势，喊了一声"啪"，随着又转过身来，模仿另一个人一闭眼倒下去。一次一次，他做了无数次。我们懂得，他在告诉我们，他打到敌人的总记录，越来越兴奋，越活泼，最后他跳起舞，做起鬼脸来。不管谁笑他，还是逗他，他仍旧一个劲跳呀舞呀，显示自己的鬼脸。我了解，他完全狂欢并陶醉于自己那英雄的往日中了。而另一位年青的，却不大相同。他听到我们唱歌，便悄悄地上车来，躲在一边，一声不响，一动不动。当我们要他唱个歌时，他一直推辞，最后，不得不害羞地跑掉了。别看他那么孩子气，他却跑过欧洲，在波兰，南斯拉夫和德国曾经打败过敌人。他并不把个人的战绩常做骄傲，或夸耀，他仍然是他，一个平凡的青年，天真的坦白，就是他的一切。

沈阳，我听一位朋友说红军司令部有位军官熟悉中国情形，特别是中国文化界。我作为一个写作者，便去拜访他。他不止能够说流利的中国话，而且能够写一手好中国字。我们可以随便谈，丝毫不受语言的限制。我们谈了一个多钟头，主要谈的是中国文化。关于中国的文艺界，他尤其注意。

他问丁玲，郭沫若，茅盾等在什么地方，有什么创作。他希望能够把中国的好作品，介绍到东北来。他说："鲁迅先生的作品，应该大批的翻印，你知道东北青年等得太久了。"他是那么友谊的热心的关怀东北青年，我便说："希望你能帮助这个工作。"他回答："不，不，我们很快就要撤退。那是你们自己的事，我不插手。"他似乎感觉自己说得有点过分，又赶快补充一句："假如我能够帮助，我愿意帮助。"

除去这两次和红军的来往以外，还有一次，记得非常清楚的一次，是东北文艺工作团慰劳沈阳红军军官的公演。在去年十月间，那个大剧场来了二百左右的红军军官。他们静静地等待着开幕。全部的节目，有"斯大林之歌"等十几支歌，和"兄妹开荒""夫妇认字""东北人民大翻身"三个剧。他们也许不能十分懂，但他们却感受了演出者所给予的热情，竟使他们在最后停不住自己的掌声。因此，东北文艺工作团也不得不再拉开幕，向他们表示感激。这次，虽说我个人没有和他们交谈，但我和个别军官握手告别时，却感到了中苏的友谊，是真正的友谊。

可是，我桌上的这个收音机，这几天来，却不住地传播着重庆、北平等地的反苏消息。我不想听，一听到就把针拨过去，即使听一段"花子拾金"也好得多。有时，也使我想到，七七事变开始，我们这个老大的中国，又跌了一个大筋斗，是谁先伸出手来拉了你一把？是苏联，还是谁？是谁躲得远远的，怕把泥水溅到他的身上？是谁不但不拉你一把，又踢了你一脚？将来历史会证明，究竟谁是朋友，谁又不够朋友。

现在，红军又继续撤退，在沈阳，只留下那纪念碑了。它建筑在新车站的广场上，巍峨的，高过了周围最高的楼房，顶尖上竖着金色五星和巨型坦克。在揭幕典礼那天，红军司令部代表曾说："这铁筋青铜的纪念碑，是为了纪念抱着伟大思想，及亿万人民的和平幸福而树立的。我们不能怀疑。我们没有第二种说法。苏联红军所洒流在东北平原上可贵的血泪，是为了伟大民主主义的中国人民。你们要珍重它，并且应常以两国国民兄弟的友谊来纪念它，保护它。"

1946年3月7日作

《知识》1946年第1卷第1—2期

不朽的笔墨

从敌伪特务机关，拾来《满洲共产匪之研究》（敌军政部军事调查部编），《满洲党并□联匪□团溪文献集》（敌治安部警务司特务科编）《北安省地方治安问题研究》（敌治安部思想战研究部编）和《吉林通化间岛三省治安肃正工作纪念写真帖》（敌关东军野副讨伐队印）等数册。其内容，均系敌伪搜集的中国共产党和他领导下的东北抗日联军材料，译成日文，并经研究，编为专书，以供敌特务阅读，故于封面盖以"极秘"字样，或另注以"取□注意"语句。以其数量说，虽仅属敌所编印的一部分，但观其材料，作为了解中国共产党和它领导下东北抗日联军历史，作为了解东北一代人民血泪遗迹，或一部英雄传的参考，具有不可多得的珍贵价值。现在，我仅以个人时间和能力所及，暂摘其有关宣传的一小部分材料，举例予以介绍。

一、宣言和通电

东北抗日联军第五军改编成立宣言上，最后宣布四点："第一、我们的任务，是以推倒强盗日本帝国主义，推翻走狗满洲国，恢复中国领土，建设中国人民独立自由之人民政权为目的，不是实现共产主义或土匪行动，此乃中华民族抗日救国的运动。第二、我抗日联军是人民救国的武装部队，虽以工农为主力，但凡中华民国国民，不论地主、资本家、学生、知识分子、自由职业者、小商人、小手艺人、教徒、政治党派，皆有参加之权利，总之，是以集中中国人之全力，反抗日本，拥护中国，凡抗日朝鲜人蒙古人，亦可亲密的联合起来。第三、抗日联军是打倒日本的先锋队，必须依靠民众的援助，故民众应给以必需品的帮助，抗日部队应保护民众利益，尽力保护其耕种、营业、居住、及民权之自由。第四、被日本强盗及其走狗集团压迫欺骗之满洲国部队、官吏、社会团体，如能组织秘密抗日团体，或参加救国运动，我们同样欢迎，并愿与之合作。"随后，敌研究者便注了一笔曰："以宁安为中心的抗日联军第五军更形活。"

一九三五年十月十二日，东北抗日联军各军长联名曾发出以下之通电："南京林主席、四川毛主席、南京蒋总司令、宜昌陈行营主任、中国红军朱德司令、前西北军冯司令（下略）：日本掠夺东北，已经四载，东北四千万同胞在此四年中，都已饱尝了亡国的痛苦。一切铁路矿山工程机械等，均被日本所没收。我国之工商业被排斥，建筑物被烧毁，妇女被奸淫，人民被逮捕杀戮，学校被封闭，亡国的痛苦真是难以言语形容。我等已困苦血战四年，以待关内出兵抗日。然而到今天，尚不见出动一兵一卒。（下略）"此时，正是中国"红军"北上抗日，沿途痛遭南京大军截击，所谓一者赶路，一者拦路之时，自然"不见出动一兵一卒"。

二、报纸和书籍

对于东北抗日联军，出版时一项重要的工作，必须通过它，才能更广泛地向老百姓进行宣传，向自己进行教育；同时，它也是一种累赘的负担，油印，纸张，缺一不可，有时编者兼印刷者，又兼挑夫。正是因为这样，所以我们非常尊敬抗联的文化工作者，和他们的出版物。我从照片上看到三本书的形式：《为对日作战宣言》《中国人民对日作战基本纲领》和《人民革命歌集》。此歌集出版于一九三五年五月，下面的日子和出版社的名字，已经模糊不清。

人民革命报，民国二十四年十月四日出版一张号外，第一条标题是《反日前途日□顺利》，两行副题是《东满南满游击区打成一片，军事力量总配合》，文称："十月四号南满人民革命军第一军军部东满人民革命军第二军第一师之一部，于×××接头，并举行会晤式。首由东满二军代表宣布开会，报告东满革命形势与第二军发展情形。次由南满第一军军长演说大意谓：我人民革命军向以抗日救国为天职，四年来与日匪血战，屡获胜利。今日得与东满二军接头，更为光荣，因我两军战士，均奋勇冲锋，方有今日两军之会晤。此后我东满游击区打成一片，一二三四五六军与各抗日军，共同组织东北抗日联军，更能集中力量统一领导，顺利地打出日匪云云。两军战士，鼓掌欢跃，异常兴奋。遂于热烈空气中散会云。"我们寻求人民革命报的号外，也许还有万一的可能。但我们再听第一军军长杨靖宇同志的声音，却完全不可能。所以他这简略的演说，已经成为永远的言语了。

三、画报和美术

我见到的画报，有人民革命画报和青年革命画报两种。第一种是民国二十四年十二月十四日出版的第六十七期。《说明》如下："上为军民均到一二军街头的会场，×主席团安配军民所站的位置后，×后行会议的光景。下左为会议开到余？的××上时有×的二军西征队队员苏联式的跳舞，配合军乐来进行，而得到满场军民欢迎招手。下右为会议完毕后，二军西征队抛手榴弹与一军画一邵贼本良的×像，以机关枪扫射他等得军技演习，来威胁日满匪；与观望群众高举×旗欢呼胜利万岁的光景。"第二种，是同时出版的第二期。本期《说明》如下："一、苏联社会主义建设伟大成功的前面，丧胆寒心的日匪，为要进攻苏联与安定其后方满洲的统治，大施×四期讨伐，到处残忍地烧杀，同时挑出无数的青年人，强迫当×兵的状况。二、日匪烧杀，与赶青年民众送苏联边境非法行为之下，激怒万分的人、革命军及其少年营和青年义勇军，与抱有爱国谨慎之青年民众总动员，××装白热化战，与觉悟的日满军下层弟兄掉枪口瞄准日帝的反正行为，来配合反日民众进行神圣的反日战争之光景。"

这两种画，都印的很清楚，可能是石印的。如果是油印的话，那么这两位（或者一位或总不止两位）画家不仅掌握了革命的内容，而且掌握了蜡纸画的特殊技术。他们笔下的中国人的神情和姿态，都是中国的，画到了见其画如见其人其事。当然"不及自然和生活的产物——那就是它们的不动性"。不过，假如没有画报没有美术，没有线条和颜色的形象，那一页伟大的斗争场面，不止当时无从宣传，而今天我们也无从参考或感觉了。

四、传单和口号

东北抗日联军第二军第一师印发的告伪军书谓："靖安军士兵们，你们是在日本的欺骗压迫之下。他们说，你们剿匪保护老百姓为的是'保国卫民'、实际你们是替日本杀害中国同胞，不是保卫中华祖国而是帮助日本灭亡祖国。他们为了惨杀中国人，把你们集中在奉天训练，派遣数千里之外。你们该多么痛苦！你们想想，日本常派你们在这种冰天雪地的冬季出动，越过山岭旷野以中国同袍，真正保卫中国救国救民身寒体冻的抗日军作为你们惨杀的目标。没有丝毫太平安乐的生活，你们家庭的父母妻子为等待你们哭红了眼睛。这又是怎样痛苦……"最后还有这种口号："我们的目标是日本匪贼而不是中国士兵，中国兵不打中国兵。杀掉日本军官。要枪不要命。"因此，一九三六年六月十七日"滨警驻牡办事处"报告："昭和十一年六月八日午后十一时三十分顷，密山国境监视队第四连，突起兵变，连长神田上尉及排长重见中尉外兵四名被杀，携带一切枪械弹药逃走。"刚过三天又报告："昭和十一年六月十一日东宁县'庙岭'（译音）驻军，步兵第二十六团东宁国境派遣队第一连士兵四十一名，突起兵变，连长以下三名被杀，携带枪械弹药逃走。"

五、标语

这是一张有历史意义的照片——在森林中，有几个日本兵围绕着一根大树，那大树剥了一截比人还高的树皮，上面写着这样四行字："响应关里第八路军胜利万岁，推翻傀儡满洲伪国，抗日救国是中国每个人的神圣天职，中国人唯一的出路只有武装驱逐日贼滚出中国。"在照片底下，敌特务机关注明这标语是写在"杨靖宇死后，一九四零年二月后"。

那时候，正是重庆屁股没坐稳的时候，八路军继续进攻敌人的时候，东北抗日联军被重重敌军包围，杨靖宇陈翰章同志相继牺牲（第一路军三方面军军长）、战斗空前艰苦，遭受时代大暴风雨考验的时候。现在证明了，他们经得起这个考验。他们坚持到中国胜利，坚持到东北解放。他们是胜利者，永远的胜利者，他们的笔墨是不朽的，永远不朽的。最后，另译两节与本文有关的，敌笔下的文字，附在后面，当作尾巴。

《满洲共产匪之研究》第二章第三节《根据地（安？县车厂子村）的状况》摘录："群众组织农民会、妇女会、儿童会等，经常召集民众进行共产主义的宣传，讨论、唱歌、演说等，此外小学校收到六十名左右学生，施行教育。"

《满洲党并抗联匪团关系文献集》，敌治安部警务司特务科长鹤永次《序言》摘录："中国共产党之一翼的满洲活动，渐渐积极化，是不能否认的事实。因此，我们应牢记着，特务警察的职责所肩负的消灭这个最可怕的思想战的敌人——中国共产党及其满洲党的重大使命。康德九年（一九四二年）十二月。"

三月三十日

《知识杂志》1946年第2期

归 来 人

昨夜，我一夜没睡着。一早，我提着一个小包裹，独自一个人走向车站去。将要别了，这生我养我已经二十一年的故土。在路上，突然碰到弟弟正在找我回家过元宵节。我说："你告诉妈妈，说我一会儿就回去。"这"一会儿"太长了呀。石将枯，海将烂，钢铁将磨成绣针。这一会儿放逐了无数的东北人哪，何止我，何止千万。有军人，有工人，有农民，更有那么多的知识分子。在外面，他们受尽了困苦压迫和摧残。萧红死在香港。杜重远死在新疆。辛劳死在江苏。张学良还被囚在重庆的牢狱。他们拼尽了最后一滴血，大江南北竖起多少无名英雄的碑。凭着多少人的理想和热情，信心和勇敢，聪明和能力，青春和生命，终于换得这次胜利的锣鼓声。这是胜利的夜，人们都参加庆祝来了。喝酒喝到醉。跳舞跳得打滚。唱歌成了吵闹。欢乐已经相似疯狂。这时候，才不分什么我和你，什么严肃和诙谐，什么节约和浪费。他撕破被子，撕出棉花来做火把。他用一个月的灯油，不惜烧在一个火把上，好像"再没有冬天""再没有夜"。抽烟的人，也不再找人对火了，他说："划根火柴吧。"

又个昨夜，我还是一夜没睡着。一早，我携着所有的东西，和一伙人走到郊外去。在路上，我碰到许多欢送我们的同志们，互相握手，说着"再见"。我，我们东北人，早就有这么一个还乡梦。在山西时，我和史沫特莱随军同来三四个月，这位外国朋友也常问到我："你几时能够回家？"那时候，我一直不能明确地回答。时到今天，又近九年，我才真正回答了她。这个回答，再不模糊，再不是梦，而是事实，是行动。我是在向东北方，迈着步子，走着走着，越走越快。此刻，我二十几年不曾来的童年幻想，却又来了："人为什么不长翅膀呢？"

我几个月的时间，几千里的行程，日夜地赶哪，的确辛苦，但一切的辛苦，都会在还乡的一刹那的想象中消失干净。

当迈进东北门槛的时候，我脚踩着东北土地，眼睛瞅着东北景色，耳朵听着东北土音，鼻子吸着了东北的风土味。一句话，我确实置身于东北的天地之间了。我十数年的流亡日子，终归终止于今年今月今日今时了呀。

我忘不了这次归来的行程，特别是东北第一夜。我住的那个镇子，呼四海冶。它在伪满的国境上，占据一个前哨的重要位置，所谓居高临下，大有一夫当关万夫难入之势。四周旧城墙，修补得没有一个缺口，似乎连耗子洞都堵严实了。城内几乎看不见别的，到处都是敌军行营、伪军兵营、宪兵队、警察署、火药库和监狱。其间的角落和夹道中掺插着被挤扁了的老百姓小房子，小得差不多只够容身甚至立脚之地。和那些衙门口比起来，这些老百姓的小房子，简直不重要，不存在的样子。一所监狱的房子，竟在五十间以上。它的地面大约占全城的十分之一。宪兵队拘留所，也是够容纳五六十人。不怪老百姓的房子小而且少，监狱已经成了他们常年的住宅。因此，四海冶如果叫作镇子，还不如叫作大兵营和大监狱，更莫如叫作"小满洲国"。实际所谓"满洲国"者，也无非兵营和监狱的代名词而已。这种残暴一时绞杀场，除去房架子，只剩下一堆堆的破铜烂铁，碎砖残瓦了。如此景象，不管谁一看见，就可想到敌伪的末日，是如何连滚带爬逃之夭夭的样子。作为"满洲国"缩影的四海冶，足够说明整个"满洲国"的下场了。我路过时，故意问一个小女孩子的国籍。她回答："我是中国人。"我又问："满洲国呢？"她再回答："打跑啦。"晚上，我就住在这小女孩隔壁的敌人宪兵队。这所空房子，窗门都没有了。一进门，我觉得比外头都冷，东北的十月天气，已经冷了，夜里比白天更要冷的。我怎么睡呢？当我躺下以后，却感觉十几年来所过的几个好冬，几个好夜，都比不上这个夜暖哪。

这个夜里，我比白天更清醒，想起许多的事。特别想起今天路上遇见那位姓李的老太婆。她小毛驴是新买的，还不惯于新主人的吆喝，在路上闯来闯去。我有时给她赶着，有时给她牵着，这样一起同行二三十里。对于她，她是我这次遇着的当地第一个同乡人。对于我，我是她生来第一次遇着的还乡人。我们都不由自主地彼此感到格外的亲切啊。她有那么多话要说，十几年来不敢说的话，都想一口气倾吐给我。但她又不住的重复着："你们再不来啊，咱们今年就过不去冬啊，不饿死也冻死啦，别说买毛驴，连驴毛也买不起呀，我还能骑毛驴在国境上走？"不管那小驴怎么调皮，怎么不听话，始终舍不得打它一下，虽说她手里拿着柳条子，却白拿了，像是装样子的。别说打毛驴，连说话的手势，她都分外小心，可不敢为一下的冲动，挣破衣服。这衣服，还是她嫁给老李家过门时穿来的。她这农家女，舍不得穿那新衣服，一直包在包袱里，包了二十几年。从伪满开办起，她穿的一天比一天少，没法子，才把那新衣服穿上身，一直穿到破。穿到补丁摞补丁，穿到现在连碰都不敢碰的程度，整整穿了一个伪满时代。她说："衣裳不行啦，人也不行啦！"她的儿子和孙子，连她自己，这两年一家子人一年忙到头，一切的粮食，都给人家送去"出荷"，而配给他们的都是苞米面掺橡子面。一位吃苞米面掺橡子面生活的劳动老人，难怪她说，人不行啦。不用说她身体衰退吧，就连她仅有的一点智力，也下降到可怜的地步，长久不出门，东南西北都辨不清楚了，伪满所说的"国境"经常在戒严的状态中，像她怎敢出门走近这可怕禁地呢？随便她什么衰退和下降，但她的记性非常强，一天比一天强，她永远记着敌伪的仇恨。她和我一提起敌伪的字眼，总是咬牙切齿。"恨不能吃这些小子的肉，剥这些小子的皮。"过去的不提了。将来呢？她说："这回，可该我们过几天好日子啦！"接着她又问我："你说是不是？"我肯定地回答她说："是！"

　　十四年来，东北人民死的已经死了。活着的，吃没吃，穿没穿，话不敢说，路不敢走。东北人民这种奴才生活，可谓苦难深重。如果我不回答"是"又回答什么呢？

　　现在，从东西两面已经打垮法西斯，全世界奠定了和平的基础。山海关以内的中国内战，也由政治协商会议的决定而逐渐终了。可是山海关以外的中国，许多地方正陷于战争中。如果世界是和平的世界，中国也该是和平的中国，如果中国是和平的中国，东北也是和平的东北。如果说中国需要和平，东北当更需要和平。为什么越需要和平的地方，越在发生战争呢？"这回，可该给咱们过几天好日子啦！"无异于"这回，可该给俺们一个好东北啦"。这不仅是一个姓李的老太婆的希望，而且是全东北人民共同的要求。在这里，我顺便传达一声，希望国民政府尊重东北人民的希望，要求国民政府尊重东北人民的要求，东北首先停止内战。

《文艺生活》光复版1946年第8号

沈阳漫记

去年十一月一日，夜深的时候，我回到这首先挨了九一八□一炮的古城。我望也望不见隐没在一片暗淡中的古城模样。在灯光下，从包裹里，我翻出那携带了十四年的，从未离身的本庄繁的布告。那上面依然记录着敌人的一片野心，一个美梦，现在已经消逝无余了。相反的他们夜袭房舍，模仿墨索里尼对着向自己开枪的人们说："不，不呀，我给你们一个帝国。"但迟了，太迟了，被压迫的东北人民，站起来了，被驱逐的东北人民，回来了。

这宽敞的二等候车室，来往的旅客并不多，流浪儿却不少，有些打闹着，有些睡着了。他们原先都是被囚在伪满的封建牢狱的小犯人，和劳工屠场的羔羊。"八一五"时，他们便冲破一切的禁闭和束缚，跑出来，想看看世界是个什么样子，自由是个什么滋味啊。别以为他们年纪小，见识短，他们还得自己挑起的生活担子，是多么重呀。他们宁愿穿着破衣裳，拖着大人鞋子，宁愿向红军伸出小手，说声尖吉打外，或者摸人家一点东西，或者做零工，宁愿饿着小肚子，绝不愿再离开这个自由的大地了。我为这一代儿童的前途想，打算带他们走。可是，他们被那欺人骗人的时代，欺骗怕了，对我当然难免怀疑。他们怕我再把他们领到旧的老窝去。所以他们说："不跟你走。咱们现在混得不错哩。我们想上哪儿去，就上哪儿去，也买不起票……"他们仿佛骑上一匹野马，去处送远□无止，去放任那马蹄。他们什么都不需要，自由会给他们饱暖，自由会给他们一切。

天刚亮，来了一群日本人。有的穿旧军衣，有的穿大衣，有的穿小棉袄，一句话，穿得乱七八糟。一组一组地分开，他们开始打扫地。大概他们的胸脯挺惯了，弯腰还有点勉强。他们大概还在恋留昨晚的好梦，精神有些恍惚。他们大概不是打扫地，而是打扫空气。他们没有把地打扫干净，却弄得满室灰尘。流浪儿比他们更聪明，自愿义务地监督他们，单找打扫干净的地方，摔碎一两个酒瓶子，喊着"太军"，再下个打扫的命令。果然，"皇军"纪律严明，无条件地绝对服从。

后来的人，渐渐多起来。日本人，一批一批地排好队上班去。朝鲜人，一家一家的老老小小，顶着包裹，拖着行李，准备走安东，渡过鸭绿江去。苏联人，宪兵放着哨，红海军战士散着步，老太婆和小姑娘走来走去。似在寻什么人。中国人，多是小商人，办好杂货，打算运往别的小城去。什么样人都有，每个人都有自己的理想，自己的目的，走着自己的路。

沈阳城的工业，在东北占第一位，据说工厂有一千二百余家，大部分集中在铁西区。看起来，这一带没有别的，一片尽是红色砖房子，无数高大的烟囱。工人的住宅，充满这之间的空地，矮矮的破旧的小房子，又挤满工人的家属。从前他们的工作辛苦，生活也艰苦。今天，不止他们，连他们的妻儿也都换上新衣裳。我住的院子里，有小姑娘一边走路，一边看着自己脚上的新鞋子，对于她，新鞋子还未失去新的诱惑力。他们曾经穷到底，被束缚到无限，男人都要剃光头，连发也不许留。在工人区的理发店里，耍手艺的人和我说："先生，你们再不来，我连剪头发的手艺都忘记啦。"

离博物馆不远的拐角上，围着红砖墙的铁门里，有一所红色的楼房，□□□，铺着地毯，算得上近代舒适的住宅。这是沈阳有名的黄家。可是，黄的儿子回来了，竟找不到一个家人。据说这黄家的住宅，曾被日本洋行占据，现在空了。是的，沈阳不曾投敌人的大家，都跌下来了。吴□□的一个老管家对我说："别提了，你看老张家（指张作霖家）人死的死，走的走，什么都没有啦。老吴家还不错呢，人家还有儿子，保住点儿房产，差不多也快光啦。"

市场渐渐地恢复起来。城里的大商店，还在撑着过去的老门面。他们的货物已经不多，特别是钟表和□□，只剩下空玻璃□。以我看，沈阳城繁荣的地方，要算南北二个市场。那一带的□边，□摆满了床子摊子。所谓五花八门，无奇不有。除非你不买，想买什么都可以买得到。人多，挤得你简直走不通。买一盒洋火，和买一块西玛表，几乎同样费力气。不管怎样，商人是真高兴，只要商业自由，天下太平，就好了。

短短的一个时间，没有得到机会，让我深入些多了解些沈阳。只□着这样的□□的印象,从"反对内战争取和平"和毛泽东□□标语之间的街道上,别了沈阳。

三月廿一日

《知识杂志》1946年第1期

素描沈阳夜

　　离开不到一个礼拜,我又重返沈阳。这时候,国民党省市党部正在准备欢迎杜聿明的部队。从新车站到城里,再到南市场,我沿街看到很多反苏反共反人民的标语:"反对八路军"和"通共产党者杀无赦"等。特别是"铁血锄奸团"的通告,还甩上几点红墨水。一股法西斯的杀气,使我感到。今日犹如往年过沈阳时。

　　我的同伴说,别等太阳落,得赶快找旅馆。找来找去,他最后给我找到天津大旅社。这是一所三层的楼房,窗门的油漆,经过长久风雨的侵蚀,已经剥了皮,楼面的颜色,看不出是绿的还是黄的,只剩下一片陈旧的模糊的斑痕。我们走进去,被屋里的暗淡遮住眼睛,好容易出现一缕灯光,摸到那边,看见账房先生还在打盹。当他发觉时,懒洋洋地伸着懒腰,并不表示欢迎。他问:"干啥的?"我回答:"住店的。"

　　从黑暗的角落里,钻出一个老茶房,领我们看房间。从底下看到三楼,全是空的,充满着凄凉、阴暗、潮湿。我想走,再去找别的旅馆。老茶房说:"先生,你是出门人,咱们说句家里话,你住下吧,好坏睡一夜算啦。"我看得出,他不是为了揽生意,而是在倾吐一种知心话。于是,我捡了一个房间,写了店簿。我的同伴,能够帮助我的,都帮助完了,他打算回家去。如果他一走,这所一百多间的楼房,除掉一个小角落住着主人和伙计以外,只剩下我一个人了,将会发生怎样感觉呢?结果,委屈了他,在店簿上,我又添上他的名字。实在挨不过这个长久的黄昏,想约我的同伴一起上街去,那老茶房迎过来问:"先生,上哪去?"我说:"上街溜达溜达。"我不懂得他在戒备谁,不敢明说,只能有意地使了个恐怖眼色。我听从他那沉默的善意的阻挡,留下来。

　　我走近窗子,从玻璃看出去,天快黑了。街上静静的,没有一个人影。店铺都紧闭着门，连窗子都是黑黑的，不远一点灯火。风刮着，划着玻璃沙沙作响。被卷起的尘土和垃圾在空中乱舞。我越看越怀疑，这究竟是沈阳的街，还是无名的墓道。

屋子更冷，茶水也更冷了。我想找茶房换点热水来，过道上黑得连楼梯都摸不着，上哪找那个老茶房呢？

铺好被子，我和我的同伴挤在一块睡。可是铺盖却是湿的，睡也睡不着。刚刚蒙眬一下，又被突然跑来的老茶房惊醒了。我以为发生了什么意外赶快起来。他对待我们，好像对待孩子一样，有点斥责我们似的说："你们这些年轻人呀，真不懂事，刀砍掉你们脑袋，恐怕还不知道是怎么死的呢。啥时候哇，你们还不小心点儿。你们看看，谁家还敢点灯？"他说完，把灯一闭就走了。我懂得了沈阳的夜，灯是危险的，光明是危险的。

这样一来，我感觉铺盖更湿，更睡不着了。往外看，看不透重重的黑暗，我能看见什么？听一听吗？我这屋子，和这所楼房一样和这条街这个城市一样，悄然无声。我的同伴入睡以后，不知道自己怎么也睡着了，突然又被一阵枪声惊醒来。我们立刻起来，准备一个意外的到来。等了很久，什么也没等来，连那位老茶房也没等来。枪声还在响着，稀稀拉拉的，这一声那一声，远一声近一声，总不停。我想这是干什么勾当呢，难道这就是杀无赦吗，还是"铁血锄奸团"的红墨水甩完了呢？

沈阳的夜，一会儿静，一会儿又闹，一会儿冷，一会儿又热。沈阳的夜，是带疟疾病的，是折磨人的。沈阳的夜，需要一声来啊。

我倦极了，不知不觉地睡到天亮。沈阳的夜，继续发生过什么事，我在睡眠中我不知道。早晨，我和我的同伴走出天津大旅社。不两天，我又走出沈阳。

前天，我从海龙到梅河口的马车上，有两个商人谈论着沈阳。他们说，红军撤退以后，实行戒严了。他们谈的这些，大体上差不多。尤其他们提到戒严的"严"，更是完全一致。所不同的是：一个人挨了两脚，损失一匹布，另一个人挨了两个嘴巴，损失一轴线。这是在白天的时候。沈阳的夜，怎样呢？不知道。

三月廿一日

《知识杂志》1946年第2期

惊闻李公朴先生遇难

　　李公朴先生老友高崇民、陈先舟二氏，特为此发表谈话，高氏称："专制独夫蒋介石的两只魔手，一只手掌握着军队，屠杀千千万万的中国老百姓；一只手掌握着特务，暗杀成千成万的爱国志士，今天在昆明又刺杀多年来牺牲一切、努力争取中国独立的李公朴先生，蒋介石独裁一天，国家就不会有和平，在位一日，国家就不会有民主，他真是个不折不扣的祸国殃民之贼。"

　　陈先舟说："李公朴的被刺，证明着蒋介石政权不容许反帝反封建的爱国志士存在，李公朴先生'九一八'后，热心爱国，坚决主张抗日，'八一五'日本投降后，李公朴先生为主张民主反对独裁专制，奔走号呼，不遗余力，今天又在昆明被刺殒命，我真不知道蒋介石为什么这样仇恨爱中国的人士，此后凡是爱中国的人们，更会认清蒋介石的真面目。坚决为反对独裁争取民主而奋斗。"

　　东北作家舒群先生曾在汉口和李公朴相处，共同为抗日的文化事业奋斗。李氏的死引起了舒群先生的许多感慨，发表了以下的谈话：

　　"蒋介石反人民、反民主、反进步有两个法宝，都是用武力，不同的只是一明一暗而已，明的是从一九二七年后的十年内战，八年抗战中围攻解放区，一直到现在在全国及东北解放区以大的兵团进攻。暗的即是特务暗杀，也是从一九二七年就开始了，许多进步、民主人士死在了他们的暗刀之下，十余年前就在上海暗杀人权保障大同盟负责人杨杏佛，沪杭公路上打死申报社长史量才，诸如此类的惨案不胜枚举，但在抗战胜利后这样明目张胆暗杀像李公朴这样抗战有功的进步文化人还是第一次，我们不得不重视李公朴的死是含有严重的法西斯阴谋，李公朴的死，是蒋介石反人民、反民主、反进步的惊人的表现之一。我是李公朴的朋友而感伤，全国的文化人都会为李先生的死而悲愤，起来向全国人民，全世界控告蒋介石的无耻罪行。较场口血案中打伤郭沫若等人进一步发展到目前的枪杀，可以明显地看出蒋介石在美帝国主义的支持下，更加放肆的实行其恐怖政策，屠杀人民的毒辣手段。全国文化界应急起控告蒋介石的罪恶行为，要求言论、出版、写作自由及生存的保障，我们的生命不能任意被摧毁。假如不取消蒋介石的独裁专政与恐怖政策，中国进步文化人有死光的危险，中国文化有毁灭的危险，为了挽救中国文化，与民族的危机，我们要紧急呼吁反对独裁专政，出卖民族进行内战，迅速实现和平、民主、成立联合政府。"

民主政府散记

辽宁省召开第二次人民代表大会的时候，有两位代表的私人对话，我做了个简单的记录。甲问，你拿的什么书？乙答，建国方略。甲问，就是中山全书？乙答，中山全书的第二册。甲说，你又忙开会，又忙读书，真是忙上加忙。上年纪的人，可要小心身板。乙说，我白活这大年纪，落伍啦。从前清到张作霖，又到日本鬼子，六十多年，我没长什么见识。现在，年头变啦，你还不知道，讲民主嘛。什么"时论""表决""地方自治"我得看看"民权初步"，参考参考……甲说，你也借给我看看。乙说，你还用得着看？你在关里住了那么久，还不懂得这个道理。甲说，老大哥，你可别提啦，我在南京在重庆，也没有人看中山全书，还不是给人家蒙住眼睛，过了好几年。你看完，还是借给我看看吧。

咱们这个老中国，被帝王、军阀、独裁、特别是东北被帝国主义长期地恐怖统治，人民还有什么自由民主可言。统治者和被统治者，衙门和民户，还是对立的，有距离的。在鞍山参议员的晚会上，有位参议员和我说，从前，不要说老百姓进衙门，就是从衙门口过，也要躲得远远的。另外一位又说，早先年，英雄好汉揭竿而起，就有许许多多老百姓拥护他。是想捧他当皇帝吗？不是，是想跟他去做官吗？也不是。是想反抗，想得到一点东西。这一点东西，不是吃的，也不是用的，恐怕连他们自己也叫不出个名字来。他们始终没得到手。可是现在，咱得到了，也知道了这名字就叫"民主"。不止他们，不止鞍山，我经过不少市县，见过并参观过不少的参议会。门前或搭牌楼，或悬彩，灯火辉煌、耀人眼目。礼堂宽大而庄严，四面挂满祝贺帐子，台的两侧写着：知无不言，言无不尽；言者无罪，闻者足戒。工农学商以及士绅各界参议员，大家齐集一堂，举行隆重的开幕典礼，然后提出议案，讨论，表决，最后选举市、县长。这是参议会的重要项目。虽说每一参议员的权利，无非一票；但他和他所代表的人民的一定期间的祸福，即系于这一票之上，所以他们必须慎重而认真。三月十六日，我曾在海龙见过这种热烈而严肃的场面，关于选举方式为题，有的提这样，有的提那样，主席注意地听着，逐次地把每一意见提给大家讨论，然后表决。按照大家表决的方式进行选举，选举出来的人，必然为大家一致热烈地拥护。同时，他本人也在表示愿为海龙人民当"勤务员"。这样的勤务员，现在已经或正在普及于东北各地的各级的民主政府。黑龙江省第一次人民代表会议，被选举的行政委员，曾向人民宣誓，誓词如下：我等被选为行政委员，背负着人民的希望，鞠躬尽瘁，为老百姓服务到底，为建设新民主主义黑龙江模范地方而奋斗！此誓。

今天，东北的民主政府，颁布了建设新东北的纲领、法令和布告，取消了敌伪政权和特务，取消了配给、专卖、出荷、献纳制度，取消了经济犯和思想犯，奉仕和劳工。取消了烦琐的官僚手续、奴隶礼节等。不但取消了旧的，东北民主政府而且建设了新的，创造了新的。第一，安定社会秩序，在这方面，进行这两件大事：一件是镇压伪残余势力，如镇压通化叛乱就是一例；一件是剿匪，截至二月底止，北满一带，即击溃土匪三万余人。第二，救济群众和发动群众进行翻身斗争。据不完全统计，安东市县发给群众粮食一百五十余万斤，钱六十四万，衣服一万余件，进行控诉敌伪暴行和贪污、反配给、减租减息等翻身斗争，共一百四十余次。第三，逮捕战争罪犯并举行公审大会。在本溪，我见过一次由各地解来的，太田甚作等六名，判死刑者二名。第四，恢复工厂和交通事业。西安煤矿等，早已恢复，东满成立的铁路管理局，所辖沈吉、梅吉、平梅铁路，均已全部或部分正常通车。第五，恢复及创办教育事业。普遍地恢复小学、联合中学，并创办高中、东北大学以及造就各种实际工作人才的训练班。以上我所见所闻的事实，原是很新鲜动人。这种用之不尽的丰富的材料，我暂时只能记下一笔枯燥而干瘪的账。斗争的年代啊，时间是有限的，材料是无限的，这之间，给一个写作人带来了一半欢喜一半烦恼。

前几天，我从海龙回来的车上，搭了一个小姑娘。她告诉我，她刚十六岁。我问，你进城买什么东西，她说，我不是买东西的，房东欺负人，我妈是要我进城告状去的。我问，到哪去告的？她说，到县政府。我故意问她，你这么年青的女孩子，一个人怎么敢闯县政府去呢？她有点不服气的样子，瞪着我说，现在的政府，是咱老百姓说话的地方嘛，我怎么不敢闯？哼，我什么地方不敢闯。

她比我聪明。她最后一句话比我那笔账更简单，但它更深刻地形象地概括了民主政府。

《群众》1946年第12卷第9期

"妈妈"底爱

解放区的"母亲"她是怎样的热爱着自己的孩子,她知道孩子们的勇敢和顽强,同时她也了解孩子们所受的创伤,"母亲"的爱给孩子们增加了热力和勇气。

——淮海区一个战后的画面——

"去看吧!咱们队伍又打胜仗了。"

老百姓乱嚷着,像蜂王带着一群蜂子似的,像春潮一样的拥来了。

街道上穿插着来来往往的行人,他们又慢慢地汇集在街道的中心,结成了身后的人墙,人群又扭结在一块,像吸铁石吸引着许多铁粒似的,人们都挂着一副兴奋……可是又带着一双烦痛的眼睛,围成了一个大圈,在那里看着,互相低语着,也不知道他们说了些什么,可是看样子好像赞扬着负了伤的战士。

驼着背的老太婆,硬从人群中挤了进去,她亲切地拉着负了伤战士的手,她脸上呈现着一种不安和痛苦的神情,她的脸上燃烧着愤怒的火,亲切和蔼的口吻,慰问着负了伤的战士,这种情势下,老太婆脸上的皱纹更加深了,很明显地刻画着数道灰色的线条,在这灰色的线条上,泛露着她的慈祥和博爱。

她那失了神的眼睛,发射着微弱的灰色光芒,凝视着白色绷带的伤口上,流出来的紫色的血斑。

"你们看哪!负伤同志流血过多了,你们看脸色都变成蜡黄的了!"

老太婆拉长了颤动的声调说。负了重伤的战士,微微地睁开了眼睛,目光从睫毛的空隙间射了出来,向周围巡视了一下,眼睛的微光慢慢地碰到老太婆的脸上,向她斜视了一眼,又把那颗疲乏而凹陷的眼球紧紧地闭住了,嘴巴只哼出了一句:"不要紧。"

又仍然安详地躺在担架上,身上慢慢地抖颤着,嘴里有时哼出一种烦痛而单调的声音。

老太婆一面招呼她的媳妇，烧一锅热水，一面又喊保长做饭，收集慰劳品慰劳战士，老太婆这一发起，好像惊醒了摇篮里的孩子，大家才体念到这一件事。

于是全村都发动起来了，像电流一样飞传了开去，又像传染病似的，很快地传染了附近的大小村庄，一切行动起来了。

不一会，有拿肉的，拿挂面的，拿鸡蛋的，拿鸡子的，还有拿青菜的，都向街心涌来，各人拿着各人的慰劳品，吵着嘴，大叫着，互相讽刺着……

"你们都不要吵，小心惊醒了受伤的同志，大家去交给保长好了。"

这又是老太婆的提议，老太婆好像做了全村的指挥官。

于是人群又向着保长那里涌去了。

媳妇把热水端到了老太婆跟前，她又叫媳妇拿了一条很新的毛巾，这毛巾还是媳妇娘家的嫁妆，老太婆很细心地把毛巾浸在热水里，替负伤战士洗擦着血斑，负伤战士好像过意不去的推扭着，无力的挣扎着，向老太婆点着头，表示他们的谢意。

"孩子！你们为了老百姓，拼着你们的性命，流你们的血，难道我们还怕麻烦吗？好孩子，回去安心地休息吧，军民都是一家人。"

"……"

老太婆断断续续地把她心底的话都谈了出来。

她用轻软的，没有用过的嫁妆毛巾，很小心地把负了伤战士的脸上受伤的紫色血斑擦掉了。

负着轻伤的战士，爬了起来，一双手挂着白色布条，一双手用力地撑着沉重的身躯，用□□□□的口吻，向围拢来的人及老太婆讲述着昨夜的战斗的经过——

他是带着奋勇队的一个班，村庄像死灰一样的躺着，一切都是死的，静的，唯有星星还活耀地微笑着，预算着他的成功。

他们几个英雄匍匐前进，爬到了城墙前，可巧四周都没有水沟，就很快地爬上了梯子，进了第一道墙，敌人像死猪一样的，很快地就打开了第一道墙，队伍也接着跟进来了，在开第二道墙的时候，敌人发觉了，开枪射出的子弹从身边擦过，当他扔过去第一个手榴弹的时候，他觉得腿上麻木了，他还没有在乎，打第四个手榴弹的时候，他的身子上负了伤。

"……"

老太婆的眼睛射出了不十分充足的光芒，盯视着这个讲话的战士。

她好像要从他的脸上找出什么东西，又好像有很多的话要说似的，可是她终连一句也没有说出来。

太阳亲切而温暖地吻着大地，它催促着树林脱去了灰色的外衣，在地皮下拔出了绿黄色的嫩芽，一切都在春的闪光中跃进着。

负了伤的战士，为了早点到医院里去休养，于是担架离开了街心，慢慢地向远方抬去了，人们都跟在后面送出了村庄，望着那几副担架的背影，在她们的视线中消逝了以后，大家才慢慢地转回身。

《东北日报》1946年10月4日

发扬学生革命传统

从五四到八一五，特别是为筑路的问题，万宝山的问题，九一八的问题等，我们东北同学，一直走在斗争的最前列，游行示威，化装宣传，蹲监坐狱，流血牺牲；总之，勇往直前，一无所惧。

我们哈尔滨当代的同学，在西门脸留下的血迹，在大石头道街遭受的伤痕，在中央大街监狱中逝去的青春，在民告官刑场上丧失的生命，值得永远纪念。

这是为的什么？一句话，为的是反帝反卖国贼，为的是反日本帝国主义反卖国贼蒋介石。

今天，我们看到了，感受到了，过去的奋斗，获得代价，在东北部分地区，已经出现了民主联军，实现了民主政权。

不过，东北另外一些地区，仍在蒋介石统治下，而且勾结美帝国主义，更甚于过去勾结日本帝国主义，为进行压迫而向我们进攻。

我们东北同学，哈尔滨同学，应把这光荣的往日，光荣的革命传统，继承与发扬起来，为争取自己祖国独立自由，民主和平的彻底胜利，更勇敢地走进斗争的行列，走在斗争的最前列。

《知识》半月刊1946年第2卷第2期

今天的日本人

　　从本庄繁的布告到裕仁的广播，形象一点说，从"八格牙路"到"阿里阿豆"，作为法西斯日本的一个历史阶段，既愧又悲。

　　一九三一年，日本为了做一笔大生意，开了个世界最大的扎彩铺，头号出品叫"满洲国"，第二号出品叫"皇帝陛下"。"驻满日本大使馆书记官"林出贤四郎，这个牛皮匠写了一本双簧广告，名曰《扈从访日恭纪》。它的全部内容，不外把"二号出品"举得高高的，吹以"乾德之纯笃，天纵之聪亶"，而广招主顾。其实识货的人，谁不明白，所谓二号出品，不过日本孩子玩的人形而已。论其价，差不多值个烧饼，或一张傀儡戏票。

　　这样，日本逐渐地统治了东北的一切。用关东军掌握军事，用株式会社垄断经济，用协和会操纵政治，用民生部奴化教育。除此，还有什么大权轮到"皇帝陛下"管呢？恐怕连公共厕所都管不着哇。

　　一切既操于日本人之手，日本人口自然随之增多。除去朝鲜，日本在东北的"侨民"最多。不说别的，单就伪满教育一项看，日本人任教育者，也就够多了。据伪康德七年（一九四零年）出版的《民生部关系职员录》所载，一共六个大学，六个校长均属日本人，全部教授中日本人竟占百分之七十以上。最近全东北的日本人口，尚无确实统计。今年二月十二日，长春日报发表，侨居本市日本人口总计十九万七千九百零六人，占全市人口三分之一。这两个中国人挟着一个日本人的生活，该多么别扭。

　　一提起"日本人"，谁不痛恨。他们吃好的，穿好的，住好的，凡是好的，他们都有份。不管干什么的，所谓大和民族子孙，一概供给大米，而配给中国人的高粱米，吃也吃不饱。沈阳大汉奸赵心哲的一个日本小老婆，不算衣料，仅她的和服已在一百五十件以上，同我所见的热河农民，一百五十人也凑不起一件多余的衣服。东北城市内，所谓新市区，一概是漂亮房子，完全供给日本人居住，而中国人有许多连茅屋草舍都住不着哇。他们剥削东北人民十四年，剥削尽了东北人民的财务和血汗，尚嫌不足，且加以鞭打，任意杀害。一个东北青年和我说："你问问日本人，有哪双小白手，没有打过东北人的脸。"前天，我上高尔山，在庙上碰着一个烧香还愿的人。他告诉我，抚顺监狱只是前年死去的就有一万人。此等日本人非为刽子手，请问究系何人？

积累了十四年的血海深仇，终于引起了"八一五"后的复仇运动。沈阳一个学生说，他亲眼看见了，且亲身参加了这个运动。现在，凡民选政府所在的地方，这种复仇运动，由自发的散漫的，逐渐过渡到有组织的有领导的。在本溪湖，我参加一次公审大会。一个小戏园子挤满群众，一阵阵清算血债的控诉，有如疾风暴雨袭来，吓得跪在台上的八个犯人，都变成了死老鼠。他们再不敢抬起头来看看身边是些什么人，只是悄悄地听从审判。最后，法庭根据犯人的证据并几个群众要求，先判决矢田和岩崎两个大特务的死刑。这里说明东北人民是翻身了，加以民选政府的领导和帮助，越发壮大了他们的力量。这力量是无敌的，谁敢毁。曾经毁过他们的人，今天都在他们的面前低了头。

这些低了头的日本人，门前贴着或挂着两面中苏国旗，有些门边还写着"欢迎中华民国"和"欢迎苏联红军"之类的标语。每家窗门，都用木板钉得严严的。有的进门后的第二道门，上半截也挡上木板，出入必须爬着过。有的把门钉死，宁愿从窗子出入，看起来，这些都像是空房子一样。有时看见出入的人，也仿佛中国人的样子男人穿着对襟的棉袄，鼻子下的一撮小胡也刮得干干净净。他们有些人原来是技术人员，现在仍在铁路和工厂做事。虽说事已没有那么多那么重要了，有时甚至闲着，但他们还是按时上班，更怕丢掉这个职位，摔碎吃饭的家伙。外地来的所谓难民，多半下煤坑、拉车子、打扫街道。总之，他们参加了各种体力劳动，或者说参加了一种学习。因为他们闲散得太久了，恐怕已忘掉人间尚有劳动事呀。此外，还有些死不改悔的永远和东北人民为敌的家伙，在无限的苦恼中，等待他们老朋友来，给找出路。敌一百二十五师团参谋长藤田实彦，就等上了中国国民党辽宁省党部执行委员会主任委员李光忱，领到二十万伪币，作为主谋之一领导二月三日通化叛乱。不止他，还有不少的藤田实彦，等待老朋友，合伙做这种生意。虽然，他们必然赔本，但是，他们不赔掉脑袋，则不甘心休业。至于妇女，一般地说，她们原来都是家庭的守门人。有些职业妇女，为数也不算很多。她们往日多半靠着丈夫儿子或者父亲的屠宰钱，维持生活。她们生活得舒舒服服，关在门户里，好像桃花源人一般。她们想不到这大时代的浪头，袭进门户，无情地把她们卷了出来。她们是不自由地走出家庭，一看世界果然发生了变化，并且和她们自己发生关系。于是，她们在街头搭起小木板棚子，开吃喝店，卖旧东西。她们到中国商店做佣员，一月二百伪币外，给一顿午饭。她们在中国小饭馆当招待，有些地方连薪水都没有，只靠嬉皮笑脸捞点小费，她们没有本事，干不了什么，那只好在夜里，把自己的身体送到市场去。她们之中，最大批就是卖"馍吉"的，馍吉是日本一种大米糕，卖一元伪币一块。几个月来，我所经过的城市，凡有日本女人，卖馍吉的也越多。你到处可以看见她们胸前挂的小木头盘子。你到处也可以听见她们叫卖的声音。在本溪湖，我们又一次在小饭馆吃饭的时候，一连串进来卖馍吉的，一个走了，一个又来。我们吃饱了，再也吃不下什么。其中有一个憔悴的少妇，背后背着一个不满周岁的孩子，一直站在我们身边等候，好像等候一个天外飞来的希望。一边用半通的中国话说，她的掌柜的当兵死了，生活没法子。日本的罪魁，倒的倒了，死的死了，却给人民留下太大的灾难。我们并非庸俗的人道主义者，但为了同情她和孩子的无靠，给了十元伪币。她一接过钱去，小饭馆的伙计教训似的说："想想，你们日本早先对中国人有没有这样。"她一听就掉下泪，不住地向我们鞠起躬来。我想这对她可能是一种教育的机会，给她那塞闭的思想，契进一个新的道理。

在本溪湖东北文艺工作团征求音乐工作者时，应征而来了一个野中姑娘。她从八岁起学钢琴，学到今年十八岁了。她是"八一五"前一个月才从东京来到此地舅母家，所以她对中国人和中国生活很生疏。文工团很注意这一点，照顾她，帮助她，给工钱，送大衣，特别在她病时，给她慰问品。这样，她渐渐接近工作团，而在思想上也有了某些新的认识。她找懂日文的同志，给她翻译冈野进的言论。她放下自己非常喜欢的歌德诗集，开始学习政治，民主政治。可是，她的舅父母却是顽固派，苛刻地管束她的行动，连出门都不能随便。她总是背着他们跑到文工团来，学习政治问题。甚至，还给文工团同志做一点友谊的纪念品，也不敢给他们知道。有一次，她很高兴地说，她结交了一位新来的日本好朋友，使她懂得了些民主日本的建设问题。并且表示，她愿意参加这个伟大的工作。她在进步着，日本人民在进步着。

最近，东北新来了一些日本人，如野中所说的：好朋友。几乎所有的日本人，都不认识他们，这些人是干什么的呢？他们慢慢知道了这些人原来是日本革命者为民主日本而奋斗的战士。日本的将来唯有依靠他们的领导，才有希望。

《知识杂志》1946年第2期

读书的观点与方法

这个问题，如果具体地讲，譬如拿一本具体的书，应该怎样看这一本书或读这一本书，是比较容易讲的。但如果一般讲，就比较难讲。

一般地讲，对于读书，是有种种想法的。我过去在一中做学生，二十年来，我们过去的时代，今天还没有完全结束。学生看教书的人很恭敬，而教书的人，如一句老话："家有二斗粮，不当孩子王。"——这可以说是一种教书的观点了，这是一种对付、混饭吃的观点，但并不是说每一个教书的人，都是这种观点，而是说一般教书的人，有着这样的观念。那是因为教书的人，从读书过活下来，找个饭碗，只好教书。

读书的学生，固然有种种观点，包括思想、出身、环境，而大致有两个观点。

一种可以叫作"功名、富贵"的观点。我曾经在北平的公寓里，看到一个大学生，在墙上写着几个字："为功名不惜寒窗苦"恰如前一个时代，把四书五经读得稀烂，为的是进京赶考，落榜回家，连家人都不理睬，如果考中，就夸官三日，神奇得很！我曾经在山西太原看到有些老家还悬挂着考状元的匾，都被风吹雨打给蚀烂了，还拿它当宝贝呢。求得功名的人，不但当时神气，死后还有后人沾光呢。考功名这样的观点，一直到今天还是有的。考功名之苦，简直是令人难以形容的。我曾经在北平的故宫里看见过"小抄"，用白绫子写上洋火头大的字，塞在腰里，预备考试的时候偷着看的，我们在学校的时代，也曾经在考试以前，像押宝似的，押几道题的。考功名的观点，我当时也有那种想法的，因为要想在毕业以后求得"一官半职"，也就是"民国的功名"。我也是很早天不亮就起来，睡得很晚，母亲舍不得给油。倘若没有思想，观点，能这么干吗？这分明是想要弄个"一官半职"的前途，是这个力量使得我这样的。

后来。在学校不是所谓"考功名"的时代了，而是一个"挖门子、搬窗子"的时代。读书是为了"出息"，想要"出息"，就要"挖门子、搬窗子"。你们也许不熟悉，你们的父辈也许熟悉。这个时代，有的地方已经结束，而有的地方还没有结束，在解放区已经结束，而在国统区还没有结束。当我将要由一中毕业的时候，天天急得要死，我家里很穷，没有三亲六故，也就是没有社会的势力关系，怎么能求得"一官半职"呢？回家也对不起老人。观点就要变一变了。于是我便投考了"商船学校"，因为这个学一来是不要钱、官费，二来是有势力，张学良、沈鸿烈都和这个学校有关系，一毕业就可以当"将校之才"了。"功名"和"富贵"是分不开的。所谓"背井离乡、苦读十年"，"大丈夫当成家立业"，这些观点和"功名、富贵"的观点，在内容、本质上是不变的。这是一种人的功利观点。像我家，家很穷，是不是一个个人就可以解决的问题呢！个人的问题也许解决，却解决不了家的问题；家的问题也许解决，却解决不了社会的问题。我渐渐明白了这是一个普遍的问题，不仅仅是个人的问题，而是社会问题。不但我一个人没有出路，而是成千成万的人没有出路，而要我一个人有出路，就必须成千上万的学生都有出路。

五四以后，为什么成千成万的青年学生都参加了革命呢？难道是他们被革命这个新名词所诱惑，都有了革命的瘾？不是的。实际是有一种社会的力量在推动着。不论你会怎样反对，你自己是并不能离开社会，而不得不和社会结合的。一九三二年，我参加了革命，那时的一中可以说是哈尔滨的革命中心，固然大多数人都有着同样的理想，而参加了革命，是不是有少数人不大赞成呢？那是有的。他家有钱、有势，当然他就不赞成革命的。我最近在阿城遇见了一个人，我们几个人在一齐走路，忽然听见有人叫我，我以为是叫别人，却叫的是我，他说："你不认识我了罢，我就是某某。"一看，原来是二十年前，我在一中时代的同学。过去，他是连狐狸皮袄都不愿意穿，脚踏车是必须蓝牌握把的，他才肯骑。而现在呢，一看他端一个小木头盘子，里面装着五六盒烟卷、几把瓜子。到他家里一看，也是家徒四壁、潦倒不堪。我问他："你过去反对我，今天还反对不反对我了？"他没有回答，哭了。我拿公家的钱，给了他五百块钱。我一到中苏友好协会来，就有往日的同学来找我。最近有一个同学，他抽大烟，也是潦倒不堪，要我给他找工作，我说："你能把大烟戒了，我马上就给你找工作。"话忽然离题了。我是说：一个人的观点，和他的前途是很有关系的。那个时候如此，今天也是如此的。青年必须和革命结合，而必须要和社会在一起，否则，就要堕落的。

有一句话，叫作"开卷有益"，无论什么书，只要一读就有好处，这是一种"随便读"的观点，譬如这一本签到簿，上面写着名字，拿起来一读，也就有好处。也是一种士大夫阶级的观点，随便拿起一本书，读起来，就和功名大有益处，这种观点当然是一种旧的观点。还有一种观点，就是埋头读书，不问世事，说得文雅一点，就是"为读书而读书"，只是一味地读，并没有目的，学究式地读，不好听一点说，这就是"读死书"，从小读到老，一直读到死。英国有一个人，读了一辈子书，却一句话也没有讲，一篇文章也没有写，一辈子就是读死书到死，这就是"书呆子"而已。再如拿着一本英文，拼命读，或者看一篇古文，拼命读，不知道为什么要读，只是死读而已。我在一中的时候，一个先生被警察抓去了，学生到警察厅去请愿，我邀一个同学一道去，他却说："我的数学答还没答上呢。"他因此就不去了。（笑声）——这是一种死人的观点。

还有一种观点，叫作"长生不老、成仙得道"的观点。白居易有一首诗："人生何所欲，所欲为两端：中人爱富贵，高人慕神仙。"——这是一种"唐僧取经"的观点。和尚、道士、尼姑之中，有没有这样诚心诚意读经，想要成仙得道的呢？固然有些是酒肉和尚、花和尚，而拼命读经，想要成仙得道，到那一辈子，阴曹地府去享福的人，少固然是少，不能说是没有的。苏曼殊这个作家起先是革命的，后来出家，求长生不老，结果也死掉了。李叔同是丰子恺的先生，有一次我在汉口碰见了丰子恺，听说李叔同最近练这一道，是很深的，他连坐凳子的时候，都要事先蹾一蹾，生怕凳子年久腐朽，生了虫子，压死虫子，是有负长生不老之道的。（笑声）

还有一种观点，这是一种"绝后"的观点，是"行帮"的观点。中医，当然并非个个如此，有一种"偏方"，只有他自己知道，或者传给他的儿子，或者谁也不传，死了就把这偏方带进棺材去。

今天，这些旧的读书观点，全部或者部分地仍留在我们的旧社会里存在着。另外，在另一方面，有着新的读书观点，这是从五四以后发展起来的革命的读书观点。

我们读书，首先要想一想："有用没用？"读它做什么。譬如拼命读英文，读好了，就可以当翻译。但是我们要进一步想一想："为什么用？"有用固然有用了，但是要想一想："给谁用？"假如当了翻译，跟在美国人的屁股后头转，这也是有了"用处"的：不但这个人可以饱暖，而且对于蒋介石，也是有了用处的，他多了这么一个人，美国人也会高兴的。这样的"用"——跟在美国人的屁股后头转，起劲不起劲呢？如果起劲，觉得只有跟在美国人的屁股后面转才过瘾，奴隶成性，那又当别论，否则，就要想一想究竟给谁用，用在什么上面？

我们读书，是为了用在人民上面去的。所谓读书为了有用，是要给人民用的。我的这种说法，有的同学认为对，也许有的同学认为不对；但这事，是要自己来想，自己去认识的。抽大烟的瘾，上了瘾的，就甘心堕落，而看不到、听不见的瘾，像跟在美国人屁股后面转，也是有瘾的。没有这种瘾的人，我们就要告诉他，不要上这种瘾。革命兴否，即是为人民服务兴否，这条路是要自己选择的。

有了读书的观点，也就是有了读书的标准。我们随便读一本书，也都要有一个观点，否则就没有用处。今天，我们为人民工作，有一句话说："书到用时方恨少"，所谓"用时"，就是为人民工作的时候，要它"多"。

这种正确的读书观点，我过去的先生也曾说过。起的作用大不大呢？也有一些，还不太大。我过去八十多个同学，有几个在为人民工作，为人民服务呢？有几个同学坚持下来了呢？当时很多同学听了先生的话，都觉得对，但表现这话的对不对，要在什么时候呢？要在离开学校以后，看他是不是实践了？抽了大烟，当了特务的堕落分子，是并没实践先生的话的。

我见到了久别的母亲，还是这一套破衣服！老人的观点不同，姐姐、弟弟的观点都不同。我们的周围，有着好多不同的观点，旧的势力，旧的看法还是有的。家庭里有，社会里也有。你虽然有了新观点——革命观点的萌芽，这一动摇，那一动摇，倘不坚持到底，和这些观点去斗争，还是要倒霉的，这就是"倒霉的观点"。再重复一下：所谓革命的观点，是有用的观点，是为人民有用的观点，跟旧的势力斗争，把它推翻；不动摇，而用自己的力量坚持下去。

具体地讲一讲，书。也就是知识，大致可以分为社会科学和自然科学。古今中外，书多得很，究竟哪一本书是好书呢？人家说好，自己就以为好，人家说不好，自己就以为不好，也许就真的好，也许就真的不好，但也许就恰恰相反，是必须自己分析批判"是非好坏"的。批判"是非好坏"就要有观点，没有观点，就很难批判的。

那么，拿什么标准去批判呢？最高标准，是以人民利益为第一的仅只以人民利益为标准，而不以个人或其他任何利益为标准。是要用这个标准来批判"是非好坏"的。举个例子来说，譬如"封神榜"，是不是好书呢？我们讲迷信，我们为人民利益设想，是要破除迷信的，这本书没有用处，反而有害，便不是一本好书。再如萧军先生作的《八月的乡村》，萧军先生是一位老作家不但在东北，在美国，在日本，在苏联，都有萧军先生的作品的翻译，这本《八月的乡村》，是反映了东北抗日联军的文学作品；九一八当时，许多人投降帝国，甘心做了汉奸，只有东北抗日联军英勇地抗战，表现了中华民族在东北的唯一的武装存在，这是东北人民的抗日武装斗争，萧军先生把东北人民抗日的史诗反映出来了，有用没有用呢？他鼓舞了国外和国内流亡的东北人民抗战的信心，使广大的中国人民参加抗战，这无异议地，在"人民利益"的标准上，是一部有用的作品。另外如在一二八当时，上海的人民在抗日，而在这民族生死存亡的关头，有一个诗人写了一首诗："国家事管他娘，不如打打麻将！"这对于人民是只有害处，并没有益处的。如果对于人民没有好处，我们就不去读它。

譬如毛主席的《论联合政府》，这本书主张中国应该实现和平民主，反映了中国人民的需求，这当然是一本好的书，一部有用的书，合乎人民利益的书，我们是要读的。还有蒋介石的《中国的命运》，用人民利益的观点来看，这是不是一本好书呢？如果站在人民的立场来看，他是不是适合人民的利益呢？如果不适合，它就不是好书。蒋介石，他在《中国的命运》里主张着"大汉族主义"，单拿这"大汉族主义"来说，是不是适合人民的利益呢？在两广贵州，住着苗瑶民族，他们是不是赞成"大汉族主义"呢？他们一定不赞成，在一九三九年到一九四〇年，日本人要打桂林，国民党的军队要退到山上去，山上就是苗瑶人的区域，苗瑶民族不许他们上山，就把他们打下去了。苗瑶民族非常恨大汉族主义，非常恨蒋介石，他们说："我们从前在平原上，你们把我赶到山上；日本人来了，你们又要上山，你们想把我们赶到那里去呢？"苗瑶民族一生下来孩子，就一个一个掐死，难道他们没有骨肉之情吗？因为太穷了，因为蒋介石的"大汉族主义"把他们害得太苦了。

我最近翻了一翻天津的大公报，看到蒋介石的秘书长吴铁城阅了美军驻华的事情，发表了一段谈话，他说："我们中国人没有一个人不欢迎美国人驻在中国的，可以随便问一问中国人，他对于美军驻华，都要说，'顶好的！'"同是大公报，再翻一翻另外一面，却记载着美军的暴行，一个月有三百件，撞死、强奸……也就是平均每一天要有一个人受害，我们可以问一问那受害的中国人，他是不是会说"顶好"的呢？再问一问那被美国人给害死了的中国人，他会说"我甘心叫美国人打死"，打死得"顶好"吗？我幸亏有了人民的观点，不至于叫吴铁城之辈给蒙骗。只有为人民利益的标准，才能辨明是非好坏的。

最后，谈一谈读书的方法。我们读书的方法，必须是中的知识分子美谛克，他不坚定、动摇，最后开了小差，从前就不大理解：为什么人家都好好地在这里革命，你偏偏走掉了。十年以后的今天，我读它，可以说懂了，懂了这个道理。精读，就是要读懂，精读就是为了要达到懂的目的。

舒群同志一九四六年十二月一日在文场的报告
K.T.记

日本鬼子在东北留下些什么？

甲说：日本鬼子千不好，万不好，总算有一点好，在东北给我们留下些东西，比如鞍山的昭和制钢所、弓长岭的煤矿、鸭绿江的发电厂、本溪湖的煤铁公司，以及各地交通建设等等。

乙问：这些东西原来是谁的，是日本鬼子的，还是咱们的？

甲答：是咱们的。

乙问：日本鬼子建设这些东西是为了谁？是为了日本鬼子自己，还是为了咱们？

甲答：是为了日本鬼子自己。

乙问：那么日本鬼子还好在哪一点呢？

甲说：我是说，日本鬼子总算费了一番力气。

乙问：真正费了力气的是谁，是劳工，是关东军？是咱们东北人民，还是日本鬼子？

甲面红耳赤，无言以答。

我同意乙的意见。但我并不否认日本鬼子曾经给我们留下些东西。不过我所指的，是那些原非我们所有的，或原非我们完全所有的，而是日本鬼子来时给我们带来的，走时又不曾带走的，最后给我们留下的东西。日本鬼子给我们留下些什么？以我所见所闻大的有六样：

一、穷

二、非常装

三、不自由的生活

四、毒

五、协和语

六、仇恨

说句东北话，穷是穷透了，穷掉了底儿，特别是劳动者。去年冬天，我经过热河时，有几夜住在农民家里。他们秋收的粮食，不用"出荷"，将就够吃穿的衣服，却仍使人发愁。他们的孩子，光着屁股，露出身子，有的只是披着半截破门帘子，或一块破布片子。在近□平的山腰间，有一个十三四岁的女孩子，用那麻秆似的胳膊，正在帮助爸爸捡柴火。天是那样的冷，她只穿一条短裤衩儿，冻得脸发白，肩膀发青，全身发抖。一个同志和我说："唉，我把衣服给掉了，假如再有一件给这个女孩子多好哇。"那时候，我们差不多都把自己多余的衣服送给农民，后来，凡是不大用得着的布做的东西，都送给一位老太太。她想，是留着自己包脑袋用，是补丈夫的裤子，还是给孩子做鞋面呢？她盘算来，盘算去，使得她一夜没睡好。我走的时候，她告诉我，自己还没有拿定主意。

随便你走到一个城市，想买一件中国衣服，有点像下海摸针似的。那里挂着的，手拿着的，除去花花绿绿的和服，几乎全是短洋服、协和服等。同时，还有些人一时换不下来，仍旧穿着那种非常装。男的是一身协和服，或是一套中国袄裤，头上不是戴着战斗帽，腿上就是打着裹腿。女的上身是长袍或是短袄，下身却穿着一条马裤。这种不三不四的衣装，如果叫作非常装，还莫如叫作杂种装更恰当些。

在城市里，我当接受人家九十度的鞠躬。不管他来，还是我去，总之，两人一碰见，他必然来个九十度，分别时，依旧如此。也许说不定，在这一场的交谈中，他又来个鞠躬，仍是九十度，好像差一点都不行似的。我最怕的是行到九十度的时候，他还停那么一刹那，相似"臣有罪，不敢抬头"的样子。因而陷于窘境，弄得无可奈何。其实，我不止对九十度鞠躬感到隔膜，连他走路或站着的姿势，也觉得有点变了样。我常想，他是怎么学来的，又怎么习惯了的问题。在抚顺的学校里，我拾了一册"民生部"出版的《满洲国国民礼法》，才得到充分的解释。那上面，写满条文，绘满图，个人的一切姿态，它都给了你一个标准，不自由的标准。我翻了翻，仿佛它完整无缺，但我自己一阅，发觉尚缺三条礼法和三种附图：一、拉屎撒尿的，二、睡觉的，三、死的。不知立法者学识有限，还是职务疏忽，一句话，这对他是个遗憾。正因为这样，"满洲国国民"捡了那不在礼法以内的三大自由。除此而外，都有约束，就是九十度鞠躬，仅此一例。一位诗人曾叫它"屈辱的形象"，如作为本质的呼唤，我认为应该叫它"不自由的标准"。

日本鬼子还在"九一八"以前,对于东北人民,便已进行慢性杀人政策,毒化政策,用洋行的名义,公开贩卖毒品。"九一八"后,他们把洋行改为专卖局,更合法地积极地贯彻这一政策。所以在农村,满地烟苗,在城市,尽是毒品馆,在街头挤满抽大烟的,打吗啡的,吸白面的。在"七七"以后,美日战争以后,在它们需要劳动力的时候,连"征空"的香烟盒上,也印上两条标语:"增产尽人力,出荷报帝恩"。于是,协和会扮上一副道貌岸然相,宣传部分的禁毒。这就是说,今天用得着的,你们多活几天吧;用不着的,还是慢性的杀死你们。在热河,我碰见一个畸形的女子。小铺子认识她的人,告诉我,她才二十岁,已经抽了十三年的大烟。

你翻开国民高等教科书,一见被割裂的地理,被篡改的历史,是那么别扭。同样,你在大街小巷,一听什么"国境""部落",什么"奉仕""出荷",什么"经济犯""国事犯",是那么不顺耳。问时,另有些听的人,又是那么不介意,那么自然。到现在,我还在某些报社杂志上,发现"胜利完遂,和平强化"一类的字句。我最忘不了的,是和一位先生谈话。他用古语,新术语和协和语三种混合语说:"孔子曰,三十而立,我已达而立之年,我必须丢开小资产阶级,努力新民主主义,向人生大目标迈进。"东北语言的混乱,完全由于协和语的破坏。所谓协和语者,就是用日本词句而给中国语法以破坏的,带着侵略性和火药味的外来语,即奴化语言而已。

在民选政府领导下的清算和公审大会,那么多的人们,睁大着眼睛,伸出着拳头,勇敢地走上台子,以愤怒的精神,在高声控诉。为的是什么?简单地说,两个字:仇恨。无论谁,假如不是神经病者,不是死心的大汉奸,他自然记得自己家的人被杀戮,土被抢占,房子被烧毁,自己被奴役。假如不死,他必然记得这一代的仇恨。在本溪湖的一次公审大会上,我指着被绑赴刑场执行死刑的战争罪犯,向一位老太太问:"可恨不可恨?"她说:"哎呀,世上再没有比这种人可恨的啦。"我问:"要你杀他,你敢不敢?"她说:"别看我不敢杀小日本儿,我可敢杀他。"

如果日本鬼子给我们留下的东西,不止以上六项,那么就算暂停。

《知识》半月刊1946年第2卷第3期

悼王大化同志

（挽歌词）

化同

大同化志

　　从今，你永别了我们。

　　大化同志，你赤胆忠心，吃苦耐劳，多才多艺，不私不骄，兄妹开荒，秧歌功高；你无愧为人民艺术家、文教英雄，无愧二十七年，当今伟大时代。

　　大化同志，我们纪念你，学习你，继承你的遗志，永远歌颂人民的胜利。

　　大化同志，安息吧，安息吧，白山黑水，冰天雪地，松柏常青，年少英俊。

《东北文艺》1947年第3期

知识分子故事之一

——记一个女学生

在沈阳，我们东北文艺工作团，单单找便于工作的住处，就找了两三天。每一所空房子，差不多都一个样子，小鸽笼子似的日本式：左一隔扇，右一隔扇，一进门，就得脱鞋，使人分外感到别扭。结果，还是找不到满意的，只好将就一所。

这一所，幸而门窗水电齐全，用不着再麻烦。特别是，我们意外地碰上一个好邻居，或者说，一个好女学生。她叫小芳。

听说，小芳家只有三口人，父母和她。人口虽少，却有钱，不愁吃穿。而且，为她早已准备好了的嫁妆，将来足够养活他们小两口半辈子。

不知道谁先和小芳认识的，又怎么熟起来。我见她第一面的时候，她已在帮助我们打扫房子，指引街道；随着她就看我们排戏，听我们唱歌；随着她就讲故事，送纪念品。总之，她和女同志手牵手，都成了好朋友。但她对男同志，很少来往，有时候，连招呼都不打。对我这负责人，也如此，甚而她还把头一扭。

一个晚上，我们在开团务会议的时候，小芳来了，看她那个样子，似乎带来一个问题，并早在想象中安排好了如何的场合，如何的提出，又如何解决。可是，她想不到这个梦破了，我的屋子里，有那么多开会的同志。于是，她愣起来。虽说她有十七八岁的样子，到底还免不了带点儿孩子气，一碰到不如意时，把嘴一噘，眉头就跟着皱起来。我问："小芳，有事吗？"她赌气似的摇着头。我们中间一个同志故意开玩笑地说："没事，你干啥来？"她一听翻了翻眼睛，仿佛要顶一句嘴；但一意识到在"男同志"面前，她又不得不显示一种成年人的庄重，并且用闪闪的眼光，聪明地一转，便把自己玩耍的神情变为严肃的态度。她告诉我说:"门外有人等你。"我随她出去,但没有人。我问:"人在哪儿呢?"她指了指。我顺着她所指的方向,透过稀薄的暗淡,望过去,仍未发现人影。我又跟她走出胡同,转过拐角,连一个走路的也没碰上。

这时候,几种复杂的疑虑,使我即时停住。假如不是几年来的工作给我些锻炼,或者不是她给我们留着一个友好的印象,那么我真要发火了,可能跳起来。我仍然冷静地问一句:"小芳,你为什么骗我呢?"她答:"我没骗你!"从那种稚气的声调里,我依然听得出遗憾中埋伏着委屈。"天这么黑,你快点儿说,说了好回去。究竟是谁找我?""舒群同志,告诉你吧,就是我找你。""你找我。又何必这么麻烦?""因为你屋子里的同志那么多。""那你现在赶快说吧,人家还等我开会呢!"

我等着,等到她经过一番紧张之后,鼓了鼓勇气,才听到她的声音:"我有一个希望,一个要求,你能不能答应我?""你说得明白一点儿。""我想你们走时,跟你们走,行不?""你怎么想到参加革命的呀?""我看革命好嘛!""怎么好呢?""你别问我这个吧,你这不比我懂得多得多。""你懂多少就告诉我多少。""你不笑我吗?""不,你说吧。""我本来啥都不懂,伪满的教育又能让我懂啥呢?可是,我常想一个人为啥活着呢?想不出道理来,我就哭。这回你们来了,我看过你们的戏,你们的工作,打动了我,我懂得了为人民工作的意义。从这儿以后,我连觉都睡不好了。总是梦见跟你们在一块儿呀……你别让我说吧,我说不好。""说吧。""你看我在家有啥意思呢?终归还不是把我送到婆婆家去……舒群同志,你别让我说吧,我不愿意再说啦!""你和妈妈商量好了没有?""妈一点儿都不知道。""你和她商量商量。""不和她商量,她老啦,不明白这新道理。""你让我考虑考虑,明天回答你。""你现在就回答我。""不!""为啥不呢?难道你们女同志都是和妈妈商量过的吗?""那倒不一定。""那你为啥一定要我和妈妈商量呢?"我开始之所以不答应,并不完全由于她母亲的缘故,最重要的是想对她更了解一些。但既处于这种情况之下,我除去答应以外,随便一句什么话,对她都是伤害,还能说什么呢?

这种情节,看起来有点像小说的穿插。其实,小芳的确是那么真实而具体的人物,那么女性而又勇敢,那么稚气而又坚强,那么热情而又冷静,那么思虑而又单纯,那么平凡而又聪明,那么茫然而又追求,那么理想而又实际。当你记起自己参加革命的一瞬,便得到了这个解释,或像你将来参加革命时所得到的这个解释一样。

从此,她有时参加我们练习唱歌,参加我们时事政治学习,必要时,参加我们部分工作。由于她和我们的接近,自然渐渐疏远了自己的母亲,因此,她这曾经一致的家庭,发生了裂痕,甚至对立。有一次,她参加我们小组检讨会,为了一个问题,和一个女同志讨论起来,就忘了回家睡觉。半夜的时候,母亲来找她了。有的女同志也劝她,但她把小嘴气得鼓鼓的,始终不肯回家。她不住地说:"我连这一点点自由都没有吗?"这位老太太气得眼发蓝,叨咕一顿"女大不由娘"和"心眼野啦"之类,便自己回去了。

第二天,小芳回家以后,有的同志说,从隔壁听见她们娘俩吵了嘴;有的同志又说,好像听过乒乓的响动;有的同志还说,听到哭声。因为责任感,我上她家去。

小芳母亲第一句话,告诉我的就是:"女儿病了。"好像为了不负我的好意,或是避我的猜疑,她悄悄地把门留了个缝儿让我看看那蒙着被睡在床上的小芳。我不自主地出于一种常情的慰问,想迈进门槛去。她却用世俗的客气,拦着我。同时,她还说:"她刚才睡着,让她静静地睡一会儿吧,病得很重呢。"话还未了,小芳把被子一掀从床上跳下来,无对象地喊:"谁病啦?我没病!"一个多么无情的天真的冲动啊,揭穿了一个多么偏私的世故的谎言。

果然,她们母女在一个人生的问题上,闹起争吵,一个为了理想的憧憬,而愿献身革命,另一个由于对封建的传统,而加以束缚。一如"五四""大革命""九一八""七七"以至"八一五"以后,所发生的家庭问题——社会问题相似。不然,那些革命知识分子,为什么偏偏要闹得族人的感情破裂呢?不然,那些过去的现在的,将来的革命男女,既非"石头缝而蹦出来的",难道谁无骨肉之情呢?

我们对待邻居,依旧两个关系,一者越来越近,我们也从不离远;一者越来越远,我们也无从靠近。概括地说,那位年老的一看见我,就白愣眼;那位年轻的一看见我就嘱咐道:"你们走时,可别忘记我呀!"

可是,我们要离开沈阳的那一天,小芳真的病倒了。她的母亲,一早就出去请医生。我用体温表给她试验一下,三十九度还多。这时候,我只好说,小芳你好好养病,我们将来再见。她掉了眼泪,拉住我的衣服说:"我不连累你们,我自己可以走,你等等我,等等我呀!"我还说什么呢?安慰她两句,走出来。为了怕打搅她,我阻止了我们所有同志和她的告别。

中午,出发的时候,我们大家带着一个共同的留恋和惋惜,穿过一条条的大街,出城而去。天黑以后,一路上,除去车马的声音,脚步的声音,一切都已寂静无闻。可是,小芳远去的声音,一直跟在我的耳旁。

忽然,队尾的一阵喊叫,传来一句"小芳来了"。我想我们那些青年的同志,徒为一种留恋和惋惜,何必用想象模拟的而发泄情感呢?难道不怕惹起别人的忘怀吗?随着有一个同志赶到前头,告诉我说,小芳趁着母亲不在家,她爬起来,用订婚戒指租到一辆马车,追上我们了。随着,我便听到小芳不停的笑……笑哇,笑。

这笑,不是恋爱所能给的甜蜜,不是梦里所能给的欢欣,不是假装所能给的美丽,不是书文所能给的满足,不是父母所能给的感动,不是师友所能给的崇高。

这笑,是那般甜蜜,欢欣,美丽,满足,感动和崇高。

这笑,唯有革命者——为人民服务者所独有。这笑,唯有革命者——为人民服务者所理解。

后来,我虽然离开文工团的工作,但从来没有忘过小芳,特别是我在东北大学等处,想到一些有如小芳相似的女青年,就想到,她们也是小芳。当然,我在哈尔滨等地,也想到另外一些,各式各样不同于小芳的女青年,又想到,你们怎样不向小芳学一学呢?

1946年11月28日作

《知识》半月刊1947年第2卷第4期

谈"反'翻把'斗争"

——座谈会上的发言和补充

"反'翻把'斗争"上演以后,在剧本的创作和演出的创作上,得到成功,得到观众赞扬,得到东北局宣传部记功奖励。

这个创作的好处,在于思想性的深刻。它捉住了东北当前的主要现实,土地改革运动,捉住了其中的主要内容,农民和地主恶霸的斗争,捉住了其中的主要问题,"来生"问题。并且,在这个问题上,把握了农民的要求和党的政策,农民群众终于喊出:挖坏根儿,挖财宝,挖枪支,终于正确地解决了问题,放手发动群众。一个创作,单是这一点不够。思想是创作的灵魂,如果仅限于理论的文学,那是一种理论,而不是创作。

这个创作的好处,还是于生活的真实。它反映了今天东北农村和农民的新生活。刘二嫂在"这大月亮地儿正好推碾子",随后她的丈夫"打算给老吕头儿兑二升去",这是头行人的先公后私。当马奎五"搜出"子弹、要绑刘振东的时候,刘自己扯下绳子,要范永和把他绑起来,还说:"谁叫绑上的以后叫他亲手给我解开。"最后果然如此。这些新的生活和习惯,新的思想和感情,既真实,又丰满。一个创作,单是这一点不够。生活是创作的源泉,如果仅限于生活的骄傲,那是一种生活记录,而不是创作,或不是完整的创作。

这个创作的好处,又在于技术的可观。它不止善于包括了深刻的思想和真实的生活,而且首先善于组织、集中和概括,使之更语言化、更形象化、更典型化。否则,马奎五、刘振东、范永和、赵□明、群辛等人物,不会那样凸出,"没有你说话的必要""板子打皇上"等语言,也不会那样生动,总之,这样简单故事,绝不会那样动人,那样有力。这便是自然形态的加工结果。一个创作,单是这一点不够。技术是创作的手艺,如果仅限于技术的强调,那是一种脱离一切的、一无所有的、装腔作势的创作幌子，而不是创作。

　　这个创作的好处，主要的包括了以上的好处。因此这个创作称得上艺术品。这个创作能够很好地完成任务，即如东北局宣传部奖励的通知说："这一个剧本对于东北农民群众和新的干部积极分子有深刻的教育意义。"

　　以上仅就个人理解谈的。此外，希望东北文工第二团从这次剧本的创作上和演出的创作上，总结经验，再把工作向前推进一步。更希望我们文艺工作的各部分，更多地更好地得到成功，得到群众赞扬，得到记功奖励。我们也展开一个立功运动，用文艺为人民立功，为工农兵立功。

《东北日报》1947年7月20日

华君武同志的漫画

在延安文艺座谈会上，毛主席没有单独谈到漫画这一具体问题；但在会后，记得毛主席单独召集过延安漫画工作者蔡若虹、张谔、张仃、华君武等同志，关于漫画问题，作过长时间的谈话，明确指出今天这种艺术创作的实质，和将来发展的道路。当时，或由于作者重视认识不足，或限于客观条件困难，这一工作尚少值得注意的表现。现在时过四年，今天在东北解放区的王爷庙、北安、东安、佳木斯、哈尔滨等地，都看得到誊写的漫画，其中以华君武的为多。最近东北画报给读者印发的"意见书"，上面有一项"喜欢什么画？谁的画！"至目前为止，收到近百封读者的回信中，有十分之八是这样写："喜欢漫画""最喜欢华君武同志画的"。由于漫画工作者大家的努力，产生大量创作，且已引起读者的注意和欢迎，特别是华君武同志的作品，得到更大的胜利。

我们文艺工作者为这个胜利，表示极大的敬爱和庆贺。同时，我们想到远方的毛主席，也必然为这个胜利而感到欢喜。

华君武同志来东北以后，便安心于漫画创作工作，一年多的时间，他在东北日报、东北画报、东北漫画、知识杂志等处发表的作品，已有一百余幅。他的作品给群众很好的影响，在学校、工厂、街头、文工团和秧歌队的宣传牌上，到处发现华君武的复制品，或华君武的仿制品。远在齐齐哈尔的车站上，悬着一大幅"热心家"，近在哈尔滨的电车上，也贴着一小幅"画饼不能充饥"。这是说，华君武同志的作品，再不拘限于个人创作的范围了，已经成了群众描摹的画帖。这也是说，华君武同志在革命的艺术工作上，用极大的努力，换来极大的贡献。

华君武同志的绝大部分作品，包括一个总内容，即蒋介石独裁内战卖国者和美帝国主义侵略者如何勾结，如何残害中国人民的种种罪恶勾当。如用"合股经营"一幅，或"一手制成""当场表演""新献地图"三幅，两者都够作为这个总内容的概括说明。其他如"一个不能实现的愿望"、"无题"、"背道而驰"等等，也都未离开这个总内容的范围。作者为什么紧盯着这个总内容呢？因为它属于今天现实的一个重大方面，作者忠于现实，必然会着重地选择它，加以无情的暴露、讽刺、打击的反映。这是完全对的。正因为这个总内容，才给了各个具体主题的基础，才给了各个具体创作的基础。没有这个基础，创作也就没有成功的基础。当然，一定的内容，一定的主题，必然要通过一定的形式，一定的技术，一定的创造过程，才能达到集中的表现，明确而尖锐、充实而有力的表现，艺术的表现。漫画创作基本上也如此，华君武同志的部分作品也如此。如"一人得道、鸡犬升天"、"一手制成"、"没有看客的臭戏"、"丑打扮"等。这些作品不仅说明作者把握住内容，主题，应该表现什么；而且说明作者会表现，懂得怎样表现。他会夸张，才不夸到脱离现实的程度，非常的程度，一塌糊涂的程度。他会讽刺，才不讽刺到技□的程度，玩弄趣味的程度。他懂得精致，才不精致到一笔一画的程度、工笔描画的程度、文学上自然主义的程度。他懂得严整，才不严整到几何画的程度，模子铸造的程度。总之，适度的恰到好处的表现，就够了。同时，不论形象的单纯（如"磨好刀再杀"等）和复杂（如"蒋家班子扮演的丑剧"等），也都同样表现得如此。其所以能够如此，即于前面所说的，在于作者认识和把握主题的厚薄轻重、政治性的强弱大小，也在于作者的技术的优劣高低，也还在于作者争取时间性的快慢迟早；而不在于使用口号才明确，单纯，刻画敌对形象才尖锐，东拉西凑硬堆材料才充实，乱用笔墨乱用劲儿才有力。这和写东西一样，不是把要讲的问题"讲"透了，把反对的对象"骂"够了，把多余的字句拉长了，把不必要的口号加多了，就明确了，尖锐了，充实了，有力了，或者也就"艺术"了。正相反，不但不功成，而且会搞糟了。这个道理，说起来容易，做起来难。但华君武同志部分作品做到了，实践了这个道理，也就是证明他的技术水准跟得上自己思想的高度，跟得上自己作品内容的要求。

在表现形式、形象上，华君武同志的作品，有些已经或有些正在开始中国化，通俗化，现在越来越显著。如用中国式油房表现蒋孔宋陈刮民的"榨干了"、用中国式磨坊表现蒋美用"炮驴"磨民的"合股经营"、用吹糖人的表现蒋家国大代表的"一手制成"、用旧戏某种对比表现蒋家国民大会的"没有看客的臭戏"、用通俗而深刻的"直上青云"表现"东北接收大员"的"一人得道，鸡犬升天"、用民族的象棋表现蒋败丑相的"后备空虚、败局已定"、用江湖卖艺耍猴子戏表现蒋介石请贷的"一切为了货欵"等。此外，即蒋介石的膏药，也很中国化通俗化，它多少表现着中国法西斯的封建性、流氓性，特别是头痛性。这种表现，作者已经渐渐地洗刷了中国漫画中掺杂着的外国影响和模仿着的外国成分，而残余的外国味，留在"支持"、"另一种来华美军"等作品上，也还剩得不太少。漫画和其他艺术创作一样，不知觉地受外国影响容易，搬外国也容易，但有意识的去掉外国影响，却非常难，不搬外国也非常难。线条构图表现方法的斜正，和语言文字表现方法的纠正相似。从学生腔和洋八股到群众语言化的纠正，必须通过一定的生活过程，一定的创作过程，才能够满意，或比较满意；漫画的纠正过程，也必然相似。华君武同志在这一点上走在前头，差不多已经走出一条路来了。

在漫画人物的创造上，华君武同志创造了一个贴膏药的蒋介石，一个有典型性的蒋介石、独裁内战卖国者。蒋介石喜欢说"以不变应万变"。华君武同志喜欢画"以万变应不变"的蒋介石：经纪人（"关店大拍卖"）、卖淫者（"送旧迎新"）、捡破烂的（"掩鼻而过"）、丑角色（"新献地图"）、小偷（"窃贼和他的老板"）、内战好手（"当场表演"）、运动员（"跟踪而来"）、独裁专家（"蒋家班子扮演的丑剧"）、大茶壶（"无题"）、蝗虫领袖（"蝗灾"）、美国狗（"爱？国？护？权？"）、残酷的剥削者（"合股经营"）等。这是作者笔下的"万变"，但蒋介石的膏药"不变"，蒋介石的本质、独裁内战卖国"不变"。由于作者理解得深刻，才有如此的深刻创造，否则不行。有同志说："华君武把蒋介石算画到家了，怎么画怎么像。"这是恰当的评语。

此外华君武同志还有一个好处，值得学习，就是他能够尊重别人的意见、群众的意见。如果有人给他提供好材料，即会接受，绝不以此非"独出心裁"，加以冷淡或拒绝。并且他常征求人家的意见，以加强自己的工作。一句话说，他不自以为"专家"，自以为是。华君武同志和王大化、古元同志在艺术的创造上，各有不同，各有长处，但在这一点上，倒是共同的。

最后，为华君武同志提出考虑，为漫画工作者提出考虑，从现有蒋美的内容，如果能够扩大到土地改革上去，以农民的思想情感，通过农民熟悉的形式和形象，首先主要的给恶霸地主以讽刺，创造一种农民漫画。可能时，再加上给农民以赞扬,作为对照漫画、漫画和写实画结合的一种尝试(张仃同志的"到蒋军后方去",或就是这种尝试的最初开始)。以上两者的尝试,如果能够创作成功,那在内容主题扩大的基础上,漫画的领域,将从城市扩大到农村,从小天地扩大到大世界去了;漫画的群众,将从干部群众、城市群众扩大到农民群众,从少数人扩大到多数人去了。这一扩大,将是漫画的非常发展,希望能够成功,愈早愈好。

              八月二十七日

《东北日报》1947年9月2日

关于《夏红秋》的意见
——复作者的信

范政同志：

　　本月六日，你从双城寄来的信，我已收见。为了你"热烈的要求"，关于《夏红秋》，我写些个人的意见，一面供你参考，一面与大家商讨。

　　几天前，《东北日报》载关于新闻工作的问题，《晋绥日报》用"客里空"检查自己的工作。因此使我想到，如果我们的工作也做如是检查，在文学创作上有无"客里空"的问题，有无不忠于现实的问题呢？我想是有的。如果我们同样用来检查《夏红秋》，有无这个问题？把《夏红秋》读了三遍，我认为基本上没有这个问题（虽说也还有毛病）。由于同志们关心你这篇小说，主要的在这个问题上，发生一些不同的议论。所以我也只在这个问题上，提出自己的意见。

　　本月四日，《东北日报》的《尽量办好中学》社论，曾根据第一届教育会议做有以下的结语："在东北青年学生中还有很大一部分没有摆脱敌伪的奴化教育和蒋党的愚民教育的影响，依然还是盲目正统观念，反人民思想在他们头脑中占统治地位。"我认为这正符合客观现实，也正符合《夏红秋》的内容。社论还说："经过两年的实际教育，东北知识青年的思想是逐渐在发生变化。"而且，事实证明现在已有千万东北知识青年参加革命，在与工农兵结合和为工农兵服务。我认为这正是客观现实，也正是《夏红秋》的内容。因此，我认为《夏红秋》的内容，基本上忠实地反映了东北知识青年的主要现实问题，概括地反映了东北知识青年的主要现实问题。因此，夏红秋有典型性。

　　《夏红秋》开头就说："为什么不早告诉我是中国人呢？我真恨我的父母。"不知道或不大知道自己是中国人的东北知识青年，不止夏红秋一个人，而是夏红秋们的实际情况像她,自以为"'满洲国'最标准的小国民",必然"努力念日文"像她"'满洲国'最标准的小国民","走到大和区,看到马路干净,日本人懂礼貌,文化程度又很高,大和女高出来的学生,一个个像蝴蝶似的洁白好看。而满族人呢,无秩序,不团结,并且有不少要饭的,抽大烟打吗啡的,大部分目不识丁,更谈不上科学了",必然想到"什么时候'满洲国'才能和日本一样的文明强盛呢"?因此她对"川畑老师","不知不觉的我被迷住了,我崇拜她甚至于崇拜天皇",甚至快到"八一五"的时候,她还想"日本军队总是无敌的"。敌伪奴化教育影响的恶果,不止影响到夏红秋一个人,而是影响到夏红秋们。"八一五"以后,她的王老师"演说了":"我们的国军,在我们伟大的领袖蒋委员长的领导下,就来拯救我们,让我们高呼一声蒋委员长万岁!"于是"同学们像爆发一样地欢呼"万岁。从此,她"最爱听人家讲蒋委员长的故事,言论和逸事",同时想到"我简直崇拜他到了顶点,我认为他是中国的天皇,又是四大领袖之一,我,我甚至可以为他而死去"。奴化意识加盲目正统观念,糨糊上加糨糊,毒上加毒,等于更有毒更糊涂的思想。不止夏红秋一个人,而是夏红秋们的思想情况。结果,"中央军没来,倒来了一群八路""连军灯都没见过",她觉得可笑,连对"阮同志"都表示,"恨不得咬"那女兵一口才痛快的样子;总之,从"黄大褂子"反对到"土地政策",反对共产党。除去"中国,中国!我要为你长叹三声了"也只好抱着"等待主义"。这种思想情感,不止夏红秋一个人,而是夏红秋们所共有的。由于她听到"东北广播""决定到沈阳去"当她见到了"远远的淡黄色的电灯光底下站着两个穿灰军装的兵士,这一定是国军"的时候,她的"脚像竞走似的飞起来",并且想着:"到那边拿什么做见面礼呢?要按外国电影上的办法,该来一个拥抱!那可不行!应该握握手,啊!这是多么有意义的握手!一九四六年八月十二日的黄昏,是我生平永远不能忘记的一天"。好个知识青年的浪漫梦想,却碰到"金牙国军"给她"留下很不好的印象"。随着,她又"挨了重重的一个耳光",又住了一夜"胡闹"的旅馆,又看见了"右脸上一块红痣"的"训育主任";此时,她才承认"已经得到教训了",并且感到"大楼上挂着的蒋主席大幅像,被暗黑的夜幕渐渐遮住,他的面孔上,往日浮着的伟大神气已经不见了"。所以她重返"分别了一个礼拜的安东",也"发现它非常可爱了"。同时,她再通过"工农兵"所见所听所影响的结果,她转变了。最后,"看看自己这身黄大褂，回想起一年前，不由得失笑起来"。这种思想情感的转变，不止夏红秋一个人，而是夏红秋们的转变。

这种梗概的叙述，简单的分析，如果没有错，那么凡是"不止夏红秋一个人，而是夏红秋们"也就没有错，也就不但基本上忠实于现实，而且有典型性。东北知识青年正需要这种小说对照自己，反省自己，教育自己，提高自己。

下面再谈几点毛病：

第一，个别观点和个别措辞的矛盾和混乱。首先用"'满洲姑娘'变为'女八路'的故事"作为夏红秋的副题，使读者多少有些传奇之感。特别对"川畑老师"的描述："同学们都恨她，偷偷地骂她：死日本婆子"；唯有夏红秋"和她有了感情，而同学们就渐渐和我疏远了"。这种个别与一般的对立，夏红秋与同学们的对立，即造成两种否定：一方面否定了夏红秋的典型性，另一方面否定了同学们所受敌伪奴化教育的恶果。在这个问题上，或者作者企图强调夏红秋的特殊性，作为"满洲姑娘"与"女八路"对比，以加强"变伪"的力量，岂不知道恰是"力量"的削弱、现实性的削弱、典型性的削弱。再比如"同学们都恨""死日本婆子"，当"我和她有了感情"以后，反而"同学们有的羡慕我"；既"羡慕"夏红秋，又"恨"她何来？既"都"，又"有的"何来此等矛盾和混乱，难免使人产生不同的议论，而损害了这篇小说的效果。

第二，用工农兵影响教育知识青年，是必经的改造过程。但用农民的"老太太"，民主联军的"肖华将军"和"一个年老的工人"影响教育夏红秋，或者由于材料结合得不够密切，或者因为作者了解实际不深，使人感觉影响教育的必然性不够，甚至流于某种程度的形式。因为从全篇看起来，显得"头重脚轻"。这一点要求得比较严格，不一定妥当。

第三，自述体使作者容易掌握，使读者容易感觉亲切逼真，但容易流于肤浅而不够深入。《夏红秋》有些需要着重的地方，特别是前后几处转变的关键，像电光似的，一闪即逝，读起来感觉不过瘾。当然，用艺术创作发掘思想情感的问题深处，是最难能的，不宜一概要求。

天快亮了，不多写。最后总结一句告诉你，你这篇小说优点多于缺点。你来信说，你在做群众工作，希望将来读到你反映群众翻身的作品，更成功的作品。

　　此致
敬礼

舒群九月十六日夜
《东北文艺》1947年第2卷第4期

评《无敌三勇士》

根据几个不十分完全的出版统计材料看来，东北两年多以来的文学，在数量上，"为兵的"大大地超过了"为工的"，却不少于"为农的"；在质量上，为兵的也像为工农的一样，不断地产生着出色的作品。例如《无敌三勇士》《家》《上当》《杨勇立功》等等都或多或少地引起人家的注意，得到好评。

在党的文工会议的文学组上，曾把《无敌三勇士》提出，经过大家的讨论。现在，我个人就讨论的结果，再加以整理和补充。

《无敌三勇士》是一个短篇小说，字数不过七千多，主要的人物不过四个（阎成福、老油条、赵小义、李占虎），叙述的不过一个简单的故事（从不团结到团结）。但是这个短篇小说的影响和意义，却不小，它标志着作者在创作上的一个明显的变化、一个明显的成果。

刘白羽同志在文学工作上，坚持岗位，努力不懈，已有十多年。这期间，他写的小说、报告、散文、传记和论文，估计已在百万字左右。就其数量，即可证明作家的一定的创作成绩；作为整个的创作过程来说，他必然以最大的辛劳历经了并突破了许多的难关。特别是延安文艺座谈会对于从事文学工作较久的作家，的确是一大关，谁能走过来，谁就表现了创作的光彩。今天创作证明刘白羽同志是走过来的一个。他忠实地执行了毛主席所指示的文艺为工农兵服务的方向，长时间深入实际斗争，一面在学习改造自己，一面在体验生活搜集资料，历时数载，终于基本地结束了过去的小资产阶级的知识分子式创作，显著地迈进一步，把创作提到新的水准上来。这新的水准表现在《无敌三勇士》上，表现在部队的来信上："白羽同志的《无敌三勇士》在全面模范连的战士中，受到极大的欢迎。"

从这篇小说上，首先从语言上感到了可喜的变化，字字句句，使人"通行无阻"。在这一点上，作者必然尽了极大的努力，克服了语言的夹生性。这种夹生的语言，读起来，总带着涩性的外国味，不大合乎中国的胃口，因而不妨称之为"涩性的欧化语言"。比方"波浪朝太阳翻一下恶意的白色，便哗的抛掷过去了"（摘自《同志》，一九四一年作），"更可怕的是有一股阴风在悄悄转，反动派又开始出来流老百姓的血了"（摘自《在四平的一间房子里》，一九四七年作），"天十分黑暗，潮湿而落雨"（摘自《百战百胜》，一九四八年作）等，这类的语言，不是表现得含混，就是使用上浪费。不管含混和浪费，结果只有一个，同样的都在减损或伤害内容的准确性或完整性。在《无敌三勇士》里，像这类的语言几乎找不出来了。就是表现李占虎"一肚子热情换了一肚子苦恼"的复杂心情，最后只用了"哭哭不得，笑笑不成"一句，既相当简练生动，又十分通俗易懂。不止一句如此，从头到尾，整个一篇大致也都如此，因而也可以说，作者真正达到了正确使用语言表现的开始。同时，这个开始，并未带来什么偏向，既未单纯地展览歇后语，也未生硬地转播"语录"。

在组织结构上，《无敌三勇士》纠正了作者过去某些作品给我留下的散漫的印象。全文共分十一节，每节各有重点描写，节和节之间各有密切连接，这种章法，易于让人一读到底。即使从"这样双方正在十分高兴，谁料到突然之间插进一个战士来，他多了也没有，只讲了一句话，从此就闹开了不团结"，隔了第二节，一跳跳到第三节，才提到这"一句话"是"我瞧你那英雄牌是碰上的"，但这种倒插笔，也无损全文一贯的章法。所以说，在大体上，可谓真实自然（有别于书记式的记录）和紧凑严密（有别于人工式的造作）兼而有之。在表现方法上，作者正迈向有力集中的表现，尽可能地抛弃了过去的琐碎空洞的不十分必要的描写（以"涵庄的夜晚"为例，如"我一把抓着一根绳索似的说""我劈裂市帛的喊""这不是平静吗？美满吗？好像春天一切美丽的生命细流，在他身世上漫过一切沧桑琐细。历历风尘，到头汇成一个安静而美丽的湖潭了"）。

不管语言、组织结构、表现方法问题，差不多是我们同代文学工作者的共同问题，其根源所在，也差不多同是欧洲文学影响的结果。因此，我们一再提出作品的民族形式和中国化，也就是为了解决这个问题。但这个问题，不是一旦认识了就解决了的。解决的必要条件之一，必须通过一定创作实践的过程。刘白羽同志同样经过了如此过程，如以《孙彩花》（一九四四年作）作为明确的开始,就已经经过了五个年头了,直到现在,在《无敌三勇士》上,才打下初步的基础,达到初步的收获。无论经过多长的时间,这些问题一经解决,在作者体验并掌握了实际生活而后所产生的作品上,将会更加光彩。

当然,作品更大的光彩,应该放在生活内容上、思想内容上,《无敌三勇士》即其一例。在内容上,这个短篇比起作者早期的作品,固属大不相同,即以后期作品而论,也不大相似:作者投身实际斗争,丰富了创作内容的同时,也提高了自己创作的思想,特别是最近经过《政治委员》和《百战百胜》而后产生的《无敌三勇士》,更明显地表现了这一点。这篇小说的主题,简单地说,就是写"三勇士"的"无敌",也就是写东北解放军的无敌。不是单纯歌颂"无敌",而且说明了"无敌"的本质。不是概念地抽象地说明了"无敌"的本质,而且以创作手段比较形象地集中地表现了"无敌"的本质。从阎成福、老油条、赵小义三个战士闹不团结开始,使李占虎这个好班长在他们之间,"哭哭不得,笑笑不成"。在他拾得一块死人骨头以后提起:"我看这是穷人骨头,地主富农有钱人,死了有棺材有坟,怎么也不会乱丢在这里,穷人活着没饭吃,死了也没地方安葬,给风吹雨打,还不是东一块西一块,到处乱丢,穷人有谁管呢?"因而赵小义想到"我爹放猪,丢了猪,挨地主打,气死了。爹还没埋,我就给国民党抓兵抓来啦……他们皮鞭子蘸凉水,打得我死去活来……"阎成福想到"你给地主害死爹,我给地主害死娘……"老油条想到"人家是穷人,难道自己是富人吗?"他们意识到了同是受苦的人,同是阶级弟兄,有着共同的仇恨,所以表现了"火线上生死抱团结",最后成为无敌三勇士。这个内容的中心思想,在于告诉我们,虽属阶级弟兄,也必须经过一定的阶级教育,才能提高阶级觉悟,从思想上达到团结,而成为无敌的力量。作者要达到的目的是达到了。这篇小说不仅"在全面模范连的战士中,受到极大的欢迎",而且将成为教育战士的极好的读物。不过其中有些缺陷,重要的有两点。一点是党的领导问题。通过班长李占虎一般表现的党的领导,不够强。这"不团结"到"团结"的发展关键,在于阶级教育,阶级觉悟的提高,在于"一块穷人骨头"。但这一块穷人骨头,是怎么来的呢?却由于李占虎的"发现"。从党的领导上看,这"发现"带着一种无意识的偶然性。因此,在这一点上,难免降低了作品某些的现实性和指导作用。另一点是在第五节和第六节之间,从"第二天进入战斗,忙着准备战斗就过去了,至于团结,还是没一点进步"到"第三天打了一仗"之间，究竟发生了什么问题，作者一字未提。假如闹不团结，对于战斗无所影响，那"生死抱团结"的意义又何在呢？由于这个缺口，在"生死抱团结"的时候，就显得无力，或者力不强。假如这篇小说劝人的力量不够强，其主要的原因就在这里。结果，也是难免降低了作品某些现实性和指导作用。

总之，《无敌三勇士》不论存在着哪些缺点，也不论是从作者创作发展的历程来看，或是从目前一般作品的水平来看，它都不失为一篇好作品。

现在，解放战争的形势，不断的开展，需要更多的文学工作者，深入部队，与战争结合，那里充满着时代的主要内容，等待我们创作更多更好的作品，这将成为文学工作者最大的光荣任务。

《文学战线》1948年第1卷第2期

舒群谈《暴风骤雨》

《暴风骤雨》的原稿，我看了一遍半；那时主要是注意一些字句细节。这次要开座谈会，会前也浏览一遍，未能仔细研究，所以也只能提出一些笼统的或琐碎的意见。真正比较正确的深刻的批评，只有待于广大读者群众的发言，加以集中、研究、发挥，才能办到。

总的说一句，这是一本好书，但是也有缺点；它能使人读下去，不过读后感人的力量不强，留下的印象不深。

这本书是写土改的初步过程，内容包括很广：党的领导、领导思想、领导方法，特别是关于农民的思想情感，地主的罪恶等等，更加复杂，如果作者没有一定的生活体验和气魄，是不容易写出来的。

在写正面人物上，不但写得多，而且写得比较成功，写出了农民和共产党的血肉关系。许多读者，一提到赵玉林这个人，都念念不忘。

在语言上，立波同志下了很大功夫，从书上证明有成绩，从发言上说明有心得。另外，我想补充一点意见，就是真正掌握农民的语言，必须首先或逐渐掌握农民语言的语法。

关于政策思想问题，我同意以上同志的看法，"打人"和"对中农"写得是有些不妥。这一点减低了作品的思想性。此外对于生活的体验不够，理解得不深，特别是表现在土改运动变化过程的关键上和农民思想情感的变化过程的关键上，明显地暴露着这个弱点。写得比较成功的人物之一的赵玉林，使人感觉不够真实；从开始"这会想透啦，叫我把命搭上，也要跟他干到底"，直到最后的"死"，简单得如同一条直线。如果要问：为什么这样简单呢？只能回答：生活问题。地主打小猪倌是书里很重要的一个部分，但必然性写得不够；为什么一定在那时候打小猪倌呢？否则，农民能否起来斗争呢？如果要问：为什么这样凑巧呢？也只能回答：生活问题。

　　最后总的补充一句，如果给《暴风骤雨》以上中下三个位置来评价的话，听了大家的意见，我觉得似乎把它摆在上中之间的位置，比较合适。

20世纪50年代（1950—1959）

东北戏曲改进会成立会致辞

  由于剧本改编较之创作为快，容易普及，以及东北戏曲工作者已经产生了统一的组织，东北在二年之内肃清旧戏有毒因素工作，已经成为可能。中共中央东北局宣传部副部长刘芝明在该会执委会上讲话，对戏剧工作者光荣担负起肃清旧剧毒素这一任务，加以勉励，希望大家努力克服在改造旧戏过程中遭遇的困难，主动推动工作，并注意加强团结，互相学习。

《人民日报》1950年1月6日第3版

生产喜报

安东造纸厂的工友们，技术人员们、生产管理人员们，在党政工青的领导下，他们用自己的手，完成了生产任务，又用自己的纸，印成了报。这报，出版虽不定期，每期的内容倒有价值；篇幅虽小，作用倒大；虽以车间、分厂、总厂为数个出版单位，名字倒是一个，都叫《生产喜报》。

一九五〇年第一期生产喜报：出版单位是第十一造纸车间，出版时间是一月二十四日的早晨，内容是宣布该车间提前七天零二小时十分钟完成一月份生产任务。

第一期生产喜报，仅是生产数字、生产报告。但是，这个数字、这个报告，既不简单，更不枯燥。凡完成生产任务、特别超过生产的数字，就是最喜的数字、最好的数字。同样，凡完成生产任务、特别超过生产任务的报告，就是最喜的报告、最好的报告。

当这个报印刷的时候，王荣富和王吉国这两个人，再不仅是第十一造纸车间主任，而成了一对编辑兼出版者。他们和车间所有兄弟都一个模样，红光满面，春风满面。他们憋着，再也憋不住了，笑吧，嘻嘻哈哈地笑起来。你瞅瞅我，我撞撞你，好像是说：你笑的什么，你懂得；我笑什么，你懂得。又好像是自问自答：你娶媳妇，这样笑过吗？没有。你添孩子，这样笑过吗？没有。更好像是个个都在自得其乐。多好的滋味，多好的滋味！这样的滋味，使最有本领的厨师难调，最有技术的科学家也难化验。只有他们，只有完成并且超过生产任务的人，才调得成，化验得出。因为完成并且超过生产任务的人，最会笑，笑得最有滋味，最有思想，最有意义。他们的眼睛，仍旧含蓄一种深刻的警惕，即如报上印的："不要骄傲，不要自满"。他们的手，更加歇也不歇地忙着，即使歇下来，也还要准备滚转里的机轮和轮带、铜网和毛布。发生事故，也如报上印的：“再进一步，请全厂工友努力，努力，争取全市模范厂”。

在这个报出版以后，首先传到弟兄车间。工人抢着看，看了一遍，再看一遍。有些人自然而然地给第十一车间的弟兄拍起巴掌，不管他们看见不看见，不管他们听见不听见只顾拍呀，为了表示我们向你们道喜，我向你们学习，我拍我的，没人看得见，就拍给自己看，没人听得见，就拍给自己听……有些人不太自然地吸了一鼻子类似亚硫酸的味道，想道：不都是一样的人吗？不都是两条腿两只胳膊架着一个脑袋吗？我为什么比你落后呢？顺嘴喊道：“瞧我的，赶上去！”有些人当然什么也不表示，什么也不说，但不是无动于衷，更不是消极。他们大半是老了几岁，火小了些！"说什么，说是没用的"。他们正在经验上技术上用脑筋，想一条道道来走，怎样"提高技术，改进工具"，才能压过走先的。总之，各有各的想法，各式各样的想法，只有一个目的：赶上第十一造纸车间，完成生产任务，超过生产任务。

第十一造纸车间，属于第四厂。这厂的负责人，都是工人出身的干部。厂的主任于春荣用不着要报，不如省下一张，让别人看。他只要见见纸上落的黑字，就够了，就够缓一口气了，东操心，西操心，总算没白费劲。他越想没白费劲，自己越有劲："从一个模范车间创造一个模范厂！"老于有劲，支部书记兼工会主任的宋义发更有劲。他一个劲冲锋似的跑到总厂。他没带报来，也用不着带报来，脑袋里早装好版，不用纸，就可以随便印，印给总支书记谢荒田同志，又印给工会主任业田滋同志，再印给总厂长刘天达同志和副总厂长刘国保同志，最后，还应该印给更多更多的人，全安东市的人。他有的是劲，支部书记这份工作用不完他的劲，工会主任这份工作也用不完他的劲，他已经决定再加上一份编辑工作，预编第二期生产喜报。因为他已向总厂的负责同志们说咱们四厂明天一定能完成一月份生产任务！

领导者有劲，被领导者当然有劲。上下两股劲，互相作用的结果，就结成一种完成任务的动力。这种动力，已在四厂开始了：轮子越转越快，纸浆越流越匀，白纸愈出愈多，一大卷一大卷地滚过去，堆起来，有如白山。白山的窗外，天已经黑了。黑和白比，本来是最鲜明的对照：那黑，黑得格外，没有一颗星星；这白，白得惊人，没有一个点点。黑天下面的人，工作一天疲倦地睡了。白山旁边的人，为了建设自己幸福的国家，工作着，兴奋着，一点也不累，接纸头的手，动得快，送纸卷的脚步，走得动，检查机子的眼睛，瞪得大，看得准。这些手脚和眼睛，都是一个样紧张啊。生产就是打仗，现场就是战场，故障就是敌人，警戒、准备、消灭，就像解放东北的人民解放军一样，把敌人消灭得干干净净。宋义发和于春荣两位同志陪了一夜，流的汗珠子，和工人们流的一样，一样多。最后，事实给他们作了一个总结：劳力和努力等于生产任务。他们睡觉的时候，第二期生产喜报，已经由四厂出版了。完了向光荣的完成生产任务的厂和人表示敬意，并留作纪念，全报照抄如下：

我们四分厂全体工人，在党政工青的正确领导之下，响应了市党代表会议与工代大会的号召，为迎接一九五〇年经济建设高潮，在全体工人努力之下，已于本月二十六日下午二时，提前五天零十小时，胜利完成一月份生产任务，数量超过百分之〇.一一四，质量超过百分之九.六三。由此鼓励了我们提前一个月完成全年任务的信心。全厂同志更进一步努力为争取模范厂而再创新纪录。

第二期生产喜报，又是这样的生产文字、生产报告。但是，这个文字，这个报告，既不干瘪，更不啰唆。凡完成生产任务，特别超过生产任务的文字，就是最喜的文字，最好的文字。同样，凡完成生产任务，特别超过生产任务的报告，就是最喜的报告，最好的报告。它会打动辽东省的心，东北的心。因此，领导同志亲来道喜。

该厂刘总厂长说：你们生产任务完成得最快，送给你们最快飞机旗。一月份，你们夺得光荣的旗，你们还要月月保住光荣的旗。

东北总工会宣传部粟副部长说：你们的生产任务，第一个月提前五天半完成。今年全年，一定能够提前一个月完成。因此，特来向大家道喜，道喜。

青年团市委书记杨远同志说：你们在安东造纸厂打了第一炮，希望你们今年一直打到底。

市工会茹副主席说：从安东市说，你们这一炮，也是第一炮，这一炮，打得响，打得好。

道喜的人走了。道喜的旗和话，没有走，前者挂在引人注目的墙上，后者记在心里。它俩都是大家努力完成生产任务并超过生产任务的指向。虽说旗和话是不走的，它俩却播走了本能的电波。在生产喜报送到的时候，电波也传到了其他各个厂，各个车间。大家都异口同声："没问题，咱们总厂一定能够完成一月份的生产任务。"异口同声："没问题，咱们总厂还要能够超过一月份生产任务。"眼看着，这回就轮到总厂长担任总编辑了，第三期生产喜报，可以指日出版。

可是，谁想到呢？糟了。这时候，你如果问，厂的历史，厂里有人能够回答，从一九一九年起，到现在为止。你如果问，纸的历史，厂里也有人能够回答，从一○五年（后汉和帝元兴元年）起，到现在为止。你如果问，完成一月份生产任务，从何时起到何时止，厂里人只能够回答，从一月一日起，到□止。因为，厂里不断地出岔子。每日用水，从鸭绿江吸取三倍于安东市的消耗量，天暖解冻，水里带着脏东西，成了泥浑汤，破坏了纤维组织，纸就容易断头。孙成玉，一位抄纸的能手，就是为了连续接断头，压伤了右手，在自己的医务所缝了四针，需要休息一个来月。一件未完，一件又起：毛布破了，滚子断了，最害人的是碎木机坏了，造纸过程的第一个机关完了。真是好梦难成吗？不然为什么？为什么，你鸭绿江的太阳，今年暖得那么早？为什么，你孙成玉千小心万小心，千万个小心还有一个不小心？为什么，你毛布、你滚子、你英雄式的碎木机幸灾乐祸，火上浇油呢？你这些故障，滚蛋！我们安东造纸厂，是有过光荣的历史的。这个厂，不是从敌人手里夺过来的，从厂墟里重建起来的祖国造纸最大的厂吗？这个厂，不是数百生产先进者，生产模范创造过二十七个新纪录的，价值五百多两金子的厂吗？不是给毛主席写过信的，说过"迎接和保证完成一九五○年的生产任务"的厂吗？难道是往时光荣的厂史、创造的荣誉、保证的诺言和责任，可以一笔勾销吗？我们工人阶级领导的厂、共产党领导的厂、毛主席领导的厂，不能这样，永远不能这样。究竟是胆怯落后还是勇敢当先呢？汽笛代表厂的最响的声音回答："战胜困难，完成任务——任务！"

今天是一月二十八号，再过三天，就到日子了。不敢迟了，不敢迟了，假如一天是四十八吨纸，一分钟就是六六.六六七斤纸。就在这天上午，领导召开了工厂管理委员会。总副厂长、总支书记、工会主任、团支部书记、各科长、各分厂长、各工人代表、各技术人员代表等都出席。会上解决了两个同等重要的问题：战胜困难，保证完成一月份生产任务；预算困难，布置二月份生产任务。限于时间，不一笔一画地记这个会议。但是如何解决的问题，读者必然关心。因此，略记与解决问题有关的会上两位人物，供作参考。

这两位人物，都是总厂的科长，一位是工程科的李科长，另一位是生产科的宋科长。在会上，他俩发言都不太多，但非常不同，简直是两路人。不过，给人留下的印象，很深刻，都有教育意义。

据个人笔记摘录，李科长是这样人。为了克服困难，完成本月份和布置下月份的工程计划、机修计划，会上有人提出问题，质问李科长。比如：有人问："修建工程的进度怎样？"他答："大体上都差不多。"再追问："具体情况怎样？"他答："赶趟。"有人问："碎木机呢？"他答："下月吧。"再问："哪天？"他答："怎么的，也得十来天，再快不了。"有人问："三十三寸机呢？"他答："修理得差不多了。"有人问："什么时候完工？"他答："三月不打离儿。"会上的人，再耐不住了，紧鼻子的紧鼻子，咧嘴的咧嘴；真的，弄得哭也不是，笑也不是。有人追下去："到底是三月几呢？"他答："至早也得三月底。"有人急了："原来做的计划，是三月一号开工，你工程科长还不知道吗？"他答："知道是知道，拿不来钱，我有什么办法。"有人奇怪了："这个工程，是经上级批准的，你怎么不找会计科拿钱呢？"他答："我找过刘科长，不是，反正，我反正找过一个科长。"大家这么一追，那么一逼，挤得他无路可走，他声明："三十三寸机，我按期完成。可是电气装不成。"有人上火了："装不成电气，还是不能开工。到底哪一天能够开工，你说？"他答："我也说不上。"结果，他的话就是"没准儿"。因此，这个批评他，那个批评他，老老的批评他一顿。最后，总厂长总结了他思想上和工作方法上的问题，并要他好好学习，向生产科学习向宋科长学习。李科长最后一句话："这以前，该打我的屁股；往后，我保证按期完成工程任务！"从他那种精神来看，仍是一个能够纠正缺点的科长。因为他是个老实人，有不少的长处，特别是勇于接受批评，改正缺点。据说这次会后回去，就召开了科务会议，做了自我批评，做了更详细的工作计划；并且，三号蒸煮锅的修理，提前一日完成。

据个人笔记摘录，宋科长是这样人。从我们接收这个厂子，他是一致跟着党走的好干部，参加党以后，又成了好党员。在作家初审的总厂长的理想创作上，他成为重要的人物之一。在会上，他也是重要的人物之一。他这个生产科，负责总厂的生产总任务。有人问："完成一月份的生产任务怎样？"他表示："有困难。"有人问："有什么困难？"他答："洋灰氧化了，水脏，原木太湿。"有人问："有困难，有没有办法？"他答："有办法。"有人问："有什么办法？"他答："洋灰氧化了，要用火碱代替；原木太湿，不易煮，要加工扒垛顶（同垛顶上的原木）。"有人说："那就没问题了。"他说："上级还没有批准呢，怎么就没问题了。"总厂长批准以后，问："这回就没问题了？！"他说："还有困难，自己想办法呗！"再问："一月份生产任务，能不能完成？"他咬着牙答："保证完成！"平常的话，容易说；这句话可难说，一说出口，就要交出一月份的任务。有人再顶问一句，他仍答："保证完成！"倘是再问下去，他也不会改嘴。他对克服困难完成任务，是坚决到底的。他的话是有钉有帽的，有分有寸的。今天他的话，就是日后的事实。不过，据说他也还有些缺点，特别是对人容易冒火。这也许是因为他工作有了成绩，不自觉地骄傲起来，不管是否如此，为了他工作更加进步，应该警惕这一点。

有宋科长那样优点的人，不怕困难的人，在安东造纸厂里，从上到下，是很多的。工厂管理委员会开过会以后，党政工青召开的动员克服困难完成任务的小会上，就出现了许许多多的宋科长。他们能说就能做。从上头说，各个负责同志，不光是组织领导会议，而且下到现场，解决实际问题。不说别的同志，连人事科长伊苇，一个带着大肚子的女同志都下去了，一边了解情况，一边检查工作。从下头说，举两个例子。

一个例子，是关于聂忠义的。他，现在三十三岁。从根上说，他是安东六道沟的庄稼人。那时，连风带雨，一年干到头，还上租子，一家人都吃不饱。在他二十一岁那年，好心眼的人，就劝他进纸房子。他说，自己没这个手艺。人家说，十个和尚能挟个秃子。他是这样被挟进纸房子来的。一来，他就在大高楼上的蒸煮室，从早到晚，装锅放锅。好多年，他装了放，放了装。怎么装，怎么放，有个什么科学道理，他不懂得，因为日本小鬼不让他懂得。等到日本子倒了，蒋介石垮了，解放以后，才跟王志官老师傅当了徒弟。脑筋一开，他就摸到准，掌握了科学，创造了惊人的新纪录。在去年十一月三日，首创蒸煮硬料子的新纪录——十二小时四十五分钟，比定额缩短了五小时四十五分钟，十二月十五日又继创蒸煮软料子的新纪录——十一小时四十五分钟，比定额缩短了八小时四十五分钟。从此，他有了名。安东市第二届工代大会，他是主席团之一。安东市新纪录陈列馆，一进门就能看见他的大相片。该管所设的安东造纸厂的陈列室里，有六幅连环照相，介绍他的新纪录。在一月份里，全厂都困难，蒸煮室也困难。煤不好，蒸不上气。原木湿，不容易煮透。电气室有人闹意见，工作就麻烦。他就想办法，克服困难。煤不好，捡好煤烧。原木湿，扒垛顶。电气室有人闹意见，他忍耐说服。有一次，他放锅，还剩个锅底，按双方订的联系合同规定的四十分钟的时间快到了。那边有人催他，他说："就放完了！"那边说："不行，到了！"他求着说："再等一小会儿！"那边说："不行，合同规定好的。"他说："合同规定的是争取标准，也不是订的一到四十分钟，就停电哪。再说，只是这一锅慢了一点，前几锅，才三十分钟呀。"那边问："烧坏电滚呢？"他反过问："以前放一锅一点多钟呢？"那边喊："不行，走，向上级呈报！"不管怎么喊，他是不走的，因为一走就停下工作。一直到放完锅，他再去解释，也就没问题了，工作也完成了。

　　再举个例子，是关于李明先的，他在第一造纸车间。看到第二期生产喜报的时候，就急起来，再加上领导上的号召，更急了。他愈看自己的机子，纸出得愈慢，断得愈多。这是个一百寸的老机子，不大好用。前些日子，为了纪念斯大林七十寿辰，把抄速从八十米提高到一百零六米。他纳闷，怎么回事？这么慢？看着看着，气起来，毁掉它；不行，它是生产的本钱。尤其是从有历史的劳动里患难里，积累下来的感情，割舍不得。还是找找道理吧，找过来，找过去，找到了它的毛病：压水的两个胶皮滚。他把问题提出以后，技术人员就给解决了：两个对调一下。它的秒速，恢复了一〇六米，浆流得快，像一条小河似的流进干燥滚里，再流出来的就是纸，不断的一条飞快的纸流。纸流纵然不断，却以接纸头的精神，紧张地看守。他看着看着，又渐渐地慢下来，什么原因呢？左找右找，找不着它的根。事实终于告诉他，那是由于工人阶级的积极性，造成的一种"慢下来"的错觉。最后证明这个秒速一点也不慢，二十九日天不亮的时候，它已经完成自己的生产任务。它在一厂的冰天里，还是突然地一声春雷。

　　一声春雷，响透各个车间。一声春雷，轰起一阵阵的春风。一阵阵的春风，刮在厂子的院心。一阵阵的春风，引下了几滴滴春雨。从二十八到三十，不过三天，雨过天晴，一片春光。一月三十一日，十一点钟，通告完成任务的汽笛响了，响个不停。它向全东北、全中国喜报：春到，第三期生产喜报也到了。

　　雪化了，冰也裂开，一条条的新流，显得水怯，波也怕羞。一阵锣鼓声，敲来那么多人，个个都带着一个笑脸。有一个爱笑的女孩子，因为爸爸提前完成生产任务,她也提前穿上准备过旧年的新裤子;她就像妈妈、像好多婶子大娘提前杀了年猪一样。人愈来愈多,锣鼓愈敲愈响,多么冷清的院子,一下子就热闹起来,领导同志都扭起秧歌。一个月的重担子,一个月的辛苦,在这一刻里,多么甜,又多么轻快啊!大门外边,那些过路人,站下来,猜也猜不透:他们办什么喜事,是不是记错日子,今天就提前过旧年了?!不然,怎么都乐得闭不上嘴呢?

不光院子里的人乐,车间里的人,也乐;若不是在班上,谁都想跑出去,一块乐乐;就是在班上,谁也都想跑出去,看上一眼,但谁也说不出口。不过,第五造纸车间的人,稍微有点两样子。难怪他们,那是因为下面这样一个缘故。

第五造纸车间的八十八寸造纸机,是全厂最好的、担任生产任务最重的一台。它的秒速,一分钟一百一十六米,在创造新纪录上,记过它日产十五吨半的光荣数量。光荣给它是对的。它比任何机子都伟大、庄严、漂亮。数它的大干燥滚子,就有二十六个,如果把它摆在火车站上,真像一条列车似的。参观的人,首先看它,并给它以光荣称号。光荣给它是对的。厂也以它为光荣,人也以它为光荣,该车间主任于振江和全体工友,更以它为光荣。他们一提起它来,都有滋有味。可是,想不到,这一月份里水脏浆坏,总断纸头,一会儿一断,断起来时,于振江和全体工友就像上阵一般,南征北战,东荡西杀,从每个干燥滚里,抢出碎纸片,续进新纸头;刚卷过来,卷上纸滚,又断了。打个回合,又个回合,打吧,一天没完。人的汗流干了,孙成玉的血也流出来;但是,每天出不出纸来。一百寸机完成任务了,人家打着锣鼓,举着飞机式的奖旗,光荣地游行。他们每个车间呼喊:"努力,完成一月份任务!"当然,也向第五造纸车间呼喊:"努力,完成一月份任务!"人家别的车间主任过来道喜,并回答:"我们保证完成任务!"于振江是车间主任,自然,也得过来道喜,但他会带什么呢?说不出话来。六十八寸机又完成任务了,人家打着锣鼓,举着火车头式的奖旗,照样的游行、照样的呼喊;人家别的车间主任照样过来道喜,并照样回答:"我们保证完成任务!"于振江也得照样过来道喜,但他回答什么呢?眼泪汪汪的更说不出话来。飞机式的一百寸机飞过了,火车头式的六十八寸机开过了,总厂报喜的汽笛叫了,大螃蟹式的八十八寸机,还在爬着赶,所以于振江和自己车间的工友们,不免有点像"哑子吃黄连"——有苦说不出。

汽笛响个不停，仿佛正在复第三期生产喜报：

响应了市第二次党代表会议号召，及执行了工代大会决议，克服了年假后因气候寒冷，机器数日未能正常运转，水源不洁、粘草不足、帆布不合规格及碎木机事故等困难。我们终于上月三十日提前三十八小时，胜利地完成并超过了任务。兹将各厂数字公布如下：（见下表）

说明：

①提前三十八小时完成并超过百分之〇.〇〇〇七。

②因二厂一四四寸钢网不合规格，减去任务五〇.一二七三吨。一厂六八寸改造乙种办公纸，增加任务二五.四四一吨。

厂别	生产任务	实际产量	超过	不足
一厂	八一四.七六三吨	七八二.〇四〇九五吨		三二.七二二〇五吨
二厂	二九〇.九二八吨	三一三.五五五吨	二二.六二七吨	
三厂	一五四.〇四八吨	一六一.二五一吨	七.二〇三吨	
四厂	三〇.六八二吨	三三.五八三吨	二.九〇一吨	
合计	一二九〇.四一五吨	一二九〇.四二九五吨	三二.七三一吨	三二.七二二〇五吨

第三期生产喜报，更是这样生产的文字和数字，生产报告。这个文字和数字、这个报告，写来写去，算来算去，不知道算了多少次，写了多少次，才得到的实实在在的结果，既不夸张，也没隐藏。凡完成生产任务，特别超过生产任务的文字和数字，就是最喜的文字和数字，最好的文字和数字。凡完成生产任务，特别超过生产任务的报告，就是最喜的报告、最好的报告。

当天，安东造纸厂把这个报告用电报打给沈阳的东北造纸公司经理刘力子同志。他们收到这份最关心和最希望的电报以后，必然更加强了信心，完成东北生产任务，即如一九五〇年全国纸张生产计划的《前言》所说："为迎接文化建设的高潮，供应新中国各种纸张的大量消费……"

有句农民诗人说的名言："一籽落地，万籽归仓。"这里可以包含两个意思：一个是歌颂劳动价值，一个是证实土地价值。假如作为对联形式，不妨再配上一句："一字落纸，万字出版。"这里也可以包含两个意思：一个是赞扬精神劳动的收获，一个是说明纸的重要。倘若没有土地，就无从打出粮食；没有粮食的生活，叫饥饿。有了粮食，倘若没有纸，将何从发展文化；没有精神粮食的生活，也叫饥饿。因此，我们在最困难的年代，不仅用手开过荒、种过地，而且用手抄过马兰草纸。在今天全国胜利展开经济建设的年代，即使用了新的农具，又使用了近代的造纸机械。目的就是给人民以更多的粮食，更好的生活，随着给人民以更多的纸张，更好的文化生活。

汽笛愈叫愈响亮，仿佛大喊大叫起来：你作家，写吧，这有稿纸。你报社，印吧，这有报纸。你画家，画吧，这有美术纸。你工人战士，用吧，这有学习纸。你书店，印吧，这有书籍纸。你银行，用吧，这有钞票纸。你烟厂，卷吧，这有卷烟纸。你农民，糊吧，这有窗户纸。你机关学校，用吧，这有办公文化纸。你工厂商店，用吧，这有包装纸……

汽笛叫完以后，高头升起旗，向完成并超过生产任务的工人、技术人员、生产管理人员致敬！并预祝"争取提前一个月完成全年生产任务"的胜利！

最后，我谢谢安东造纸厂的同志，特别是刘天达和伊苇两位同志给我的帮助。

一九五〇年一月卅一日

《东北日报》1950年2月9日、10日

老分队长等

一九四九年五月间，苏联防疫队到哈尔滨的时候，她告诉我，她被调到去当翻译，为了工作方便，又起个名字，叫露莎。同年十二月间，该队完成工作任务归国以后，她告诉我，她恋恋难舍的老分队长等。我一边听她讲，一边记了记录。如下：

不管你愿不愿意听，我反正是要讲的。也不管我讲好讲不好，我反正是要讲的。因为，我多讲一遍，多告诉一个人，我就多一分安慰似的。

东北最后锦西一战，有个兵说："八路同志，哪，给你，这是我们连剩下的一支枪。"在东北，虽说咱们完全消灭了蒋介石所属的军事敌人；可是，咱们还没有肃清鼠疫这个敌人。那时，苏联滨海军区军事法庭，还没公布日本细菌战犯山田乙三这些家伙的罪名。比如川岛供认："七三一"部队是在一九三六年奉日本天皇裕仁的命令组成的。据我们记忆所及，一九四〇年颁布的天皇密令，规定七三一部队的名额为三千人。该部队人员的绝大多数是专家——细菌学家和在细菌学上受过一定训练的人。依照远东军总司令的命令，该部队驻扎的地区被宣布为禁区，甚至飞机都不准飞过该区上空。日本当局发出大量基金，维持七三一部队。在一九四〇年就拨款一千万日元，其中指定用五百万日元做实际工作。根据我在该部队所了解的情报，我可以说，由于实验，每年几不下六百人死于七三一部队。在七三一部队驻扎于平房东站的五年间，自一九四〇年至一九四五年，由于通过这个杀人工厂的致命细菌的传染而杀害的不下三千人。而且，重仑和桂圆同志写的"日寇制造细菌工厂平房地区访问记"说："当日寇逃跑时，曾把这个厂子里有鼠疫细菌的大批老鼠放出来，这些老鼠很快散布到附近乡间，紧接第二年的夏天，这一带就流行鼠疫。从六月到九月，三个月内，等于每天都死三四人或五六人，有的甚至全家染疫而死，恐怖的景象令人发指，仅根据老五屯、义发源、大东井子三个屯的统计，就有一百零三人死于这次鼠疫中。"辽北一带，鼠疫闹得更厉害。当时，东北人民政府卫生部编印大家卫生小丛书之一的"可怕的鼠疫"，宣传"天天防贼，时时防疫"，动员医生，组织防疫队，白副部长亲自领导，深入疫区，展开防疫工作。正在这个时候，苏联防疫队赶到了。这队分为两个分队，每分队二十人，分配到热河和通辽的两个疫区。队长名叫马义斯基。热河分队队长是赫赫洛娃。通辽分队队长是克拉夫钦科。我就在通辽分队当翻译，所以很熟悉克拉夫钦科分队长。我要讲的也就是这个分队，特别是克拉夫钦科分队长等。

这个分队，在五月二十九到通辽，第二天就开始工作。我们分为一组一组的到村子去，给老百姓注射。咱们农民，在经济上政治上翻了身，在生化科学上，当然还是落后。有些人开头对防疫注射，是怀疑的，甚至是反感的。他们说："唉，真是，吓也吓病了。""人吃五谷杂粮，还有不生病的。就是有个头疼脑热的，一挺也就过去了。""还打针，打不坏呀？打一针，百病就都不闹啦？"当然，咱们农村还有不少党员同志，积极分子，他从思想上，或者从责任上，不断地解释："老乡们，开开脑筋，这是苏联老大哥，人家从老远外国来的，为的什么？还不是为咱们防疫来的么。咱们起个模范，来打针！"

苏联朋友，很同情咱们农民。他们经常把带下乡的伙食——面包，肠子（应为"香肠"），送给老人家和孩子；而自己都饿着肚子工作。慢慢地，咱们农民熟悉了这些穿白衣服的苏联人。我们的防疫工作，也随着开展起来。

在积善屯，我们成立了中心医院。苏联防疫队义务地供给三十病人的全部费用。从各种医药到各样设备（蓝色钢丝床、草垫子、黄毡子、白被单、大枕头、衬衣衬裤等），都是从苏联运来的。病人吃的，就像他们自己说的一样："大白米面，鸡鸭鱼肉，外带水果点心。"或是概括一句说："比大过年好。"

虽说，医院这么好。可是，病人入院之前，有的却那么恐惧，以为"有进无出，有死无活"。比方，马家窝堡翟家老婆，我们已经检查出她害鼠疫的时候，要她入院，她还说："我没病，就是家里死个小猪羔，上点火。"一旦病人入院之后，特别是出院之后，真的"不知道说什么好啦"。有一次，我们再到项家窝堡的时候，有个农民，疯了似的喊"救命恩人"。他说，他曾是在中心医院治好了的病人；为了"报恩"，他杀了一只肥猪，送给苏联防疫队。苏联朋友，始终不要；他没办法，就把肥猪分给全村百姓。他说："别忘记，这是苏联朋友送给你们的！"

咱们农民记得清清楚楚的，化验专家斯结巴诺娃，捕鼠专家卡姆涅夫，医助妮娜，特别是传染病专家克拉夫钦科，大家都叫他"老分队长"。

用斯拉夫民族的眼光看，他并不老；今年，他才五十五岁。八十多岁的江布尔，不还是在歌唱吗？他长得又高又大，比年青小伙子还壮似的，不但他的妻子和孩子用不着挂念他，就是自己也用不着挂念自己。可是，我常常挂念他。当他检查工作的时候，最多检查二十多个村子，上上下下四十多次汽车，我见他又喘起来，想帮个忙，又帮不上，他的身子实在太重了。当他施行手术或解剖的时候，穿上大靴子，戴上镜子和胶皮手套，围上双层的三角巾，套上两身防疫服，显得他更笨更重了，我见他头上的汗，像水似的流下来，想帮个忙，更帮不上，他是在用科学解决问题呢。秋天来了，我见他还穿着夏季的衣服，这时候，我可以帮他个忙了。给他买了羊毛，纺成毛丝，织成毛衣和毛裤。他给人家那么多的劳苦，自己从来想不到，人家给他这么点小人情，自己都念念不忘，不是严肃地说"露莎，谢谢你"，就是带玩笑地说"若不是露莎的帮助，我的脚就冻掉了"。

如果说老分队长在生活里的趣味，也只有这点子幽默的享受。除去这个，谁还能说有别的兴致呢？即使最没兴趣的人，也总还有跳舞和喝酒的趣味呢？！可是，在他，跳舞和喝酒，也都不爱。人家跳舞的时候，他既不反对，也不干涉，说不定，也许在一旁听听留声机的音乐。假如喝酒，在他这个分队，无论谁，他一概禁止。在禁酒上，他是绝对无情的。有一次，在通辽县的欢迎会上，当然准备了酒。大家以为这回老分队一定破例，允许吃酒。爱喝酒的人，早就做了精神准备，想喝个够："只要打开酒瓶子，喝上一口，就一股劲喝到底。老分队长再不能被夺掉酒瓶子，即使被夺掉，酒瓶子也是空了的。"不用说他们，连妇女们也兴奋了。妇女，在这个分队里，占最大部分。除了二十六岁的未婚的妮娜，感情比较单纯外，其余的，都年岁大些，经历的复杂些，情绪的变化多些，她们的丈夫，有的离了婚，有的在卫国的严重的年头上牺牲了，有的还在莫斯科等；现在，她们都和妮娜一样，一个人在防疫队工作，在中国的通辽工作。她们爱酒，但不是一定都有酒量，有的喝上几杯，有的喝上一口，有的用嘴唇贴贴酒杯，或用鼻子闻闻酒味，也就够了。她们装作能喝酒的样子，表示着："露莎，你看看我喝酒的本领！"开饭了，酒来了。我给她们每人酌上一杯酒，不喝酒的老分队长，我也给他酌上一杯酒；我不是劝他喝酒，为的是，向这位给中国人民辛辛苦苦工作的老人致敬；为的是，给他摆个样子，免得喝酒的人拘束；为的是，主客两方，大家都欢欢喜喜。可是，老分队长严厉地对我说："露莎，你知道，我是不喝酒的。"

"是，我知道。"

"那请你撤下去。"

"摆在这里，留我们喝。"

"不，撤下去，都撤下去，都不能喝酒。"

等着喝酒的人们，都愣住了，你看我，我看你，大家看着酒，吃了一顿饭，谁也没敢摸杯子。而且，老分队长又告诉我说："露莎，再不许摆酒。酒，对于医生，无补于工作，反而有害于工作！"

是的，老分队长什么也不爱，就爱工作；他工作起来，像个老虎似的。

有一个晚上，下大雨，雨大得分不出雨点了，像发水似的，从黑洞洞的天空上，一片片地发下来。河水涨了，成了洋。村上的路，成了河。我们住的院子，成了大水泡子。正在这时候，从好几十里外，送来病人的消息。老分队长毫不犹疑地命令："去接病人！""明天吗，是等雨停了一停的时候？""我说的是今天，是此刻！"

汽车夫又来了。他向老分队长说："雨太大，开车有困难……"

"有什么困难，克服什么困难！"

"若是路断了呢？"

"路断了，就搭桥！别耽误时间，即刻出发！"

为了坚决执行老分队长的命令，汽车夫果然是搭桥过去的。可是，老分队长还是气呼呼的；他嫌人家执行命令的时候，耽误了时间——即使是一分钟，甚至是一秒钟。他急忙忙准备好了工作前需要准备的一切，气冲冲的就往中心医院去。我拦着说："吃晚饭了，吃过再去吧。"我没听到他说话，我觉得他一甩袖子就不见影了。

一个闪，一个雷，一阵阵的风更大，一阵阵的雨更急。我们等着，等着老分队长。我们想着：他虽然健康，但会不会被泥泞滑跌了跤，会不会被风雨透了身，会不会被雷电惊了心？我们望着窗子外边，一个闪，一个雷，一阵阵的风，一阵阵的雨，好像都是从我们身上，我们心上过的——实在不宁静呵。

夜里十二点钟，老分队长才回来了。我们除了对他的怀念，还给他准备了晚饭。她们都说："露莎，你送去吧；因为你是中国人，他对你比对我们更仁慈。"我端着饭永远不会忘记。

十二月九日，苏联防疫队从哈尔滨回国去。东北人民政府卫生部，派我送行。我送他们到满洲里。我帮助他们上了过境的小火车，安顿好了一切，特别是安顿好了为中国革命长期劳苦的、身染重病的、去苏医疗的凯丰同志以后，我和他们同样似的等着开车。我留恋他们，他们也同样留恋我，我们同志是一个留恋的心情，留恋看中苏两国的交界。他们抢着时间，和我不断地谈话。只有老分队长，低着头，默默无言。我想：老分队长，你将回国了，是诞生斯达哈诺夫运动的、诞生你的乌克兰，远远的唤起你童年的记忆吗？是巴赞和科尔尼楚克的诗文，或法朗柯剧场和乌克兰科学的贡献，远远地住你的心窍吗？是击败德国法西斯的，重连祖国基辅和德耳泪动力厂的乌克兰的儿女英雄，远远地呼唤你神往吗？

火车汽笛刚响，他们许多人见了我，掉了眼泪。老分队长还是那个样子，低着头，暗暗无言。我和他说："克拉夫钦科分队长，车开了，我就要下去了。祝你一路平安，再见。"

"再来中国工作的时候，我还希望你答应我们当翻译。再见，露莎。"

我很奇怪，老分队长为什么一直低着头呢？特别是这最后的一瞬间，他为什么都不用眼睛告别呢？小火车动了，我就要跳下去的时候，我冲他喊了一声："克拉夫钦科队长，我就跳下去了，请你抬抬头，看看我！"

为什么一直不抬头。因为他一抬头，那憋得太久的别离的情感，太饱和的别离的眼泪，掉下两串串，湿透衣襟。

现在，他们已经到了苏联。但是，我不知道乌克兰春天的太阳，是否已经晒干了老分队长的衣襟。

…………

我讲得太多,你也许不爱听了。其中,如有什么讲错的,请老分队长原谅,请你原谅。

1950年4月8日

天上地下

一天夜里,我们赶到三德区。据说,这是朝鲜的金矿区之一,现在已被敌人破坏无余了。上弦月,发着微弱的光,也看不清什么,一切都模模糊糊。当我们走进屋子的时候,连什么也看不见了。这些日子,我们在朝鲜的屋里住惯了,鞋脱在外头,进门就是炕。有人说"朝鲜的炕值得表扬",这是对的。只用一点柴,烧几把火,炕就热了。有如朝鲜人民招待中国人民志愿军的热情似的热得那么快,又那么匀。随便朝鲜的冬天多么冷,朝鲜人热和炕热,准让你暖暖烘烘地过了夜。可是,这次我们迈进门槛,却感觉特别冷。听不见主人说话的声音。炕又是冰凉的。我们想:大概村子被炸了,或者难民来多了。不管怎么的,反正有困难吧,负责人才把我们送到这间空房子里来。我们拿电筒照了照,在隔壁(实际只是一层窗子似的隔扇)的炕上,破被套里露着三个小脑袋,脸瘦,又惨白,如果没有一个孩子偶然轻轻地哼哼两声,难免误认为这是三个小尸首。现在,朝鲜的孤儿们实在不少,我们通讯员借宿的地方,就有四个。所幸的是他们还有一个妈妈。当我们在那里吃饭的时候,我们有的人少吃了些,有的人竟是饿了一顿,把饭菜分给孩子,还捐钱给母亲。大孩子接过饭碗,刚张嘴想吃,又没吃,她把饭送到那个睡觉的小嘴里去。那慈爱的倔强的朝鲜母亲,坚决不收钱。她的意思是我们的路远,到处需要钱。她拍拍胸,表示有自信、有力量把孩子们养大成人。可惜,语言不通,没法很好地交流彼此的思想情感。每天在敌机空袭下生活,我们只懂得她把飞机叫"边机",再加上她的手势,和"轰"的一声,我们明白她这是说,敌机轰炸的结果,把她的丈夫等人炸死了,只给她留下四个孩子,给朝鲜又增加了几个孤儿。"边机"和手势,再加上"轰"声,不仅母亲会说会比画,孩子们也会说会比画;不仅我们中国人能懂,全世界人民也都会懂;不仅我们中国人民在同情,全世界人民都在同情啊！

我们常听美国战争贩子说"毁灭性的轰炸"。现在我们看见他们无目标地"炸地图"。整个朝鲜的地图，都是他们轰炸的目标。他们可以把山上的石头炸裂，可以把树林的枝叶炸得纷飞，可以把房子炸塌，可以把人炸伤、炸死，但"毁灭性的轰炸"，终归毁灭不了孤儿们。谁都知道，童年的记忆力特别强，孤儿们将永远记得美国杀人犯的仇恨。"毁灭性的轰炸"，终归影响不了中朝人民武装弟兄的胜利。

见过美国俘虏的人们都说，问他们"为什么到朝鲜来的？"有各式各样的回答。其中有一种回答是"好游"，所以"游"到朝鲜，又从地下"游"到天上。但是，总会有那么一天，他们会完全站不住脚的。荒唐的美国驾驶员和射击手，别以为地下站不住脚，天上还能停留。在天空之中，既种不出麦子给他们面包吃，又种不出棉花给他们衣服穿，更没咖啡店、酒吧间、跳舞厅给他们玩耍。总之，天上是活不了人的。

一月二十六日，在松石村附近发生了一件事，有一架美国飞机碰到山上，掉下来了。飞机中的两个人，碰死了一个。活着的这个家伙，想逃跑。但这是地下，不像天上那么随便，可以为所欲为。这个活着的家伙被我们的司机同志捉住了，把他送到我们的军事机关。他说的第一句话就是："你们枪毙我不？"他给我们最深刻的一个印象，就是"怕"。我们给他治伤，他不肯，怕药是有毒的。给他饭吃，他要别人先尝过，怕饭是有毒的。送他上俘虏营时，他就瘫了，怕被送到刑场去。他坐在车上，坐也坐不稳，眼睛一直看天空，耳朵一直听声音，他怕他的伙伴炸了他。昨天，他还是杀人放火的大盗，今天就是可笑的小丑了。

我们都知道"怕"是美国俘虏的特点之一。当然，所有的美国俘虏并不完全是飞机驾驶员和射击手。美国空军俘虏，也并不完全是因碰山而被俘的。其中的大多数，是被我们的高射武器打下来的。也有一些，是被战士们用步枪打下来的。例如，在月古村，有志愿军一个小部队经过，被四架敌机骚扰。敌机歪着翅膀，贴着地皮飞来飞去扔炸弹、打机关炮。一个志愿军战士不耐烦了，举起枪给它两枪；两枪就打下来一架。又例如：在××高射炮阵地展开的防空战，经过情形如下：二月一日上午十点多钟，飞来四架野马式敌机。敌人知道这是高射炮阵地（因为天空火网的封锁，这里掉下过好多架敌机了），不敢低飞。高飞又投弹不准。可以看得清楚,敌机的驾驶员还没有被俘,已经表现了俘虏的特点——"怕"。他们刚低飞下来,我们一阵猛烈的炮火,立刻把它们打上去。旋了无数圈,重来无数次,结果还是白扯。有一架敌机,被我们的高射炮打中了。它把头一栽,屁股放出一股烟火,一个劲地往下掉。刚才,二十里内的村子的人们还在隐蔽,这一下子,比过节还热闹,朝鲜老百姓也不管头上其余的三架敌机,都跑出来,仰着脸看,嘴里喊道:"打得好!""人跳出来啦!"这时,有两个白球从烟火里掉出来。白球张开,成了两把伞,伞下坠着一对逃命鬼。朝鲜老百姓立刻都忙起来,不管男女,不管老少,有刀子的拿刀子,有棒子的拿棒子,有绳子的拿绳子。有电线的拿电线,不管路远近,不管山高低,不管河深浅,一直向降落伞降落的方向冲去。他们比野马跑得还快,一口气就跑到了。两个杀人犯,逃了一个。可是,没有多久,就被人民从树林子里搜出来了。这一对杀人犯,都戴一样的大皮帽子,穿一样的帆布套衣,一样的大胶皮鞋。不过有一个年老些的,一个年轻些的。年老些的,着地后,一直坐在他的伞上,很守规矩,一动也不动。他只会笑,一个劲地笑。他闭着嘴,愣着眼睛,脸上的皮肉,也不伸不缩,好像是塑成的笑脸,老是一个样子。有人说这叫"失魂笑",大概是对的。那个年轻些的,总是低着头,好像没前脖颈的怪胎似的。这两个怪物,在这荒凉的山坡下,引来四五百人。他们不是闲着没事,来看木偶戏取乐的。他们的心激动着,他们的眼睛冒着复仇的火。他们的嘴喊着复仇的话:"打呀,打死这两个家伙!"但是,他们被工作人员拦住了。我们能责备朝鲜人民、能说他们没有教养吗?不能!我们亲眼看见多少朝鲜人民的财物损失在他们的手里,多少朝鲜人民的家屋倒在他们的手里,多少朝鲜人民的生命丧在他们的手里。让他们抬起头来,睁开眼睛看看吧,他们眼前站着那么多的寡妇,那么多的孤儿,那么多的绝后的老人。这群男女老小都在喊:"给我的人偿命啊!"这一对凶手不懂得朝鲜话,有人用英文给他们翻译出来,他们还装不懂。那个年轻些的一直没抬头。年老的又把头低下。是的,他们不仅对不起朝鲜人,见不得朝鲜人,而且对不起朝鲜的一草一木,也见不得朝鲜的一草一木。他们低着头,被我们的武装同志押着往俘虏营走。当七架敌机飞来寻找他们的时候,什么人也没发现,只有一里外河边上的那一架机骸,被它们发现了,那架野马式飞机的编号是清清楚楚的——一八九号。有个中国人民志愿军的战士说:"回去告诉麦克阿瑟那老小子吧,就说它睡（碎）着了。"但是，战争贩子是不听忠告的，还是派一群一群的敌机来。就在当天下午，又"睡着"了一架，第二天又"睡着"了两架。

写了这么多，却没有写到应该更多写的中国人民志愿军的高射炮手。因为我们正在赶路，没有时间去访问他们。现在姑且称之为刘源川（以高射炮防空有功而被称为"朝鲜民主主义人民共和国英雄"的光荣人物）的同伴吧。让我们重复一句："向防空英雄们致敬！"

一路上我们不断地听到"轰"的声音。每听一声，不由得想到朝鲜又少了多少人，又添了多少孤儿……

同时，我们也看到，敌机在"轰"的前后，一架一架地掉下来，而且一天比一天多。为了朝鲜的解放和幸福、祖国的安全和建设，让地下天上的联合火网，把敌人一网打尽。

《人民日报》1951年4月18日

前线女护士王颖

从前，在黑龙江省肇东县城内四明街上的一个小毛丫头，除了自己家里人，除了街坊邻居认识她以外，再没人知道她是谁。现在，在中国人民志愿军某部里，千万个战斗人员都知道她——王颖；特别是医护工作同志都敬慕她——"向王颖同志学习"。从前到现在，从她十六岁到十九岁，只不过三年，经过中国共产党的教养，这一个平凡的少年已经变成伟大的革命人道主义者了。

王颖同志在小时，是受尽了苦的。她一家七口，只靠爸爸一个人卖苦力，过日子。这日子，实在难，每时每刻都在折磨人；它已经把壮年的爸爸折磨老了，把年青的妈妈折磨死了。那时，她才十一岁，不懂得"日本帝国主义"这个字眼，可是，她懂得了"满洲国"带大金线的警察的狠毒。她有什么本事能帮助爸爸而反抗警察呢？她没别的，只有眼泪，那就哭吧。她哭了再哭又有什么用处呢？枉费了眼泪，徒增爸爸的忧愁。证明了，哭是白搭的。她要强起来，依赖老娘家的帮助，她领着三个小弟弟一个小妹妹，代替妈妈撑起这个门户——"还像一家人"。谁想到这个只会哭的孩子又会当家呢。她给弟妹计算柴米油盐怎么过今天的日子，还给自己打算了明天的前途。从省吃俭用里，她挤出钱来买纸笔，从手忙脚乱里挤出工夫上了两年学。日后，如果说她能写会算，有点儿文化，那是由于这一度苦读的基础。如果说她不哭少哭，敢于革命，那是来自这一度苦难的锻炼。

八一五后，她开门一看，天晴了，人也都嬉笑起来，小同学，小朋友，上学的上学，工作的工作。她问爸爸："我呢？"回答："随你自己的便吧！"她进了大众火柴工厂，先装洋火，糊洋火盒，后转总社算账管钱，一直安心地工作，不久，即成了个光荣的共产党员。

朝鲜战争爆发后不久，她到鸭绿江南，参加了志愿军，当了女护士。

初到前方她和其他没有战争经验的同志一样，对防空的经验，更是没有；开头总是不外两个极端的表现：一个是麻痹，粗心大意，马马虎虎；一个是这躲躲，那藏藏，好像敌机老是跟着你，敌弹老是对着你似的。她也是这个样子，敌机没来，她不准备什么防空；敌机来，她就往别人身旁一凑。可是，她亲眼看见了，战士是怎么走向前方去的，汽车司机是怎么奔驰在长途上的，担架队员是怎么严守着各种工作岗位的，特别是先来的护士是怎么爱护着伤员的。久了，她自然习惯了怎么防空和怎么工作。

她一到朝鲜便被派到某部医管处的机动组。这个组是为了该处所属各病院的临时紧急任务而设的。起初，这个组一直在前线后方工作。第四次战役开始的时候，才被派到前方去。在去之前，李处长和王颖同志说："在前方工作繁重，希望你学习成为一个好护士，救死扶伤，不怕危险，争取为伤员立功"。话不多，给她的印象倒很深。她说："我一定保证执行首长的指示。"

前方病院不能和国内的病院相比，也不能和朝鲜后方的病院相比，怎么比，它都两个样。离火线太近，它就在敌人炮火射程之内。我们在这战火里，捡朝鲜老百姓丢下的空房子，堵好破窗子，安上掉了的门，打扫干净而后，做病房。伤员少，住得宽敞些；多了，挤得紧紧的。此外，设备的当然也不差。绷带不够，撕开被子（消过毒）补充。大小便具少，拣空罐头盒子代替。用品缺，工作人员更缺，他们每个人都整天整夜地忙，忙得吃不饱一顿饭，睡不好一觉。不论医生、护士、护理员、事务员，提药筒子，拿药包子，手不闲，脚也不闲地绕着病房转，转；一个人的精力是有一定限度的，他们有的转迷糊了，为什么一眨眼又清醒了？三个字——责任心。他们是辛苦的；但他们从不把自己的辛苦当辛苦。他们是有功绩的；但他们从不把自己的功绩当功绩。他们工作是繁重的；但自己从不觉得什么繁重。他们是无名英雄，但自己从不觉得什么英雄。他们不计较地位，完全满意自己"医生""护士""护理"等等的称呼。他们只懂得全心全意为伤员服务——"我多费一分力气，你少十分痛苦"。如果不是反侵略的正义的感召，多少钱也雇不着他们。我们这个歌唱人民功臣的时代，我们歌唱战士，也歌唱他们。

王颖同志正是他们之中的一个人。当第一步迈进这个门槛的时候，她会猛然间感到工作环境的生疏。她听的是火线上传来的枪炮声，病房里伤员的呼唤声；看的是被敌人打着透进窗子的山火，医务同志紧张工作的影子。她在等着分配工作的时候，又一批伤员已经下来了。她不用分配工作了，立刻跟着人家一块儿去接伤员。在黑夜里，她跟着一个灯笼，走了二三里路，拐出沟口以后，汽车再开不过来，停下了。伤员们下了车，能走的走了，剩下不能走的，等着人背。背的人不够，她就去背。她说："同志，我背你。"对方一听她的声音，就说："女同志，不行。"她不止这一次感到了——"我们的战士真可爱呀。他在前线上流了血，负伤回来，他还记得照顾女同志。"她背不着，只好扶着他一步一步地往前凑，凑到病房来。这时，病房都挤满了。护士长说："你就管这个病房吧！"她数了数这个小病房挤了二十多个伤员。她给他们发衣被；刚发完，接着就开饭。她给他们找锅端饭，一碗一碗地盛上饭，又一口一口地喂重伤员，喂过这个，再喂那个。她喂完他们以后，有人给她送来一碗饭菜。她一接这碗饭菜，才想起自己连饭还没吃，饿极了。她刚一张嘴，听见一个伤员说，还没吃饱。她又闭上嘴，把这碗饭菜送给他。她再不想吃什么，只要伤员同志说"饱了"，自己也就饱了。伤员们吃饱饭以后，有的睡了，有的等着上药，有的和她谈话。她说："你们辛苦了，伤口怎样，疼吧?!"伤员同志们都说："没啥，没啥。"没有一个说声"苦"和"疼"的。每个流过血受了伤的人，难道真是不苦也不疼吗？她知道伤员是够苦了，也够疼了。不过，他们不说，羞于说这个字。他们曾经在战场上表现得顽强不屈，此刻在病房里，当然不肯向伤口低头。我们敢说，伤员同志为了保护人民，尽了一切的努力，他们无愧于人民（医务工作人员在内）；人民（医务工作人员在内）为了爱护伤员同志，也尽了一切的努力，他们无愧于伤员同志，比如女护士王颖同志。有个例子如下：

　　这夜，她守着伤员，一直到天亮。有人告诉她说："前方敌机多，注意防空。"果然，不到九点钟，敌机已经来了。听它的声音，比一架两架还多，飞得也不高。她想："新下来的伤员，药还没换呢，快点飞走吧！"可是，敌机不走，围着山沟旋，旋了一会，开始打响了。她又想："可别打这条沟哇，都是伤员。"可是，敌机打到沟口的房子了，打了快一个钟头，还没走。她紧张，她愤怒。她想喊："你们看呀，敌机杀过妇孺，又要杀伤员啦！"可是怕惊动伤员，她没喊，反而对伤员说："不要紧，别动……"为了明了敌机活动的情况，她出房子，站在房外一棵大树底下看：一架，两架，一共四架，旋到病房上空，打一梭子。这时，轻伤员们等敌机绕过去，都一个一个地连走带爬地逃出，躲避起来。敌机打第二梭子，已经把子弹打到她的脚底下。她把脚往后一缩，吓了一跳。防空洞就在那边，她可以藏进去，可是，那一恍之间，她听到这么多的声音：你是个共产党员，向党宣过什么誓？你是个护士，对李处长保证过什么事？刚从火线上抢下来的伤员，是让你负责的，难道你就丢了他们、丢了自己的责任吗？这时，假如有人喊："王颖进防空洞来"，她一定不去。虽然，她除去衣服上的扣子是铜的，胶鞋上的扣眼是铁的，身上再没有铜铁，手里更没有武器，但是，她和战士一样坚守岗位，准备战斗。她盯着敌机旋过来，越来越低；它带着无所不烧、无所不杀的大罪恶，又来烧我们的病院，杀我们的伤员。它把机关炮、火箭炮、汽油弹连续打下来。首先病院的伙房冒烟了，紧接着，又有一个病房着火了。这种烟和火，虽不是从她负责的病房出来；但是同样地激动了她。这时，她的精神，比任何时候都勇敢而镇静，对敌机已经"熟视无睹"了；她的意识，比任何时候都明确而单纯——一个人单纯得只剩下一个念头："抢救伤员……抢救伤员……"她冲过去，一直冲到一圈烟火里。在她还是头一次尝到烟火另外的一种感觉：烟浓，却不熏人；火烈，却不烧人；它只有一种吞人似的吸力。可是，王颖同志有一种更强的力，可以抵抗一切，压倒一切。她用这个力排开烟火的包围，打开一条路，冲进房子。那里剩下的都是不能动的重伤员。他们本来已经绝望了，突然发觉有人甘愿牺牲前来抢救的时候，他们都说不出话，只说了一种无言的声音。如果说这是哭，还不如说这是最被感动而后发动的最感动人的言语。王颖同志看不清什么，只听到这种无言的声音，她就摸着这种声音，抢救了这种声音。但是，究竟怎样抢救的，她自己也记不清了，反正连背带拖，连拉带拽，来回五趟，一共抢救了五个重伤员。当她第六次进屋的时候，陈指导员赶到了；他们两人又抬出来三个重伤员。（这之前，王颖同志还抢出了两条被子，扔给被抢救出来的伤员盖上。）当听见陈指导员说"抢救完了"的时候，她突然迷糊起来，像驾云似的，像注射了麻醉剂似的昏过去了。

敌机还一直没有走，又向王颖负责的病房打起火来。虽然王颖同志不在了，但是，她唤来了第二个王颖，第三个王颖……而且陈指导员还在，他又带来许多的陈指导员。他们一齐动手，很快地抢救了许多病房所有的伤员。结果除掉罪名，敌机没有得到别的。王颖同志醒来以后，已经躺在炕上，还有照顾她的同志，坐在身边。一闪之间，她完全记起来了：敌机、烟、火、一种最动人的声音，以及如何抢救，她越想越仔细：头发怎么烧的，小辫怎么塞进帽子的……但是，抢救的是谁的面貌，姓什么，叫什么，什么样她是一概不知的。后来，她为了忙自己的工作，再没工夫去扯这些已经成为多余的话。不过，有过两次，伤员找她，一见她就拉住她的手。他们都说不出话，只说了一种无言的声音。别人也许不明白，她却最熟悉这种声音——正是她抢救过的那种声音哪！

最近在中国人民赴朝慰问团回国招待功臣的一个庆祝会上，王颖同志来了，她成为众目所注视、众人所保卫的英雄人物。可是，她在重述自己的英雄行动的时候，却说得简简单单："那天敌机把病房打着啦……我跑去……组织上给我立了一大功……完啦。"如此而已。为什么把那么动人的事，说得这么平常呢？她没回答，但是人家可看得出她的表示："这是一个护士的工作，一个共产党员的责任"。其实，她并不是这样呆板，这样不爱说话的人，她像其他青年一样，活活泼泼。在晚会上，大家要她唱歌，她爽快地唱了两个：《歌唱毛主席》《红色战士》。她愿意和所有的访问者谈话，你问什么，她就答什么。如果有人一提到她的"光荣"，她立刻就拘泥起来，甚而有点怕。可是，她越怕，人家越提这个。

部首长为了这个，找她谈话，一面鼓励她，一面嘱咐她警惕骄傲。马远同志为了这个，给她画了一张像：她那健壮的身上，穿着一身干干净净的灰军衣；她那健康的脸上，闪着一对明亮的大眼睛；她那健全的神情上，带着许多的欢喜。我为了这个，和她畅谈过几次，并请她在我的笔记本上签个名。最后告别的时候，她对我说："我一定不骄傲，为党为人民争取功上加功，争取抗美援朝保家卫国的胜利"。

第二天，她又赶往前线工作去了。

一九五一年五月七日
《东北日报》1951年5月27日

欢迎你们来
——记一些文艺工作者在朝鲜

过去抗日的年代，在中国的朝鲜同志，和我们曾经并肩作战，朝鲜文艺工作者，和我们也曾经携手工作。金昌满、金炜等同志创作并演出的《朝鲜的女儿》鼓动过当代抗日斗争的热情。郑律成同志创作的《八路军进行曲》至今仍是我们部队的名曲之一。在"八一五"后，这些有功于中国人民文艺建设的朝鲜同志们，都奔赴祖国，离开了我们。没有想到去年，为了抗美援朝，我们中国的文艺工作者到了朝鲜，又和他们相见。蓝澄、韶华同志来得较早。前后已经来了两次，二次还有井岩盾同志是同来的。现在，他们还在前线。安娥、白朗、谢挺宇同志来过，都写过文章。刘白羽、欧阳山尊等同志，曾经到过汉江前线。

朝鲜国小路多。铁路公路，四通八达。这路，很平坦，很好走。走路的人都记得每一条路，朝鲜劳动人民都流过汗，直到现在，朝鲜无数的男女老小还在头顶沙石，修铺道路。中朝人民武装弟兄都流过血，直到现在，他们仍在英勇战斗，开辟前进道路。他们冲过去了，把路留给我们。我们应该赶上去。有火车，坐火车，有汽车，坐汽车，火车汽车都不方便的时候，就徒步步行。马加、马远、鲁藜同志等就是这样走的。他们像在十年前抗日时期似的，穿着一样合脚的鞋子，迈着一样健康的步子，走一天，再走一天地走过去。在路上，马远同志画了近百幅速写，鲁藜同志写了诗歌。

和他们一起走的，还有许多青年文艺工作者。杨桂琦同志（北京青年艺术剧院）除了背自己的行李和背包，还多把小提琴。她的同伴们，怕她走不动，想给她背，但她不。有些人，磨破了脚，也没有停止走路。她们一共十一个女同志，没有一个掉队的。在敌机空袭下，也没一个怕的。在出发之前，她们被编入二、三部的宣传队，上级本来不让她们往前边去，因为她们一再要求才允许的。因此，她们表现得格外积极；夜里行军，白天有时还给朝鲜老百姓唱歌。王荣同志（北京青年艺术剧院）唱的《王大娘要和平》，最受欢迎。为了纪念国际三八妇女节，在家太村，她们和朝鲜妇女联合开了庆祝大会。不管头上敌机的威胁，她们坚持到开完会。他们四十五个同志为了创作和学习，参加到各种实际工作部门，准备经过一定的时间以后，把自己实际的体验和别人斗争的经历集中起来，通过各种文艺形式加以创作。

参加松江省各界慰劳团的松江文艺工作团慰劳战士、伤员、民工的时候，都演出节目：《人民怒火》《万岁腰鼓》等。每次演完时，观众都不肯离场，要求"再来一个"。在某俘虏管理处所在地演出的时候，有经过教育并有所觉悟的黑人俘虏参加演出；在江界的时候，与慈江省朝鲜文艺工作者联盟联合演出，都增加了节目。每次演出后，都收到许多感谢的信。

前方需要文艺工作，在一定的时候内，或者比后方需要得更甚。谁都知道火线上的生活，是极度紧张的，艰苦的，常是睡不好，有时还吃不饱，特别是展开战斗中间，我们最有思想，最有正义感的指战员们，一切的需要都集中成为一个需要——歼灭敌人。这时候，他们当然也不需要文艺。可是，只要有一个空隙，他们就会想到"我们的宣传队"呢？我们部队的文艺工作者，最懂得这种时机的可贵，抓住它是不会放的。某师宣传队小组之一，只有六个同志（四男二女），在敌人炮火的射程之内，日夜不停地演出。他们演出的条件，最简便。假如在屋里，最好找到三套间的房子，把当中的两层隔扇拉开，就能挤下一个连。假如在露天，最好找到山路的豁口，一边穴洞当舞台，对边的穴洞容纳观众（容纳的多少，要看穴洞的大小和多少而定）这种战斗式的演出，不用化装，他们本来的面目和穿着，更显出生活的实感，不用布景，有时布景可能迷惑人家的眼睛，有碍人家体会表演的内容。什么都不用，他们只用一个合适的场所，六个共同忠实于人民的心和六种一致为兵服务的艺术本领，就够用了；两个同志把胡琴一拉，四个同志就轮班或配合地说唱起来。说的是讽刺美国鬼子的相声，逗得战士们哈哈大笑。或是歌唱中国人民志愿军的战斗英雄，鼓动起战士们急于赶往战场立功的热情和决心。一场只不过一个钟头左右；但一场接着一场，总也演不完。日夜地演，一场一场地演，不管敌人炮火的响声多大，也不管观众要演的场数多少，一句话，他们一直演下去。他们是中国共产党教养的文艺工作者，虽说他们还都年青，但他们经历的战斗并不少，懂的并不少；除去本身业务，他们也懂实际战斗、革命历史、马列主义和社会问题。不过，他们不懂什么叫"恐惧"，什么叫"疲倦"。假如有人问："你为什么不懂这四个字呢？"他们也许会这样回答："我们整天和指战员们在一起，因为他们不懂这四个字。"

马加同志在一本纪念册上写道："这就是战场，这就是课堂。"对，我们都在这里得到学习和工作的机会。高枫、潘青两个女同志（松江省文联创作部）从来没闻过火药，这次，她们以纯洁的热情换得丰富的经验。不到两个月的时间，她们从东战场走到西战场，访问过战士、伤员、民工、司机、护士，还有朝鲜的工人和农民等。她们从自己的体验中，不单搜集了写作的材料，而且懂得了怎样防空，怎样通过火网；特别是懂得了生活和创作的关系，一个作者如果没被生活所感动，他的作品也将不会感动人。高枫同志说，有一次她到某伤员管理处去搜集材料，可是，她一看女护士背伤员的时候，也不由自主地去接重伤号。她说："同志，我背你。"对方多么盼望这句话呀，可是一听是女的声音，就更被感动了。他说："同志，不用你背。你给我挟大衣就行啦。""你怎么走呢？""我有办法。"他唯一的办法，就是爬。他咬着牙，一声不响。不一会，他把绷带都爬开了。她忍不住眼泪流出来，她跑上来，挡住路，蹲下来，喊："同志呀，你不能再爬，我背你。"她矮，背不起这么大的一个大个子，她只好背着他半个身子，拖着他半个身子。听说她正在赶写剧本，她有了这些战场经验，她一定会写得更深刻，更动人。

因此前线负责同志对文艺工作很重视。他们请求上级派干部，又从自己所属的单位抽人。凡是见了刚来的文艺工作者，他们总是热情地说："欢迎你们来！"

《人民日报》1951年5月13日

《怎样搞好冬学》(存目)

基本建设方面

在我们许多的民间故事里,有一个这样的传说:薛仁贵"征东"的时候,曾在鞍形的山上下过马;山顶那个石窝窝,就是他二千五百年前留下的脚印儿。这说的鞍山。

鞍山已不同于往昔,比任何年代都壮观。壮观的瓦斯罐、冷却塔,高大而雄伟。建设中的瓦斯罐,有如曲折的长蛇阵,大起重机从平地拔起的英姿,傲视一切。四处矗立的烟囱,一个挨一个,一排排地排着队,像大树林子,又像许许多多的撑天柱。不论白日或黑夜,不论晴时或雨天,一片浓烟,弥漫天空。从远及近,谁都能嗅到烟里滋味。这是什么味呢?一个久经战斗的同志、一个善于"品烟"的同志,立刻会辨得出,不同于国民党败将烧长沙所有的那种煤油加肉腥气;也不同于美国毛贼烧朝鲜松木所有的那种汽油加松油味气;这只有一股瓦斯味儿,因为这只是生产和建设的城,国家工业化和过渡到社会主义的城,为人民的今日和来时创造幸福的城。

这个城,在我们国家辽东半岛的中部,位于沈阳、大连、抚顺、营口之间;被广阔的苹果树所拥抱,享受于果香和蚕之中。最近发现的汉墓证明,我们的祖先,至少从汉代起,便在这儿安家立业;而且,在七百年前,他们已经发现这儿的财宝,并开始掘宝和炼宝的劳作,我们今天仍能找到孔穴和矿渣的遗迹。所以辽太祖到神宗,以征宝的律条,做过抽头儿手;日本帝国主义勾结袁世凯,以"中日振兴铁矿无限公司"的名义,闯进来,当过强盗;蒋介石和美帝国主义合伙,用"接收"作为借口,爬进来,干过扒手。我们受过苦难的人民,在伟大的中国共产党和毛主席的领导下,与强盗们战斗,与扒手们战斗,战斗了多少年呵。我们牺牲了不少壮士,残废了不少好儿好女,我们了解了"艰苦"的意义;在第二十八个年头上,我们用最后的几脚,终于把敌人们踢倒，下海去吧。在从所未有的快乐里，在压倒一切的高呼中国共产党和毛主席万岁声里，我们建立了自己的国家；到今天，又四年。

这四年间，在国际上，我们参加了苏联为首的和平民主的阵营，和苏联建立了同盟的关系，和各民主国家建立了友好合作关系。而且，我们志愿军与朝鲜人民携手作战，终于打败美帝国主义，保卫住东方的和平。在国内，从土地改革到目前的增产节约各个运动，一直不断地从胜利走向胜利。我们在全国范围不仅恢复了并提高了生产，而且完成了伟大的工程：淮河工程、荆江分洪、成渝铁路、天兰铁路。特别是作为钢铁基地的鞍钢，由于上级的领导、工人同志的努力、苏联的帮助、全国各地的支援，在生产的基础上，展开了国家第一个五年计划的重点工程。

我们不但善于破坏旧社会，而且更善于建设新社会；我们破坏了多少年，就是建设了多少年。我们瑞金的年代，曾经在瑞金建设过炼铁厂；即使是原始性的炼铁：一层柴，一层铁砂，一层层地落起，先烧成疙瘩，再用木炭代替焦灰炼，但归终是练出了铁。我们延安的年代，曾经在延安建设过炼铁厂；虽说炉子只有半吨，但也满足过小的而解决大问题的农具工厂。当然，过去简单的作坊式的厂子，不敢比今日的巨大的机械化自动化的规模。今日设备繁重；仅第十一号基础，技术及格，每个地脚螺丝，不能差半个米毛；劳动力气大，需要好多工人；工程复杂，分成：轧钢、炼钢、高炉、筑炉、电气、机械、管道、土建、矿山、金承结构等等各个手业工程公司。何况还有十五个业务处的组织，和一个政治部的组织。开头，怎么集结这么大的基本建设的队伍，怎么领导这么大的基本建设的事业呢？毛主席关心这个事业。陈云同志来过，许多负责同志来过。一句话论："基本建设工作，如不集中力量去进行，则有垮台之险。"于是，下了动员令，从四面八方集中着人力。公司的处长，来了。各地的厂长、地委部长、县委书记、团政委等领导干部来了。农民们不用熟了的刀，离开习惯了的热炕头，来了。各个工厂的各种技工，带着介绍信，来了。招聘的和介绍的技术人员，来了。特别是中苏签订了议定书，一批批的专家，告别祖国，远道来了。以韩天石书记为首的市委，以王玉清副总经理为首的基本建设组织，调整了机构，配备了干部，准备了工作条件，在苏联专家的帮助下，最终下了开工的命令——数万人一同热烈地忘我地开动大起重机和各种自动化的机械，开始绣花般的劳作。在劳作中，像生产战线上出现孟泰、张明山等劳动模范一样，出现了制造钢筋流水作业的黄德茂、抢救物资的王进忠、忘我劳动的王继光——一个二十三岁的青年，留下一个动人的故事。去年，抢个大基础化任务的时候，家里给他订了娶亲的日子，作为混凝土工，他不肯撂下工程，到底没有回去。一直推迟了两个月，还是经过组织劝说，他才回去办自己的喜事。原来组织上给他三天假，可是他只用了一天。从去年开工到现在，他歇工一共也只有这一天。由于这种忘我的劳动责任性，的确加速了工程的进度。

因此，鞍钢今日同时展开循环水泵站的现场、鼓风机的现场、洗涤机的现场、蒸汽锅炉的现场、五十一号变电所的现场、木板厂的现场、设计大楼的现场。每个现场，都有自己的合理化建议，创造的模范事迹；如果要写，都能写成篇篇的文章。比如，创造的双手沾浆法，《人民日报》记者同志已经写成新闻和介绍文章。不久，这种先进经验，将会在全国范围的耐火砖工程上，得到普通的推广。现在鞍钢第十五、十六号炼焦炉的现场，由×××的介绍，每个工友都学会了他的操作方法；焦炉工程所需的各类形式的耐火砖，工友四百六十三种，大部都可以用这种方法操作，非常满足了在保证质量的基础上，加速了进度的要求。我们不仅要求质量、要求进度，而且要求美观。此外，太平村工人宿舍的现场，在十二万平方米的面积上，正在建筑六十六所大楼房，每所都有暖气设备和卫生设备。每所都按地形设计样式，并且吸取了民族的建筑艺术，用宫殿式的装饰楼檐。我们愿意尽可能地改善工人物质生活的同时，同样可能地满足工人的精神生活。我们再不盖那么单薄的经不起风雨的、所谓简易住宅了，再不盖那么难看的枯燥无味的、所谓兵营军库式的宿舍了。我们是个有艺术传统的民族，如果用同样的成本，我们应该以民族艺术美化自己的建筑。在这一点上，我们过去注意是不够的。不爱艺术吗？不是的。我们爱艺术，也爱文学；不但爱自己的文学艺术，而且爱社会主义的文学艺术。仅就文学说，我们有许多同志读过"建设斯大林格勒的人们""顿巴斯""暴风雨""日日夜夜""收获""远离莫斯科的地方"等等。那么为什么呢？因为三大工程：大型轧钢厂、无缝钢管厂、七号高炉；就在肩膀上，好重呵。

这三大工程，是鞍钢重点工程，按国家计划，是今年必须竣工的工程，而且，在目前增产节约的运动中，是必须提前竣工的工程。仅就大型轧钢厂说，假如提早开工一日，就可以多生产×个亿，在基本建设方面，提前竣工就是最大的增产，为了这，东北局长召去过市委书记，并作出决定，催促东北各地加工订货，从速运往鞍钢。为了这，苏联总顾问维曼克同志以六十二岁害着高血压的病体，和健壮的专家们一起，和我们一起，一边拒绝休养和照顾（每日减少两小时的工作），说身体没问题，可能是气候关系；一边用长途电话，不断地加紧与莫斯科取得联系，报告情况，运送设备。为了这，市委、公司、市工会、市团委，各方面从上到下一系列的动员会议，一直开到施工基层组织的班组，一个思想——"保证质量，提前竣工"；一个目的——把思想变为现实。

果然，力气是没有白费的。无缝钢管厂的六通（电、油、水、风、汽、瓦斯），已经通了又通，只剩下一通了。现在，这个厂，已经像个样子了……红色的砖墙，灰色的钢架，崭新的自动化的装备，还戴着几朵"百年大计、质量第一"的花；它好似快要出嫁的姑娘，一切都打扮好了，只等着娘家把她送到婆婆家去——基本建设把它封给生产去了。

大型轧钢厂比无缝钢管厂开工迟，工程量也大，但也进入竣工的最紧要的阶段。计明达同志带着关同志，坚守着经理的岗位。李继让同志用四十五公斤的体重……

（手稿缺失）

1953年3月

为祖国的社会主义工业化而建设

在火光闪闪和烟气腾腾的笼罩下，在撑天柱式烟囱和长蛇阵式瓦斯管的环抱中，在废墟和焦土之上，按照先进设计施工，以自动化机械化设备安装而建设的大型轧钢厂、无缝钢管厂和七号高炉，经过试车检验，证明工程质量属于优等，并已先后宣布竣工。英雄雄伟，表里壮观，它们乃是社会主义年代的不朽的艺术品；它们预示着伟大的中国共产党、中央人民政府和毛主席的英明领导的胜利，伟大的苏联党、政府、人民的无私援助和优秀的苏联专家的热情指导的胜利。举行三大工程开工典礼，副主席亲来指导，捷沃西安副主席和尤金大使亲来参加；家家户户，张灯结彩，歌舞建设，通宵达旦，他们无愧于第一个五年计划的成就，无愧于人民的欢欣，无愧于人民的城，钢铁的城。

这个城，鞍山，在我们国家辽东半岛的中部，位于沈阳和大连、抚顺和营口之间。根据古墓的故址、矿穴和矿产渣的遗迹，证明我们的祖先，至少在七百年前，以掘宝和炼宝的劳动，经过长期的安家创业。但是，当我们解放了鞍山的时候，日本帝国主义留下的，却是废墟；美帝国主义和蒋介石匪帮留下的，却是焦土。帝国主义分子临走时说："要恢复得二十年，给你们种高粱吧！"

我们是共产党人，是经历过无数的苦难的；我们从无数的苦难中，一步一步地斗争过来。在那苦难年代，我们想找根洋钉子修理小板凳，但找不到；我们想找一个罐头盒子，给孩子煮粥用，但也找不到。我们在瑞金，曾经用一层柴一层铁砂的原始方法，炼过铁。我们在延安，曾经用作坊式的半吨的小炉子，炼过铁。我们曾经在轰炸下，用手拨开一层层的浮土，把拾寻的弹片，献给农具厂。而且，我们共产党人学习过马列主义和联共党史，学习过党的决定和毛泽东同志的指示。无论从经历，或者从理论，我们完全懂得鞍钢对于祖国的社会主义工业化的作用和意义。因此，我们没有把它改为高粱地，恢复它也没用二十年。靠风雨中生长起来的干部的领导,靠苏联同志友谊的帮助,在工人群众献器材和新纪律的运动下,特别是从爱护国家财产的劳动模范孟泰的"孟泰仓库"里,从改造旧设备的劳动模范张明山的"反围盘"上,恢复了提高了生产。在这个基础上,集中大批人力:干部、工人、工程师、技术员、农民……展开大规模的基本建设,三大工程举行了开工的典礼。

这个典礼,虽说简单;但是,挖土机已经开始挖土。虽说只见挖土机一翻;但是,翻下去的,不止有旧土,而且还有帝国主义和反动分子的阴谋;翻上来的,不止有新土,而且还有新的品质,新的人物:王进忠、黄德茂、胡兆森、钟振庆……逐渐地生长着出现着一批现代的建设队伍。

党委、公司领导和培养这批建设队伍,工会、青年团教导这批建设队伍,克服困难,保证质量;并开办了许多种的政治和业务的学习班。苏联专家爱护和指导这批建设队伍,马尔钦科同志教机械安装,拉都谢夫同志教电器调整,安尼克也夫讲测量法,瓦哈罗莫夫讲二号表(工程验收单),每位专家同志都是一边完成工程任务,一边完成教学任务。所以我们三大工程进展的同时,我们基本建设的力量也在壮大。

在三大工程接近竣工的阶段,不论各级负责同志,各种工程的工友同志,都在"保证质量提前竣工"的号召下,展开从所未有的竞赛运动。这之间,你不让我,我不让你,我们同是为了提前完成三大工程任务而夺红旗。不论各级负责同志,各种工程的工友同志,都是曾经一起冒着霜雪,冻手冻脚,曾经一起在风雨中,蹚水蹚泥;到今天,大家又一起参加开工典礼。

副主席剪断红绸,高炉的红色瀑布,夺口而出,几乎一泻千里。轧钢机立刻把钢坯轧成钢,穿孔机立刻把管坯穿成空管,不断地一条接着一条,不断地一根接着一根,好像一刹那的生产,一百年用不完……此后,宣布三大工程顺利开工。

我们将把三大工程的产品送到各地,开拓和扩大全国范围的建设基地。

同时,一支壮大的建设队伍告别了三大工程,开到新的工地,我们仍在总路线的灯塔的照耀之下,仍在毛主席的火把的光辉之下,继续向苏联学习,继续为祖国的社会主义工业化而建设。

1954年1月12日

青年作者笔下的英雄形象
——一篇能起实际作用的好作品

我看过"检验工叶英"后感到很满足,首先,我觉得主题思想上是有积极意义的。据我了解在一般厂矿中都有一个检验部门,它代表厂内行政检验生产部门的产品质量。而有的厂矿这两者之间有时会发生矛盾。

这种矛盾往往是这样产生的,由于双方缺乏"好、快、省、安全"的全面认识,而表现一种片面观点,本位主义。比如,生产部门为了完成任务,只图快,只求数量多,忽视了产品质量。而检验部门则想:反正我的责任就是专找产品的毛病,不合规格我就不验收。他们往往不珍惜别人的劳动成果认真耐心检验产品,或是不肯主动想办法帮助生产部门完成生产任务。这样,两个部门就要发生冲突。因此,要解决这个矛盾,必须双方思想是统一的,都具有国家观念,都很明确:是为了国家生产,为了国家验收。

作者南丁同志所创造的人物叶英就正是一个具有国家观念、全面观点的人。作为一个检验工,她不是消极地完成任务——只管验收,找产品的毛病,而是积极主动想办法帮助生产部门减少废品,完成生产任务。例如,她提议工人在生产第一个产品时就进行检验,防止以后产生更多的废品。这才是真正的工作责任感。这种责任感也就是社会主义的觉悟,也可以说是社会主义主人的斗争性。这种斗争性必须与工作的积极性结合起来——不仅要有所打击,而且要有建设。作者能够从这一点来看问题,所以对于书中人物的处理是正确的。叶英这个形象能够对人有教育意义,也就在这一点上。

所以,我觉得这篇作品的好处不仅是使人有兴趣读下去,而且读下去之后能给人一种影响,在思想上起实际作用。文学作品应该起这样的作用。衡量一个作品的好坏主要是看这个作品在实际生活中起的作用大小。这也就是毛主席所说的"革命的功利主义"。所说上层建筑作用于基础，其道理也就在这里。文艺作品必须用社会主义思想教育人民，必须在实际生活中起作用，才能推动生活前进。"检验工叶英"，使人读后在思想上能够作用，所以是一篇好作品。

其次，我觉得作品中体现出来的先进思想不是概念的，而是通过形象表现出来的，也可以说是用文学的方法表现出来的。本来这个主题，不好表现，但是作者却能够把它写得不错，这就很不容易。我自己对工厂生活有过一点儿体验。例如开头作者写那个青年工人在长久紧张工作之后，"长长地出了口气，他给自己倒了杯水，自言自语地说：'休息一分钟'……"这些细节描写确是从生活中来的，一看就知道作者是有生活体验的。

作者对于主要人物叶英的性格是刻画得比较细致的。在作品中他特别安排叶英是工段长赵得从小看着长大的，她叫他大叔。矛盾就发生在这两个叔侄之间，但叶并没有因为这种关系而影响她严格地检验赵得的产品。这样就使叶英的高度责任感更突出地表现出来了。

关于作品中的赵得这个人物，我觉得血肉似乎还不够饱满，不如叶英写得成功，主要是后来的转变显得有些勉强，我想作者如果对于小说末尾提到的废品展览会能再进一步去挖掘，把赵得看到废品展览会后的感触写得更细腻一些，可能效果会更好。或者让他回忆一下自己生产一个产品经过怎样辛苦劳动的过程，要花费多少的心血！……从而看到损失这么多的产品后感到痛心，感到自己的错误。这样，他的转变可能会令人更信服些。但是赵得仅是作品中的次要人物，而主要的人物是叶英。叶英写得成功，所以作品是写得成功的。

《文艺学习》1956年第3期

本溪合金厂厂史（二稿）

一、本溪志略

因为写本溪合金厂厂史，有同志建议开端写一写本溪，以便读者同志首先了解一下这个厂的诞生地。这个意思，好是很好；但本溪仅存的一份县志，早已毁于战火之中，即使重新广为搜寻，又如何来得及。现在只能就手头一般参考书、往日耳边传闻和近年浏览印象，兼收并蓄姑且写之。

本溪，窑业发达，盛产水缸，故曾旧名窑街。明朝原属辽抚卫。清时原为辽阳州、兴京厅、凤凰厅地。光绪三十二年析置县区；因有一潭湖水，古名碑溪湖，同治八年改名本溪湖，遂以湖名为本溪县，属奉天府；今与工源区合并，改为市，属辽宁省。它位于我国西陲，南接安东、鸭绿江，西近营口、渤海，成为国防的重镇。

市区周围，万山重叠，峰峦蜿蜒，状若虬龙；由此地势险要，而成为古今屡经战争的战场，正如辽东某些地方一样；各处仍存战迹，民间犹有传说。

据说，火连寨南山，留有唐代的烽火台和城基。窟窿山和老姥洞等地，曾经都是薛仁贵与盖苏文交战之地。在日俄战争的时候，平顶山曾成为双方攻守的要地；日军宫原司令官即战殁于此，故而此地曾名为"宫原"；解放之后，又一度改为"工源"。当东北解放战争之日，一九四五年与一九四六年之交，中共中央东北局一度驻此，指挥战争全局。所驻之地，即人们所惯称的北地工字楼。在这红色的大楼里，曾有不少党的中央委员，以及很多各方面工作的负责同志，相怀胜利的信心，一起工作过，生活过，与人民互感鱼水之情，同过患难，共过生死。今后如新编市志，这将是不可缺少的光辉灿烂的一页呀。

一九四六年五月初，我军撤离市区，五月三日被国民党反动派侵占。当时，全县共划为二十九个乡镇，一九四七年二月，我军进占十个，六月十三日进入市区，十九日又撤出，但全县仍有三分之二为解放区。我县政府移动于桥头、小市、草河掌、碱厂、田师付、草河口一带。一九四八年十一月三十日，我军终于解放本溪全境。

市面所在，青山环抱，绿水半裹。峰属长白支脉的千山余脉，峰峦突起，形成天然的屏障。水是一条长河，古称衍水，今名太子河。战国时代，秦灭六国，秦始皇命王翦击燕；燕太子丹逃亡辽东，曾匿居于此，故改名曰太子河。地属山区，而地下埋藏丰富。矿区很大，矿种很多：金、银、铜、铁、铅、云母、硫黄、石棉、硅石、黏土、滑石、水银、石灰石等；特别是煤，质量坚致，能发强热，最适于炼焦。远在清乾隆间，已发龙标，开始大量采掘。由于清廷贪污腐化，软弱无能，宣统二年竟屈服于日本，让出采矿权，与日人太仓喜八郎"协商合办"，订立合同，开办本溪湖煤铁有限公司。从此，矿区扩大，矿工增多，而矿区安全，矿工福利，却一概皆无。当时矿工多半来自农村逃亡的农民，为了追求一身和一家之饱，不惜一切投身到这个黑暗的地狱。一旦矿井冒顶，瓦斯爆炸，只有粉身碎骨而已。看吧，这里曾经有多少可怜的孤儿、寡母；听吧，这里有过一个如何感人的民间故事。

你知道吗？本溪湖西北那座小山，名叫响山，响是形容轰然巨响之词，又名叫想儿山，当然是表示思念儿子的意思。

听说，从前就在这山根底下，有一所小茅舍，屋里又狭又矮，你一进去，伸不直腰，抬不起头，连转身子都转不开。就在这个小窝里，住着母子俩。母亲五十多岁，头发全白，儿子有十二三岁，能顶大人干活。

他俩种地为生，但天灾人祸，为害频繁，终年劳动，不得一饱，有时要去讨饭，才得度日。可怜他们讨饭的时候，连个盆碗都没有好的。

因此，这年春天，他们在地里种了葫芦。有了葫芦，就可以做瓢。有了瓢，就可以去讨饭。对于他们母子，这葫芦就是宝贝啊。

葫芦种子撒在地里，生出嫩芽，渐渐茁壮；茎长有卷须，曲折缠绕起来；花白，白的像雪花，叶圆稍尖，近似心脏那般的形状；结果了，由小粒渐渐地膨胀，鼓成大球似的。这就是母子俩劳动的成果，这就是母子俩盼望的葫芦。在许多的葫芦里，有一个长得特别大的，比别的两三个还大，世上还没有见过这么大的葫芦呢。你说稀奇不稀奇。难怪母子俩格外欢喜，在他们的心目中都认为它是宝葫芦。

一天，忽然来个老头，长得很胖，穿得很阔，像财神爷似的。他指着宝葫芦说："你们把它卖给我吧。"

咦，卖宝葫芦？说心里话，母子俩都是不舍得卖的；况且，谁不知道，一个葫芦，不管它长得多么大，又能卖上几个小钱，所以母亲摆了摆手，儿子说："那个大葫芦，我们不打算卖。"

那个老头拍着胸脯，显得有财有势地说："我多给你们钱！"

这下子，打动了穷母子俩。母亲再不摆手了。儿子赶紧地问："你给我们多少钱？"

那个老头凑到母子俩跟前，像说贴己话似的，小声地说："我给你们一个金元宝。"

金元宝？可不得了。有了金元宝，要什么就有什么了，吃不愁、穿不愁，一概都不愁了，再不必讨饭了；葫芦，瓢，再也用不着。金元宝，吓了这母子俩一大跳，半信半疑，异口同声地问道："当真吗？"

"哪儿有假的。"

"那就把大葫芦卖给你吧。"

"好，中秋节后第三天，我就来摘，那时我当面给你们金元宝。"

"咱们一言为定！"

"谁也不许反悔！"

谁听说过，一个金元宝买一个葫芦吗？这真稀奇，叫人好不纳闷。因此，那个买葫芦的老头走后，母亲叫儿子跟着。儿子跟了半晌，天黑了才跟到那个老头的家。呀，好大的院落，尽是高楼灯火辉煌像是天上的仙境一般。他悄悄地躲在窗下，听见那个老头一进屋就哈哈大笑起来："哈，买到手了，买到手了……这回咱们就能劈山开地，就能掘宝了……要金有金，要银有银，要多少有多少……"

神话，神话。儿子回家，把神话告诉母亲。母亲一听，全明白了。原来这个大葫芦，果然是个宝葫芦，神葫芦，一个金元宝，怎么能把它卖掉？母亲反悔了。儿子眉头一皱，计上心头了。

中秋节后第二天，儿子蹲在葫芦架下，守着这个宝葫芦，一夜没睡，连眼都没有合过，还没等到天亮，他就掐断葫芦蔓子，摘下这个宝葫芦。

天色暗暗，星子闪闪。

儿子拿宝葫芦走到山跟前，把它往山上一磕，一声轰然巨响。

这响声震醒了人们，首先震醒了母亲。她赶快起身，跑到门外一看，果然山劈地开，出现一片奇异的景色：金牛、金马、金鸡、金兔……一切都是金的，一切都在发光闪亮。他清清楚楚地看见儿子怎样把宝葫芦撂在地上，怎样奔跑进去，显然他是想去取金东西的；但他搬不动金牛金马，连金鸡金兔也搬不动。她想自己应该赶上去，助他一把力气。正在这时候，传来一种气忿忿的声音："你们反悔了，反悔了……"

母亲怔住一看，原来是那个买葫芦的老头赶到，像个凶神，像个饿鬼似的抢去宝葫芦，向空一摇。随着，又是一声轰然巨响，地合山并，金牛、金马、金鸡、金兔都不见了，连儿子也不见了。一切还是原来的样子，还是原来的山。就在这山下，母亲哭着，喊着："我的儿子，我的心肝……"

母亲哭着、喊着，哭到力尽，哭到气绝才止。

因此，人们才把这座山叫响山，是形容轰然巨响之词；又叫想儿山，是表示思念儿子的意思。

一个旧的悲惨的民间故事结束，一个旧的悲惨的时代结束。另个新的无限光辉的时代开始，另个新的充满欢快的歌唱开始。本溪市委宣传部和市人委文化局所选的歌谣集《建设美丽的钢铁城》，有一首音乐城：

  本溪呀，
  是一座音乐城。
  钢铁的乐器，
  迷人倾听。
  工人是演奏员，
  奏出雷动的建设歌声。

在党的领导下，本溪像其他地方一样，在解放之后，首先在进行土地改革，在恢复工业；近年来，工业生产，成绩特别显著。第一炼铁厂一直保持着全国冠军红旗。炼钢厂冷装电炉曾一度获得全国红旗。南芬选矿厂选粉品位，磨球机利用系数和露天矿采矿强度，电产效率也都高高举起全国红旗。在提高生产之下改善了人民生活，新办了扩充了人民文化教育事业和劳保福利事业，学校、医院、托儿所、保育院、休养所和养老院普遍地建立起来。

在恢复国营工业的同时，恢复了地方工业。在地方工业的怀抱里，诞生了一个新的合金厂。

这厂里有一首歌，请你先听一听：

> 平顶山麓，太子河滨；
> 英雄工厂，有色合金；
> 白手起家，稀之古今；
> 一二三四，传出佳音。
> 精铜电铜，轴承合金；
> 焊锡焊料，矽铝合金；
> 各种黄铜，出口合金；
> 拔丝碾片，逐日更新。
> 宏伟规划，日进斗金；
> 全厂奋战，黄土变金；
> 一跃再跃，指标翻身；
> 苦干巧干，前进前进。

二、合金厂诞生

一九五〇年九月末的一天早晨，我们重工业城市之一的本溪，正浴在灿烂的光辉里。

天气晴朗，天空空阔，炼铁厂浮起的烟气，也显得有些稀薄。空气清爽，晨风稍凉，炼钢厂流出的红流，却依然比火还热。这正是天高气爽的初秋季节。

全市机关，厂矿和学校等处，都有人装饰门首，有的在悬灯，有的在结彩，有的在粉刷门面高搭彩楼。特别是在市政府门前，在搭大观礼台。总之可以看得见，各处都在欢欣鼓舞，都在准备庆祝中华人民共和国成立一周年的到来。因为人们知道，快要到来的纪念日，是马克思列宁主义在一个约占世界人口四分之一的大国中，在一个半殖民地半封建的国家中得到伟大胜利的纪念日；是伟大的中国共产党和英明的毛主席领导勤劳的中国人民，向帝国主义及其走狗做英勇斗争，经历长期的艰难曲折，终于推翻反动统治，建立了以工人阶级为领导，以工农联盟为基础的人民民主共和国，从而为走向社会主义前途开辟了顺利道路的纪念日。在这个纪念日到来之前的四年间，我们中国人民解放军已经消灭了国民党反动军队共有八百〇七万多人，缴获了各种炮五万四千四百多门，各种机枪三十一万九千九百多挺，坦克和装甲车一千多辆，以及其他大量的武器和装备。这是说，我们国家的人民民主专政，已经非常巩固。并且在毛泽东主席和斯大林大元帅的直接参加下，中苏两国签订了有历史意义的中苏友好同盟互助条约，大大地加强了世界和平民主阵营的力量和中国的国际地位，大大地帮助了新中国的建设事业。全国城市正在有系统地恢复工业生产，交通事业和贸易事业的巨大工作，农村正在进行伟大的土地改革运动。由于长期的战争影响和国民党反动派统治掠夺而遗留下来的金融紊乱，通货膨胀，物价高涨，而在财政经济方面发生很大的困难。毛主席做了"为争取国家财政经济状况的基本好转而斗争"的报告，指出全党和全国人民努力的方向。但不甘心在中国土地上失败的美帝国主义者，公然武装霸占我国台湾，进攻朝鲜，从南向北，汹涌前进；公然轰炸扫射我国边境城市农村，使我国同胞生命财产不断遭受损失和我国国家安全遭到严重威胁。周总理早已警告美国政府："中国人决不能容忍外国的侵略，也不能听任帝国主义者对自己的邻人肆行侵略而置之不理。"因而，在中国共产党和各民主党派发表抗美援朝宣言，中国人民志愿军出国进行正义战争之前，东北已经充满战争的气氛。本市临近鸭绿江，火车不过数小时即可到达，战争的气氛自然更浓。市政府大厦面对火车站，位于市的中心区，门前有宽阔广场，正适于广大群众游行集会；可以想象快要到来的这个纪念日，这里将会出现如何的献身节日的狂欢和面临战争的激情啊；当然，现在这里还是寂静的。

　　这时候，在市政府大厦的大办公室里，有位三十多岁的人，态度稳重，神色安详，急忙写好一封信。他是市委委员，市政府党组书记兼市长王玉波同志。当他叫来小通信员的时候，又在信封上郑重地写了"急"字，然后殷切地说："你快快送去。"

看来他这封信是有要紧的事，需要快快送去的。小通信员把信送去不久，就听到门外有人敲门的声音，还未等他说完"请进来"就有一个人匆匆地走进门来；还未等他说完"请坐"，来人已经坐到沙发上。一看，这个人就有一种粗豪的性格。大约他有二十六七岁，有些憔悴的脸色，使人感到他可能经过若干风霜之苦；手里拿着信，显然他接到信就赶来了。他叫苏新军，是王书记写信找他来的那个同志。

　　由于地方工业的发展，最近才从财粮科划出，另成立了生产管理处；在处领导下的地方工业有铁工厂、制材厂、红砖厂、制钉厂、制胶厂、石灰窑、草袋厂、造酒厂、汽水厂等单位。苏新军是组织上刚刚派到生产管理处的处长，兼地方厂矿党支部书记。

　　因为信上只是要他来，并没有写明什么问题，故而他坐在王书记面前显得有些茫然；而他面前这位领导同志，非常沉着，显然心中有数，成竹在胸，是为了重大问题才把他找来的。

　　开始王书记问到地方工业的生产情况，特别是财政情况。苏新军汇报：有的厂盈余如造酒厂等，有的厂亏空，如红砖厂等；如生产管理处领导下的地方工业算笔总账，每月是亏多赢少、入不敷出的；因而有的厂到月头，连工人工资都开不出去。他说着，皱着眉头，看来问题还有些严重呢。但王书记坦然地在听，微笑，显然这是他作为领导者给那处于困难面前的干部在撑腰。他说："财政经济的问题，是全国总的情况。毛主席已经做了'为争取国家财政经济状况的基本好转而斗争'的报告，一切都有办法。"

　　苏新军振奋起来，不住地答道："是是。"

　　"最近鞍山抚顺都有人到本溪来，问咱们有没有钨金。这种东西无论在恢复工业的需要上，或军事工业的需要上，都是不可缺少的。过去一向依靠进口，而进口需要很多的外汇，影响国家的财政；如果咱们自己能够制造这些东西，就是在财政方面说，也可以解决不少问题呢。"

　　"是是。"

　　"我听说解放以前，你学过这种手艺，解放以后，你还做过这种东西。是吗？"

　　"这……"

　　苏新军没有说清楚。是的这一下子怎么说得清楚呢？伪满时期他的确在一个日本钨金厂学过手艺，可是在敌人严格保密的情况下，他作为一个小学徒只能给人家烧火，至于科学技术的问题，是不许他学的。即使配料吧，也是不让他知道的。虽然他为了这个吃过苦头，爬房梁偷着学，日积月累地学了一些，但他毕竟还是个半拉子。当然解放以后，由于恢复交通的需要，或是为了补助财政的开支，他曾在白城子和沈阳两处临时做过钨金，而数量是极少的，时间是非常短的。在这种劳作中，他摸到一些实际经验，却没有把它总结到科学技术的高度。因而现在回答王书记这个问题的时候，他有所踌躇。

"同志，听说你当过兵，是吗？"

"是，当过兵。"

"那你就不必踌躇，干吧；拿出打仗的勇气，干吧；党支持你，干吧。"

于是，干起来。

怎么干呢？一无所有。没有资金没有厂房，没有设备，没有工具，没有原料，没有工人。怎么干呢？

只要有党的领导，有群众的支持，天下的事，没有干不成的，何况这么一个小小的厂子。

紧紧地依靠党的力量，依靠群众的推荐，从沈阳借来一把勺子，两口大锅，三个模子。从外处调来三个同志：姜新冰、曹平、赵广昌，加上苏新军共计四个人。所以这个厂子有个绰号被称为"一、二、三、四"，即一勺、二锅、三模、四人的意思。

厂房呢？找来找去，找到汽水厂。这个汽水厂的厂址，本来是很小很小的。在解放路后身，只有一个小院子，几间小红砖房。在这样狭窄的地方，忽然增加一个新厂子，摆在哪儿呢？原来的东房生产车间，是让不出来的。原有的西房宿舍和办公室，也是让不出来的。那么还有什么地方可以让出来呢？只要你上眼一看，一目了然，只有小储藏室可以让一让。说实话，这是兄弟厂的协助，才把它让出来的。它是坐南朝北，靠墙搭起的小偏厦，好像小马棚一样，大约地面不足五十平方尺，高不到一丈，三扇小窗，一道矮门；当你进去的时候，都要多加小心，不然门顶要碰着你的头呢。不管这个地方多么矮，多么狭窄，它却是处最可珍贵的地方，好像伟大的母亲一样，在孕育一个新厂钨金厂（后改名为合金厂）。

不管厂子怎么小，设备怎么简单也总需要建设呀。至少要建设两座锅台。

没有钱买耐火砖，怎么办？于是，大家跑到一个旧厂址去捡耐火砖；大家动手搭锅台。只要搭好锅台，安上铁锅，一切安装，都算完毕；单等一点火，就可以生产了。但原料呢？没有。买吗？又没钱。怎么办？结果，靠兄弟厂矿的帮助，大家订货先付款；款到手，也就有了原料。有许多小贩担来旧供器，堆在院子里，像座山似的。

这个厂开工的第一天，已经没有谁能够记得起它的准确的日子；总之，是在中国人民志愿军出国作战之前，是十月下旬的一个星期日。人们都去休息了，这四个同志来到厂里，开始他们建厂以来特别有意义的生产劳作。

在他们之中，除了初通合金冶炼技术的苏新军之外，就要数姜新冰了。这位年轻的女同志，具有某些合金冶炼的知识。因为苏新军在白城子一度冶炼合金的时候，她曾经跟他做过学徒。正是由于这个缘故，这次才从沈阳把她调来，并且准备培养她，让她负责这个厂。现在，只有曹平有个会计的名义，别人都无职名。总之，他们在党的领导下，由苏新军指导技术，每个人工作都是一揽子。不论挑水擦锅，不论烧火下料，都没有任何的分工，也都没有任何的劳动保护品，但他们都齐心合力，同甘共苦，一起动手劳动，积极完成党交给他们的这个光荣任务。

红日当空，热气消低，黄叶遍地，随风飘移。这般秋天情色，是十分逼真的。

两座红色锅台下边，燃着一片熊熊烈火，金光乱射，闪闪耀眼。两口黑色铁锅里边，银波滚滚，热力灼人。他们满头大汗，不住地往锅里投入旧器皿。锅上标记着模子，在等着。

大约经过六个钟头冶炼的时刻，检查质量。苏新军凭着经验说："可以出锅啦。"

于是，有人拿勺，有人掌模，开始这种手工式的铸件。只见银色的灼热的液体，灌入模中，经过水的冷却逐渐地成为白色的沉重的固体。这种固体，是合金之一，名曰锡合金。它的成分，除了锡，还包括铜和锑等。它的性能，耐蚀耐热和耐磨，适用于涡轮机内燃机，高速度轴承和衬里等等。

锡合金，就是这样的一勺一勺舀出，一模一模地铸成，一摞一摞地摆好，摆起光辉的劳动创造的成果。

当他们这样紧张地舀、铸、摆的时候，忽然听到背后有人干咳了两声。这声音，他们熟悉，他们知道王玉波有这种习惯。他们回头一看，果然是那位党组书记、市长同志坐在那里，并且还有市政府和生产管理处几个同志站在他的身边。其实，他们已经来了很久，因为怕打扰正在劳作的四个同志，跟谁也没有打招呼，一进门便悄悄地靠墙站在那里。为了照顾党组书记、市长同志，当中有人从汽水厂借来一个凳子，才让他坐在那里。他坐着，看着，几乎连大气都没有出，想不到干咳两声，使人发觉。因而他抑制不住激动的心情，说了一声："好。"

虽说只是这样一个字，但这个字音拖得特别长，而显得这个字义也特别深刻。特别是苏新军、姜新冰、曹平、赵广昌四个同志感受得更深。因为他们看到王玉波来了，是代表党来的，他在那里，是党在他们的身边。他说声"好"，是党在关怀他们的劳动，祝贺他们的成功，是党在关怀和祝贺一个白手起家的新型工厂的诞生。

这个厂的诞生，虽说没有举行什么典礼和仪式，但党的关怀和祝贺比任何的典礼和仪式都要隆重，都更珍贵。如果没有党，单是四个人这个厂如何能够诞生呢？试问一把勺子，两口锅，三个模子从哪借呢？特别是四个人从哪来呢？所以说，如果没有党，这个厂根本是不可能诞生的。它的诞生，和其他厂诞生一样；他们的成功和其他同志成功一样，首先应该归功于党。

锅是很小的，只有半吨的容量，就是说，两口锅同时冶炼合金，每次也只有一吨。这种东西重量很大，体积很小，一堆锡合金，也不过那么一小堆，好像儿童摆的某种积木似的。但它的意义特别大，过去有种东西，我们自己不能生产，一向依靠国外进口；现在我们有了这个工厂，生产这种东西；并且眼前摆着出品，有着标记："本溪市红星牌钨金"。这是钨金厂的光荣，中国的光荣。所以王书记最后说：

"同志们，别嫌咱们这个厂子小，过去咱们还没有，现在有了，就不容易。既然有了，就要发展。在党的领导下，它像其他事业一样，从无到有，从小到大。你们看吧，它将来一定能发展成为一个大厂子，一定能生产很多的品种，同志们努力吧。"

钨金厂同志没有辜负党的嘱托。的确，他们是努力的，是非常努力的。他们夜以继日地在劳动，忘我的全力以赴的在劳动。当夜，他们熔炼第三锅，第四锅……

第二天，锡合金堆满一地。这时候，可以正式宣布：中国第一个钨金厂已经诞生了。

三、慈航寺内

在这样半壁的小偏厦，用这样半吨的锅，不足两个月时间，他们炼出五六十吨锡合金。

钨金厂有成绩。汽水厂也有发展。钨金厂同志们看到人家在发展中首先需要扩大厂房，而自己的厂房恰好是暂借的，因而认为自己就该自动地搬家。可是，往哪搬呢？国营厂矿有的已经开工，有的正在恢复，即使有废址，由于战争的破坏，几乎都已成为废墟。当时国家财经困难，无力投资，地方财政哪又有力量修复呢。真的，如果地方能支出那么大一笔款子，自己何不新修一所厂房呢？其实，所谓厂房，只要有一家住宅那么大小的地方，也就够用了，或者说只要有今天人民公社的马棚猪舍那么简单的建筑，也就够用了。请问那么大小的地方，那么简易的建筑，要用几个钱呢？算一算，是微乎其微的。虽是微乎其微的几个钱，却也有困难哪。最后，才不得不把厂址移到本溪湖的慈航寺。唯一理由就是寺内房屋现成，只要迁入，便可开工生产；在某种意义上说还是"废物利用"呢。

寺院所在，背依大山，侧临湖水，即古称之为本溪湖。这湖隐于山洞之下，深不可测；水由山隙流出，经市街流入太子河；这中间形成一条涓涓不绝的溪水，上流可给民食，下流可供洗涤。每当夏季，沿溪担水者不绝，洗衣者排成行列。因而居民非常爱护，有如一种全民共有的福利事业一般。

慈航寺门首悬"慈惠均霑"匾额。前殿供白衣观世音。后殿供奉着释迦牟尼，左右两侧为地藏菩萨和甘露菩萨。从解放以后，人们都在破除迷信，无论庙会之日，或斋戒之期，炉中香火，日断稀薄。但还有六七个和尚住在庙里，靠庙生活。

大约是在十二月初，钨金厂从汽水厂搬到庙里来的。那时候，正是初冬，天气渐寒，庙前庙后黄叶满地，老树落得秃光，使人感到冬季非常凄冷。但钨金厂的同志们，个个都以无比的热情在搬家。

当时，附近居民们听说庙里搬来一个工厂，也都有些纳闷：一个工厂可非比一个家庭，怎么那么容易搬去搬来？于是，他们目瞪口呆地站在街头，都想看一看是个什么工厂，是些什么机器，究竟有多少职工。其实，这个工厂还是原有的那四个人：苏新军、姜新冰、曹平、赵广昌；还是原有的那些工具：一勺，二锅，三模；他们只要背上背起行李卷，手推车上搁上工具，连背带推，就把整个工厂搬得干干净净，利利索索，而且很快可以开工生产。

他们搬进原有的耐火砖，照样搭起锅台，安上锅、点起火，照样炼起锡合金。

他们劳作是积极的，顺利的。他们产品的数量和质量都不住地在提高。按成本计算，利润很大，它不仅可以自给自足，而且可以补助地方财政和津贴其他兄弟厂。可是，忽然发生问题了；成本高了，利润少了，更少了。什么原因？浪费了吗？没有。他们同是白手起家的人物，最懂得如何的节约。到底什么原因？噢，原材料消耗多了。不，损失多了。不，丢失多了。他们终于发觉院里原料的失盗问题。问题不仅如此，而且夜里常有什么东西嚎叫，怪声怪调，使人有一种恐怖之感，特别是他们四个同志之中，有两个女同志——姜新冰、曹平都睡不好觉，不时地被它所惊扰。因此，他们计划好，准备设法捉盗降妖。

是个夜晚。没有月，也没有星。只有盖满白雪的山头，影影绰绰地有所显露。就在这样的昏暗之中，他们埋伏在院里。

时在冬季，天寒地冻。在静止中，他们也耐着寒冷，动也不敢动，一直蹲到半夜；忽然门声一响，有个和尚的暗影飘了出来。这个家伙站在房檐底下，忽然吹起一种怪调，随着山上也响起一种怪声。

这时候，在埋伏中的他们，非常警惕，悄悄地互相私语：

"听，山上是什么声音？"

"看，有两个明黄的东西，是什么？"

"哟，可不是呢。"

"还会动弹呢。"

"注意。"

"别说话了。"

的确，他们也感觉到有些奇怪，或者说还有些恐怖。因为在黑乎乎的山上分明清清楚楚地有一对发光的东西，一闪一闪地闪动，一声一声地嚎叫。在这个东西嚎叫起来之后,那个和尚完全住了声。他从房檐底鬼鬼祟祟地来到院心,爬到原料堆上,挑选好供器,然后,他抱起那些好供器就往外走。原来庙后早有另外的和尚,挖好深坑,单等一撂下供器,就用土把它埋好。如果不是他们盯住和尚,跟住和尚,怎么能窥破和尚这种鬼把戏呢?现在既然捉住和尚的把柄,他们便无所顾虑了。于是,他们高喊一声:"停住!"

这一句话把和尚吓了一跳,不由自主的叫一声:"呀!"

他们上去一把抓住和尚,你休想跑了。

"!"

"哪去?"

"交政府法办。"

两个和尚,吓坏一双,全身发软,哆哆嗦嗦,不住地哀求:"饶命,饶命吧!"

"那你们赶快坦白。"

"坦白,坦白!"

于是,这两个家伙坦白出来,如何的厌恶工厂,如何的吓唬人,如何的偷东西,一五一十地都做了交代。

"山上是什么东西?"

"呵?"

"看,那一闪一闪的,怪声怪调的,是什么东西?"

"猫头鹰。"

第二天天明,他们果然看出一只大的角鸮在山上现了原形,而且从庙后地上挖出许多原来失去的原料。

从此,天下太平,他们可以一意地安心地生产了。

他们生产越高,盈余越多,上缴利润的数字越大——既有补于地方财政的开支,又有助于兄弟厂的发展。

应该说,钨金厂有利于地方工业,有利于国家建设。

四、沈阳行

由于钨金厂同志们的努力,为国家创造出更大的财富,产量一天比一天增多起来。随着厂里也出现了新的问题：原料不足，如何采购；产品积压，如何推销。

因此，组织上决定增加一个采购兼推销员，由四个同志之中的赵广昌担任。这样，他就常跑沈阳，一面采购原料，一面推销产品。

在这期间，赵广昌的工作是积极的，有成绩的，经他购进的原料很多，销出的产品也不少。

有一次，他从沈阳回来，特别兴高采烈；说真的，眉开眼笑的，他还得意扬扬呢。原来是他这次在沈阳跟一个工厂订好一份合同，销出大批的产品。他没说销出的数目，故意地问道："你们猜吧，多少吨。"

因为是个好消息，厂里听到，人人高兴；有人便急忙猜道："十吨。"

"还多呢。"

"二十吨。"

"告诉你们吧，三十吨。"

"真的吗？"

"订好合同，还有假吗？真的，整整三十吨。"

三十吨订货，在当时这个小厂看来，可真不算是个小数目。不言而喻，需要全厂职工赶快动员起来，也就是说，需要全场四个同志赶快动员起来，为这三十吨订货而奋斗吧。

苏新军急不可待地说："咱们赶快动手吧。"

赵广昌拦着说："先别忙，人家还要先派人来交代一番呢。"

是的，他在沈阳跟人家讲好，人家是要派人来的；并且，真的派来一位曹同志。

他一下火车就问钨金厂的地址，打听一路，没有一个人知道。他奇怪，本溪地方并不大，为什么这么大的钨金厂竟没有一个人知道呢？结果，他跑到市政府，才问到它在"后湖"。他跑到"后湖"，到处问钨金厂，同样没有一个人知道。他相信政府的话，不会错的，坚持问下去，最后问到一个居民说："钨金厂在哪里？"

"什么五金厂？"

"不是'五'，是'钨'，钨金厂。"

"'五'不知道，'钨'也不知道，反正庙里有个工厂，是'五'还是

‘钨’，你去看看吧。"

庙？钨金厂？是两个多么不相称的称号。他怀疑，庙里怎么能搁下钨金厂呢？不过，他打听半日，总算打听到个目标，姑且去看看吧。他跑到庙门前一看，只有"慈航寺"的牌匾，并没有钨金厂的半个字样。既然到了他就该进去问一问："这里有个钨金厂吗？"

"有，有，有个钨金厂。"

一个和尚把他领去见了苏新军。

"这是……"

"钨金厂。"

曹同志看看墙上的画壁，依旧是那般的光怪陆离，再看看一把勺子、两口锅、三个模子，好可怜，连个小作坊也不如。只凭这种简单的工具，难道能够熔炼钨合金吗？

"谁是厂里的负责同志？"

"有问题，就请你跟我谈吧。"

他又把苏新军打量一番，为人忠厚，是个老实人。于是，他做了自我介绍，又说明了自己的来意。

苏新军一听沈阳的大主顾到了，赶快地加以招待，送上一杯白开水，客气地说："还麻烦你跑一趟腿。"

"跑一趟也是必要的。"

"咱们既然订过合同，你就不必再跑这一趟腿。"

"合同订是订了……不过……"

"怎么，要退货吗？"

"不是，不是……"

"那究竟是……"

"是这样，我们原先订的是三十吨……"

"我们已经准备给你们做三十吨。"

"现在我们有些变动……"

曹同志终于表示了态度，提出改变合同，减少订货。

"你们要减少几吨呢？"

"这……"

"你请说吧，你们还要订多少吨？"

"还要订……一……斤……半。"

曹同志这句话说得断断续续的。苏新军听得有些不大相信自己的耳朵，以吨为单位的东西，怎么会减少到斤的单位呢？不问可知，他早已窥破这位大主顾担忧的心思。

"你们看过我们的样品吧？"

"看过看过。"

"合不合规格？"

"合规格，可是……"

"你怕我们交的成品不合规格吧？"

曹同志不好意思开口承认，只好点头默认了。因此，苏新军直截了当地说："那好办，咱们就先订一斤半吧，并且我们亲自在沈阳交货。如果不合格，你们可以马上退回。"

于是，一把勺、两口锅、三个模、四个人——这个一二三四工厂，像轻骑队一样，便于行动。像轻艇一样，善于随波逐流，乘风破浪。它，开始往沈阳流动起来。它，成了一个流动的工厂。

一个寒冷的日子，他们扛着行李，背着、抱着、拿着工具，到了沈阳。说心里话，他们是够辛苦的，而他们愿意，愿意把本溪钨金厂的出品，出品的荣誉献给沈阳地区。

可是，他们想不到在火车站出口的地方，忽然被铁路警察扣住。因为正在全国解放的初期，各地都在大力恢复和稳定社会秩序，搜查各种犯罪分子。当铁路警察注意到他们四个单身旅客，背着、抱着、拿着笨重的工具的时候，自然觉得有些形迹可疑，便把他们带到办公室。

"你们从哪里来的？"

"本溪"

"到沈阳干什么？"

"干活。"

"干什么活？"

"钨金厂。"

"厂长呢？"

糟了，钨金厂还没有任命厂长。任何一个共产党员都不可以有任何的冒充行为，只能实话实说。

"我们还没有厂长。"

"一个工厂，怎么没有厂长呢？"

"我们工厂刚刚成立。"

"有什么证明呢？"

更糟了，钨金厂连个图章都没有，谁能有什么证明？任何一个共产党员都不可以干任何的欺骗勾当，还是只能实话实说。

"什么证明都没有。"

"什么证明都没有，那怎么办呢？"

结果，还是通过本溪市政府生产管理处驻沈阳办事处加以证明，才把他们放出。

他们出来，就在南站兰州路一二二号办事处的院里，搭起小偏厦，修起锅台，安起锅、办起钨金厂。他们首先从第一锅成品提出一斤半，履行合同。经过人家鉴定认为完全合格以后，人家同意继续履行合同订货三十吨。

曹同志是位好同志，是位认真负责的同志。他面红耳赤的在道歉呢。

"对不起，辛苦你们跑了一趟沈阳……"

"咱们都是自己同志，没说的。你也辛苦地跑过一趟本溪呢。"

这次钨金厂的旅行，是成功的。它得到意外的收获。因为是就地购进原料，又就地销出成品，为国家节省了大量的运费。同时，产量空前提高。在本溪汽水厂的时候，每月产量还不足十吨；在庙里的时候，每月的产量也不足二十吨；而来沈阳不到一个月，竟完成三十吨的订货。而且质量优良，创出名誉——本溪市红星牌钨金受到信任和赞扬。它的业务，在沈阳大大地开展起来。

从此，他们这种沈阳之行，一而再，再而三，连续而来，直到一九五二年底，才完全终止。在这期间，钨金厂真是个流动厂或半流动厂了。

后来，他们说笑话，说这是他们的"游击时代"。

五、峪前街上

一个工厂，毕竟不是一支游击队；即使游击队，也要有它的根据地。钨金厂可以流动，而它更要有它的厂址。慈航寺当它的旅店可以，却不是久居之地。因此，一九五一年三月，它从慈航寺搬到峪前一街道的新址。

这是本溪湖商业区之间的一所民宅，前后有两个大屋，并且有一个单独的小院，比起当日汽水厂和慈航寺的所在，都有天渊之别了。

这时候，组织任命姜新冰同志担任副厂长。副厂长篆刻一枚圆形图章。

钨金厂有了厂址，有了副厂长，有了厂的图章，经过近半年的穷干和苦干，现在看来，它才有了个工厂的雏形。

生产业务的开展，在促使组织领导的健全；组织领导的加强，在加快生产业务的发展。在这种力量的推动之下，钨金厂需要试制新品种吸收新工人。

在试制新品种之前，首先吸收新工人。开始吸收的有王福君、于洪阁、麻德贵、何素芳等人，他们是建厂以来的第二批工人，当然，后来还有第三批、第四批……总之在峪前一街道厂址，近半年的期间，前后吸收的工人，统共不到二十名。

新工人的增加，增加了新的劳动力，也增加了新的问题。

为了他们的生活问题，厂里扩大了宿舍，建设了食堂，当然还请了炊事员，特别为了他们的福利问题，厂里发了劳动保护品———一副手套。

但是，他们多半是来自农村的农民。他们之中，有些人固然是农民。他们之中，有些人固然是为了建设祖国、情愿献身来劳动的，几乎没有任何个人的要求；有些人显然怀着个人目的，不得不投身到工厂的，必定各有各人的幻想，而总的幻想，是城市比农村的生活好，耍手艺比种地有出息。因此，他们一到钨金厂，就大失所望了。他们总拿钨金厂比煤铁公司，人家有什么，咱们有什么，这样比的结果，当然是不会满足。你有了宿舍，还没有休息室。你有了食堂，还没有澡堂，还没有俱乐部。你有了手套，还没有鞋子，还没有衣服，还没有保健饭……在他们的眼里，这个小钨金厂算什么，还不如乡下一个大铁匠炉；这副手套又算什么，戴吧，任意地戴吧；反正戴坏了，你得发新的。真的，他们以为一切都是取之不尽，用之不竭的。

在老工人心中，却完全不同。不用说宿舍和食堂，就说手套，也是一件惊心动魄的大事。试问原有的四个老人，包括现在的副厂长在内，谁享受过这种劳动保护品？不论在火星四溅的锅旁和在滚热灼人的模前，衣服烧破了，得你自己去买针线，自己缝补；手烫伤了，也得自己去弄红药水，自己涂抹。因此，一副手套引起他们思前想后的无限的心绪，而使他们感到非常振奋。本来，一副手套的价值，是有限的，谁稀罕这点点东西；但他们从这点点东西感到领导对他们的爱护，感到党对工人阶级的关怀。于是他们更爱党，更爱公物；有人竟舍不得用自己的手套，而把它保存起来。合金工王福君同志把他这样保存的许多手套，最后又都交回；并且，他动员他的爱人在六个月内给厂补好三百副旧手套。后来，他成为全厂节约劳动保护品的模范人物。

一般地说，越老的工人，问题越少；而越新的工人，问题越多。因此许多老工人不满意某些新工人，他们自觉地在教育他们。

"同志，注意，这是公物。"

"一副手套，什么公物不公物的；公家发给谁，就是谁的。"

"怎么公家发给谁就是谁的；我问你，要是公家不发呢？"

"不发！不发！我怎么干活？"

"同志，你知道，我们从前怎么干活的吗？就是赤手空拳干活的，干出锡合金，又干出来手套，同志，你要记住，手套的来历，可不易呢。"

对于新工人的教育，老工人的作用是很大的；而更重要，是在于领导。钨金厂的领导同志一开始就知道：单纯依靠物质不行，必须进行政治教育，才能解决某些新工人的思想问题。因此，他们在工作之余，讲共产党、讲人民解放军、讲贺龙一把菜刀建军的故事、讲本厂白手起家的历史——虽是零星的片段的东西，却是最生动的最感人的工厂史，最有政治意义的最有思想作用的教材。记住，你应该重视你厂的厂史，它永远是教育你厂后代工人的范本。

在解决他们思想问题的同时，必须注意到解决他们的技术问题。因为他们多半是从农村来的，即使他们是种地能手甚至是劳动模范；可是他们一进厂，英雄却无用武之地。这只有依靠老工人，带着他们从杂工的担水、烧火、搬运原料和成品开始，然后逐渐地到技工的掌模，看锅和配料，而成为一个个技工，成为技术力量。钨金厂的技术力量，主要的是这种带徒弟的方式培养起来的。

可是，一旦试制新产品，无论新老工人几乎都变成同样的白帽子了。

当时，试制的新产品有两种：铅合金，焊料。

铅合金，性质较软，负荷压力较小，适用于中等速度，中等压力的机械。它与钨合金的性能有联系，有共同之处。他们依靠炼制锡合金的实际经验，依靠苏新军同志的技术指导，铅合金比较顺利地试制成功。但焊料呢，都是另外一种东西，是各类金属品合缝接头所用的焊接的东西；对于他们，它是一种完全生疏的品种。怎么办呢？大家一起拜师吧。

从沈阳请来一位师傅。他是私营厂的技术人员，大约有四十上下岁，看来他制造焊料有很丰富的经验，有很好的名声。提起他的名字，人们知道；而提到他的本事，人们说"好"。好在哪呢？无从知道。反正乍一见面，只见他的身体好——气力千钧，他的精神好——神气十足，他的服装好——不染一尘。钨金厂全体同志用好酒、好菜、好招待，招待这位好师傅。

首先摆好一桌上等酒菜，请师傅上座。

"请坐，请坐。"

"谢谢。"

可是，他客客气气地躲开，坐在桌子的一边。

晚上，在大板铺的一边，摆好干净的铺盖，请师傅安眠。

"请早些歇息吧。"

"谢谢。"

可是，他客客气气地躲开，把铺盖搬到桌子上去睡。

第二天，大家前呼后拥地包围着他，陪着他往现场去。

"我们都拜您为师……"

"不敢当。"

"我们都是您的徒弟……"

"不敢当。"

大家跟他越接近，他越疏远；跟他越亲近，他越客气。总之，你跟他在一起他总是客客气气地拒你于千里之外。这"千里之外"，虽是夸张之词，但他跟你，至少总要保持一定的距离。不管距离多么小，它终归是距离。什么距离呢？显然，这是个人主义与集体主义之间的距离，是资本主义与社会主义之间的距离。他的腐朽资产阶级思想使他必然成为一个保守主义者。

当他从事技术指导而试制焊料的时候，他振振有词地教你如何做木模，如何摆木模，如何从木模里取出成品，而且他把试制成功的焊料交给你，教你如何鉴定产品。不管他教了你多少样"如何"，但他有一样不教你，不教你配料如何，百分比如何，技术关键如何。因此计算配料，他在打算盘，算盘子哗啦哗啦地上上下下，他扒拉得非常快，不让你看清楚。最后他把计算出来的数，记在心里；即使要用笔记，他也要记在自己的小笔记里，不让你看一眼。说心里话，这个数字，是他的命根子，只能带回棺材，交给他的阎王老爷——垂死的资本家。他留这一手，不由人想起一个民间传说。

据说猫虎的关系，是师徒的关系。当初，猫收虎为徒弟，教它本事。

猫问："你要跟我学什么本事？"

虎答："我要跟你学你的一切本事。"

猫又问："你学会我的一切本事，你不会害我吗？"

虎答："天下的事，其说不一，却没有徒弟害师傅的道理。"

于是，猫教虎，教它怎样的奔驰、怎样的跳跃、怎样的吼叫、怎样的扑、怎样的现身、怎样的隐藏，以及怎样的下水游泳，但没有教它怎样上树爬高。

虎问："你还有什么本事？"

猫答："没有了。"

虎又问："你的本事，都教给我了吗？"

猫再答："都教给你了。"

于是，虎露出豺狼本性，面孔狰狞。它奔驰、跳跃、吼叫、扑、现身、隐藏，以及下水游泳，利用跟猫学到的一切本事要捉猫，显然，徒弟要吞食师父。猫被虎追赶得无处可避，无路可逃，终于上树爬高了。这时候，任你虎猛，都已无能为力了。而猫安然地蹲在树上，心里不住地在赏识自己的聪明，幸而留了这一招。

当然，传说是传说，现实是现实；传说有传说的寓意，现实有现实的真理。人是人兽是兽！钨金厂的徒弟绝不像虎那般的"忘恩负义"，而他们的师父却甘愿像猫那般的"自作聪明"。最后他带着那一手走了。

岂知天下无难事，就怕有心人，在钨金厂"有心人"的面前，真的"无难事"。因为在师傅走之前，徒弟已经把他那一招学到手。焊料的制造，不仅没有间断，而且连续地在加夜班。

夜深的时候，峪前一街道的周围，却已形成许多的闹市。到处灯火辉耀，宛如白昼。戏园子正在唱压轴子戏，如果是一阵阵的不停的锣鼓声，必定在打武戏，也许是泗州城，也许是恶虎村。如果是一缕一缕的扬抑的琴声，当然是在唱文戏，也许是玉堂春，也许是二进宫。饭馆子热气腾腾，高朋满座，煎烧烹炸的声音，喝酒行令的吆喝，交错地响个不停。即使在黑暗而寂静的街头，也常见有小灯在移动，在高声呼喊"烧鸡"或"磅肉"。也常见有人在使劲敲店门："买烟"，或"买酒"。旧的年月，旧的情景，令人记忆犹新。特别是他们永远忘不了的。那时候，谁也不管白天和黑夜，谁也不问加班和加点；反正只知道有活就干，干完拉倒。

几乎夜夜，经常如此。炉里火焰熊熊，锅里银波滚滚，烟气逼人呛鼻熏眼，而他们个个都是一心一意地在劳动。

"干哪！"

"加油干！"

他们干着，喊着，凭着热情干到天明。他们的宿舍，离得很近；隔壁那栋黄色小楼，男女各有寝室，各有铺盖；而他们却睡不着，有时过于兴奋，难于合眼，有时不等合眼，又要他们出去送货或运料。不管怎么忙，怎么辛苦，而他们都只感到劳动的幸福。

因为他们知道钨金厂建厂以来，不论苏新军和姜新冰，不论主任和厂长，一直是与他们同劳动，同甘苦，甚至吃苦在先，而享受在后，领导这种实际行动，比任何教育都易于服人。所以全体职工思想觉悟提高很快。他们常说："领导同志跟着干，咱们还说啥呢。"

领导关心群众，群众拥护领导；上下一心，拼命生产；任何困难，都挡不住钨金厂前进的脚步。

六、解放桥旁

由于品种的增加，由一种增加到三种；产量的增高，由月产不足十吨增高到四十余吨；职工的增多，由四名增多到二十余名。看来，钨金厂有了显著的发展。为了继续发展钨金厂，首先扩大厂房，故于一九五一年八月，由峪前一街道旧址迁到解放桥新址，即原属铁路房产的机务段休息室等处。

那时候，这一带还是空阔的广场，或者说还是荒凉的街道。除了火车站和沿路的铁路房产之外，只有几所星星散散的日本式房屋和沿街临时搭起的断续的小板棚。联营公司、新华书店等较大的建筑，都是在这以后才逐步地建设起来的。当时钨金厂在前面原有一所灰色小楼房和两所灰色小平房，并且临时用席子和大板搭起较大的仓库。这从厂的发展来说，非同小可，远非昔日可比了；经过将近一年的穷干和苦干，钨金厂才有了这般的规模，不仅有了厂房、宿舍、食堂，而且有了仓库。过去原料和成品从来搁在露天，今日它才有了归宿。仓库虽说简陋，但能避风雨。这在节约原料和保护成品上，是大有裨益。

随着厂房的扩大，扩大了工人的吸收，由二十多名增加到四十多名，建立起党群组织：党支部，团支部和工会。不久，群众性的三反运动开始，合金冶炼有所停顿。三反运动以后，经过一番组织整顿，杨副厂长代替了姜副厂长。这时候厂里先后增加了技术的生力军。除了苏新军下厂担任技师以外，新到的还有李芳春技师、张克久总技师。

在李芳春的主持下，有石玉昌、孟范君、马天心、刁凤山、于天开等的参加，开始试制新产品电解锡、电解铜。

在苏新军的主持下，有董少模、崔海泉、马业浦等的参加，大力进行技术改革。主要的技术改革有两项：

一、焊料模的改进。从前那位"留一手"的师傅教的，是用木模。那就是说，焊料熔炼以后，用勺舀起，注入木馍，加以电扇冷却，而后铸锭。这种铸锭的木模，用过几次之后，因逐渐烧烫所致，终成废具。这种废具，日积月累，的确成了累赘。有人开玩笑说：我们可以成立一个废品公司了。特别是工人铸锭的时候，在烟气浮腾中，需要全神贯注，非常辛苦。有时有人牢骚地说：照这样干下去，我们的脖子要累歪了，眼睛要呛瞎了。经过改进，木模改变铜模，风的冷却改为水的冷却。这样，不仅改善了劳动条件，提高了劳动效率，而且节省了木模的浪费，降低了焊料的成本。

二、熔炼锅的改进。从建厂以来，锅的容量，就是半吨。经过曲折的反复的试验，首先改建炉膛，加强火力，而后把锅的容量改为两吨，并由原有的两口锅，逐渐地扩建到三口、到五口。这就是说，这种改进和扩建，大大地提高了钨金厂的生产量。

在技术改进、生产提高的基础上，改善了工人的福利待遇，而发给工作服和保健品，特别是为了扩大生产，增设许多服务生产的工具。例如购买两马四骡套起两辆大车，就是为了便于运送原料和成品用的。

按当时的生产能力，各种产品的月产量应该在三百吨左右。可是，由于这种骤然的增产，而引起原料供应的不足，常常发生停工待料的现象。工人们窝工了，怎么办？他们自愿代替制材厂当木工，做成品的木箱；或是他们甘愿"出租"给火车站当搬运工，装卸货物；或是他们情愿投身到煤铁公司所属的厂矿当"捡破烂的"，因为他们一去就能捡到大批的锡铅废品，正是他们自己厂所急需的原料。据他们说，每天捡到的东西运回厂里，还很可以救急呢。煤铁公司不仅允许他们，而且收价便宜，付不出现款，就记在账上，好像是不给都没有什么关系似的。

"咱们都是自己人，你们拿去用吧。"

他们一想到人家兄弟厂矿这种帮助态度，一直是在表示着感激之情的。他们说："咱们要是没有人家的帮助，咱们的困难更多。实在的，咱们的发展，是跟人家的帮助分不开的。"

的确如此，钨金厂如果没有兄弟厂矿的帮助，它的发展是不可想象的。不仅原料供应，可以"记录"，而且成品交货，也可以"转让"。

比方跟鞍山订合同的时候，他们就说："我们没钱买原料，请你们先给我们付款吧。"

人家照顾钨金厂的困难，就预先付款。可是他们拿到现款，买原材料，制出成品，却卖给抚顺。然后，他们用抚顺交付的现款，再买原料，再到成品，付给鞍山。因为没有钱，他们不得不这样"周转资金"，用他们自己的话说是："我们这简直是在倒把。"

其实，各兄弟厂矿都谅解钨金厂这种苦衷，对他们从来没有过任何的责备，任何的意见。明显得很，人家是有意支援钨金厂的，这一点，深刻地教育了钨金厂的工人群众，使他们更加提高了思想觉悟——爱厂如家。这一点，他们终于集中地表现成为一个黄洪义的故事。

七、黄洪义的故事

黄洪义是钨金厂的通信员。他的年龄，只有十七岁。因为他有一副可爱面孔，人们都叫他"假姑娘"。

一九五三年一月十五日，春节前三天的傍晚，他准备找哥哥买些东西回家同父亲一起去过春节。当他从宿舍楼上下楼的时候，恍惚看见厂房有火光映到玻璃窗上，于是他灵机一动，赶快通过总务股办公室跑进去。当时，有些人正在总务股领工资，忽然都窜了出去。他进去一看，过道上着火了。原来是木工裴玉山为了庆祝春节油刷门面而用火在烤油漆，想不到油漆桶里放了汽油被火一烤着起来。同时，在旁边摆着的汽油桶也着了火。裴玉山慌了，不知道怎么好。黄洪义一见急了，一边是合金车间，一边是电解车间，这火一着大，就要烧到两个车间，就要烧掉整个钨金厂。他知道这个厂的厂史，白手起家，可真不易，万一烧掉，那还了得吗？因此，他奋不顾身地扑上去，用手抱起正在燃烧着的汽油桶，赶快往外跑。当他跑的时候，火已经烧着他的袖头，从袖头往袖上燃烧。他的手早被烧得疼痛难忍，但他知道无论烧得怎样，也不能把它扔在半道——半途而废。是的，他只能咬着牙，忍着痛，跑到门外，才把它一扔。他想不到油桶碰到围墙，铁丝网上弹了回来，油溅到他的身上，很快地把他烧成了火人，像个火球似的，在地上不住地翻滚。

救火声响遍全厂，许多职工都赶过来了。苏新军和董少模等几步抢上前去，一把撕下他的衣服，甩掉他的帽子。这时候，他的棉衣，几乎烧成灰烬，烧得他遍体鳞伤，特别是一双手，已经烧到失掉原状。他的棉帽，也在着火，只是还没烧透，靠着它保护住他的一头好发，但它却没有保护到他的面孔，竟被烧得血肉模糊，特别是一双眼睛被烧到，肿得像球似的丧失了视力。从来被叫作假姑娘的黄洪义已经烧得面目全非了。

职工们越聚越多，越看越同情，有人偷偷地在掉眼泪，有人激动地在顿脚捶胸。黄洪义二哥扑到黄洪义身旁，痛哭起来，并且不住地说："人烧成这个样往后可怎么办呢……"

虽说黄洪义烧得完全不像样，但他头脑还清醒，劝二哥说："二哥别难过，只要保住厂子就好了……"

"保住厂子好，你往后可怎么办呢……"

苏新军急忙赶上前去，一把拉开黄洪义的二哥劝道："你别哭啦。你弟弟保护厂子受伤，是光荣的。工厂忘不了他，党和同志们忘不了他。你放心吧。"

随着，要来一辆救护车，送黄洪义到医院去。在路上，由于车的颠簸，他昏了过去。直到医院时，他还是这样昏昏沉沉的，不省人事。看来，他的伤势十分危急，即使抢救，显然已经不是易事。

市工业局王局长立刻给医院打电话，要求郭院长想尽一切办法，抢救黄洪义从速脱险。工厂职工分为三班轮流守护，特别是苏新军和董少模一直在旁陪伴。他们都在为抢救黄洪义而准备输血。医院院长、医生、护士都在为"保住黄洪义生命"而进行一切的治疗，打强心剂、注射葡萄糖；并且，他们在黄洪义的胸和背、手和脸敷上药膏，裹上绷带，只留嘴和鼻露在外面，以便他呼吸和饮食。当然，除了这些临时的措施之外，他们还需要进行必要的手术。

这期间，在市工业所属厂矿的职工大会上，王局长号召大家学习黄洪义这种可贵的舍身护厂的精神，并当众给黄洪义记了一大功。

经过急救的医疗手术之后，黄洪义从昏迷中逐渐地清醒过来。当他听到记功消息的时候，有一种难于形容的畅快之感，舒展了疼痛而痉挛的全身，终于在心灵的深处，充满了对党的感激之情。他想：他有什么贡献，值得这样的爱护他，给他这样的荣誉呢？相反的，自己问自己，他还觉得有愧呢。

忽悠一下，他觉得仿佛从这白色的病房中腾空起来，浮在白色的云上，飘着飘着飘来那么多的可怕的往日。

在伪满和国民党反动派统治时期，各个厂矿发生了人身事故的，每年都不计其数；单是死在火里的，为数就非常骇人听闻。比方矿井瓦斯一爆炸，日本鬼子立刻封闭矿井，把许多矿工活活地烧死，烧得半死不活的，还要被投到火葬场去；总之，置你以死地而后算完。对比今天，却完全不同。党不仅把他从火里抢救出来，而且给他以如此的爱护和荣誉。他深深地受了感动：党解放了劳苦群众，党救活了他。应该永远感谢党。

多少日月的折磨，多少痛苦煎熬，年轻而健壮的黄洪义憔悴了，枯瘦了，而他还是照样地乐观，照样振奋地向往于社会主义的建设，和它的幸福的生活。在他能走动以后，借来一面镜子想照一照自己解开绷带的面孔，这是他三个月来第一次看到自己的容貌。当他一见自己满脸皱起的伤疤的时候，立刻遭到一种无情的打击，心一跳，头晕起来。忽然镜子从手里掉到地上，自己全身瘫痪，一头栽到床上。随着护士把他扶起，安慰他说："同志，大家从死亡中把你抢救出来，很不易呀。同志，你应当保重你自己，将来还要为国家做出更多更大的贡献呢……"

黄洪义一听，从羞愧中清醒过来：是呀，党那么爱护，同志那么关怀，医生和护士都尽了一切的努力，自己还得从死里逃生，自己还不保重自己，对得住谁呢？脸坏了，丑了，算不了什么，脸俊也好，脸丑也好，与劳动何干。谁不知道人的劳动，都要靠两只手哇。只要有这两只手，就能为社会主义建设贡献出自己的力量。这样，人活着才有意义；不然，即使有健全的肢体，如果不劳动，不为社会主义服务，那么活着，又有什么必要？不过是行尸走肉而已。因而，他问医生同志："我的手怎样？"

医生踌躇着，暂时只能这样回答他说："现在很难说。但我愿意尽我们一切的可能，保全你这双手。我们知道它对你是如何的重要。"

"能保全吗？"

我们希望能保全。

可是，在医生同志打开他手上绷带的时候，他聚精会神地注视到自己的这双手。完全不是两只手哇。它血肉模糊，手指都粘连在一起，像鸭趾蹼似的要分分不开，要拳拳不起。总之，它已经不属于他的精神支配的部分，而成为另外的麻木不仁的东西了。像这种东西，不管它算作什么；总是不能算作手的，现在，人们把它叫作手，自己也把它看作手，这也不过是一种名义罢了。他想，要它有什么用呢？连知觉都没有，还能劳动什么。不劳动，活着干吗、完了，完了。一个人想到不能劳动了，当然什么都完了，完了。此刻，他比看到自己疤脸的时候，更难过。这种心情，是可以理解的，是应该同情的呀。

忽然门开了，苏新军、董少模和几个工人同志一起走进来。他们在进门之前，已经从医生护士那里了解到他的思想情况；现在他们一看他的愁苦的神色，更加得到了有力的证明。他们不住地谈起厂内试制新产品如何的成功，如何的重要；他们想用这些话来振奋他，转移他的消沉情绪。

可是，黄洪义一伸胳膊，把一双手伸到他们的面前。他懊丧地说："你们看吧。"

苏新军托住他的手，小心地放下去。他说："我们知道，不用看了。"

"那我将来怎么干活呢？"

"你看过《钢铁怎样炼成的》这本书吗？"

黄洪义无力地摇了摇头，表示他没有看过那本书。

苏新军跟他讲了讲保尔·柯察金的故事。

忽然，这个故事激动了他，给了他以无限的生命力。他的眼睛亮了，闪着愉快的光辉。他用一种颤抖的声音请求着："这么说，我还可以工作，那就让我工作吧。"

"同志，你暂时还不忙于工作吧。"

董少模也在一旁安慰他说："你的手还是可以治的。"

"我看这里治不了。"

苏新军接着就说："这里治不了，咱们还可以到北京去治呢。"

北京，在黄洪义听来，可太不平常了。那里是党中央的所在地，是中国人民的伟大的首都。他也曾有过许多的梦想，但他从未梦想过自己去首都，何况是为了自己去治病呢。

事实毕竟是事实，组织上决定送黄洪义去北京，医治他的伤。

一个初秋的夜晚，他上了由安东直通北京的快车。组织上给他买了卧铺，但由于他过分的兴奋，却一夜都没有睡好。他不住地想着："我，黄洪义，一个农民的孩子，一个工厂的小通信员，受了火伤，影响了同志们多少工作，消耗了国家多少钱……现在组织上又送我到北京去，一定要把我的手治好……真的，我的手治好了，我要用我的手，要用我的全力，报答同志们，报答党对我的百般爱护……"

到了北京，他进了红十字医院。外科主任，是位苏联老专家，有可敬的慈父那般的仁爱，有令人感动的伟大的人道主义那般的精神，仔仔细细地检查了他的身体，他的病伤，然后亲切地告诉他说："你的手，可以换皮，可以分指。一句话，可以治好。小伙子，你放心吧。"

黄洪义一听，高兴了，几乎跳了起来。在他看，治好手，就等于治好他整个人一样。他可以重新劳动，为建设社会主义贡献出力量了。在他感到自己的新生的时候，他不住地在感谢苏联专家的深厚友谊。

在动手术之前，护士同志嘱咐他，要他耐住某些痛苦，这是给他精神所做的准备，避免他临时紧张。

其实他这个年轻人，是经历过种种痛苦的。难道手术会比旧日的生活痛吗？当然不会的；会比火的燃烧痛苦吗？当然也不会的。那还会有什么痛苦耐不住的呢？在他看来，任何手术的痛苦，是没有耐不住的。在他来说，手术的日子，是求之不得的。

当这一天到来的时候，他愉快地走进手术室，躺在手术床上；他用力地张大着眼睛，希望看到苏联专家如何开始动手术。可惜呀，护士同志用一块白布挡住了他的视线。手术开始，他感到大腿受过按摩，打过麻药，而后他听到一种金属的声音，显然是在动手术呢。虽说只是割的腿上皮，却疼到他的全身，疼到他的心。一霎时,他疼得满头大汗,但他咬紧牙没有哼一哼。苏联专家看到他这种顽强的劲头,不住地在佩服他,鼓励他说:"好小伙子。"

最后,他看到苏联专家从他腿上割下的皮肤缝在他的手上,打上石膏,擦擦他头上的汗,拍拍他肩头说:"完全好了。"

从此,他带着手上的石膏,在病床上躺了十六天。苏联专家亲自给他打开石膏,拆开线,随着又把他的手放进水里,泡起来。他渐渐地感觉到盆里的水的温暖,特别是站在旁边的苏联专家的温暖哪。在这温暖里,他渐渐地感觉到自己的手,松软了,舒展了,有了知觉,有了伸屈的能力。因而,他禁不住自己的感激之情,高声地呼喊起来:"我的手好了,完全好了,谢谢苏联同志。"

就在这天晚上,用着长久没有用过的手,写了一封充满激情的信,向组织上汇报医疗的成功,同时要求允许他回厂,尽快地分配他的工作。

在他出院那天,苏联专家紧紧地握着他的手,夸奖他说:"你是中国人民的好儿子。"

一个久住医院的病人,一旦病好出院了,他那种轻松愉快的心情,是无可比拟的。

而且,此时正是北京的好季节。西山的枫树,片片的红叶,在风里浮动,飘飞,仿佛无数的美丽的红蝴蝶。北海的水面,平静,碧绿而清澈;许多游艇,从荡起的微波之上滑过,好似从冰面上滑过的雪橇那般的平稳。故宫的殿阁,颐和园的长廊美丽壮观,名闻全国,真是令人神往,留恋难舍呀。北京的名胜和风景,几乎处处都是,信步走去,随处都使你留步忘返呢。

现在,黄洪义恰好有这样一个游览的机会,可是哪儿都没去。他为什么没有去看一眼呢?难道他一点游兴也没有吗?显然不是的。因为他急于回本溪,急于回厂;一句话,他是急于工作的。

因而,他一回到本溪,就先跑到厂,先跑到厂长室。这时候,厂长是郑禹同志,一见小黄回来了,就非常热情地关怀他,不住地问长问短,最后嘱咐说:"你再歇几天。"

"歇够了不歇了。"

因为黄洪义坚决不休息,郑厂长不得不考虑他的工作问题了。

"到哪儿工作,对你合适呢?"

"我要到合金车间去。"

合金车间，尽是重劳动，郑厂长难免在犹疑。可是黄洪义坚决地要求，不肯改口；看来，他必然经过充分的考虑，才提出这个意见。最后，郑厂长只好答应了，但嘱咐他首先尽他体力的可能，学习一些技术，而后再担任具体的工作。

可是，黄洪义一到合金车间，就抄起小羊角锤，往合金块上打起号来。打号这种劳动，比投料、倒勺、刻模等劳动要轻些，但他是个固定的劳动岗位，需要有一定的体力；即使一般初学的工人，也需要经过若干锻炼，才能逐渐地习惯。何况，他是个刚出医院的伤者，打上三五十下之后，手骨节就会疼起来，甚而到夜里，他疼得连觉都睡不着。他觉得，整个身子都像手一样的疼起来，但他凭着顽强的毅力，坚持下去，继续操捶打号。而且，他每天锻炼身体，拿铅块、搬锡条，像举重运动那样地举着，由一次举到十二三次，终于战胜了同车间最善于举重的同志。由于这样的锻炼，他的体力逐渐恢复，无论车间任何的重劳动，他都能胜任了，成了一个全能的多面手。不久，他便担任了组长，班长。

两年来，黄洪义这个青年班创造了极为显著的成绩，锡合金的质量压倒了老牌的英国产品，致使埃及撤销英国合同而转到我国订货，并且，在保证质量下，它还给国家节约了二十二万多元，成为市的先进班组，获得共青团辽宁省委的优秀青年班组的奖状，黄洪义当选为市的劳动模范人民代表和社会主义建设积极分子，光荣地参加了中国共产党。

从普通工人到先进工人，从通信员到领导干部，黄洪义是个具有代表性的典型。通过他，我们可以看到更多的这样相似的模范人物，例如张延相、李振海、张富信、王福君等等。在他们这样先进人物的飞快的成长中，我们更可以看到这个厂的飞快的发展……

八、高丽坟背

这个厂在飞快的发展中，曾经三迁，最后才由解放桥迁到高丽坟背，即今日众所周知的永久的厂址。可是迁厂的时日，日后却已传说不一。无论听之口头，见之文字，也都是如此：有的说，在一九五二年秋；有的说，在一九五三年春。其实是，它从一九五二年秋迁起，直到一九五三年春才迁毕；开始迁入新址的，只有电解车间，而合金车间仍留在原址；在这期间，它保留了新旧两个厂址，故而混淆了迁厂的准确的时日。既然迁厂，为什么要迁得这么久呢？因为新址除了两所土房之外，原是一片荒野，蒿草丛生，丛冢聚集：据民间传说，这是唐代古战场之一。由此可知，当时情景，如何的荒凉。因此，他们一边迁厂，继续电解铜的试制，一边用木板、杏条和黄泥修建厂房，准备供给合金生产。不管厂房多么简陋，多么土气，毕竟是属于他们亲手所造，属于本厂所有的不动产哪。随着，厂也改了名，成为地方国营本溪市合金厂。

"我们名正言顺了。"

"我们再也不搬家了，就在这里开花结果吧！"

是的，他们已经在这里撒下了种子，已经在这里生了根了。

在一所土房里，在几口土缸里，在技师李芳春的主持下，用土法试制适用于导电材及高纯度合金的电解铜，经过长时间的煎熬，多次的失败和重重的困难，终于试制成功了。

合金冶炼的过程，经过多种重大的技术改革之后经过董少模的苦心钻研，又提出改进冷却水槽的建议，把死水改为活水。原有冷却水槽，每槽要装三挑水，而每槽水只能用两个钟头。这就是说，它每天要换十二次水，共计三十六挑。过去，在汽水厂，用的是汽水厂的水；在慈航寺，用的是本溪湖的湖水；在峪前街，用的是老百姓的井水；在解放桥，用的是桥下脏水沟的脏水——在冷却中，蒸发着一种难闻的臭气，简直使人作呕。现在，经过这种改革，槽里蓄藏着长流不息的活水，冷却强度提高了，大大提高了工作效率。

新品种试制的成功，技术改进的成功的同时，也壮大了厂，也壮大了厂的力量。一九五三年，厂部已经分设四股：行政股、供销股、生产股和会计股。全厂职工已经达到二三二名，其中，一部分是来自天津私营工厂的工人。一般地说，来厂之前，他们都有一定的熔炼技术。到厂之后，在工程师的帮助和教育下，加以自己的苦心钻研，他们都学得不少的熔炼知识。因此，可以说他们都差不多够上了技术工人，而充实了全厂的技术力量。

比如刘万成，就是个显著的例子，他曾经在天津私营的熔炼厂学过徒，一天干十五个钟头活，一月到头连一个钱都赚不到手。在他干到将近半年的时候，厂主才给他五万元（合现在币制五元）。他用这钱，仅仅买到一条裤子。

所以他来到本溪感觉非常满意。埋头工作，专心学习，他不惜献出自己的一切力量，后来，为了试制精铜，他同苏新军去天津一家私营的熔炼厂，爬到炉里，画过八卦炉的图样。现在，他已经担任了合金车间的副主任。

由于技术力量的不断充实和提高，也不断地改变了合金厂的面貌，不断地改变了环境的面貌。的确，荒凉的高丽坟背美化了。看吧，东北靠山，峰峦重叠，如同半围突起的屏障；西南临水，波流潺潺，像是半边浮动的界线。在这之间，除合金厂外，还有机械厂、炼铁厂等等，烟囱耸立，厂房遍起，从远望去，可见一所巨大的地方工业的中心区，一幅雄伟的社会主义的图景。

忽然，在合金厂上空，晴天霹雳，一声巨响：杂铜涨价了。因此，电解铜的成本提高、质量降低，而引起厂内风波，议论纷纷，直到提出厂是否存在的问题。当时有两种主张：一种主张，把厂缩小为一个车间，与别厂合并，事实上已经采取关门步骤，解散了大部分工人；另种主张，全力以赴，克服困难，不仅不能把厂缩小合并，而且要把厂继续巩固扩大。看来，矛盾越来越尖锐，斗争本来是不可能调和的。

"问题紧急了，与其坐以待毙，不如先让大家去找出路吧！"

"我们是看家的狗，不管你们谁走，反正我们不走。"

合金厂面临严重的关头，陷于风雨飘摇之中。正是这时候，特别显出党的领导英明，市工业局长亲自来了，通过许多人的个别谈话，多次的会议讨论，有了充分的了解，最后做了正确的结论。在结论中，他特别强调了这一点："合金厂应该巩固，应该发展。它有着无可限量的发展的前途。"

在党的有力的支持下，原先的一种主张，正确的主张胜利了，把这个厂保存住。在原有的基础上，它凭着苦干、巧干、实干的精神，一无所惧，勇往直前，跃进跃进。

九、技师间

由于党领导的正确，合金厂保存下来，而且继续地在发展。但它的思想斗争、政治斗争，都没有停止。这主要地表现在技师间，表现在苏新军与张克久间的斗争，从解放桥到高丽坟背，包括三年之久。

当初，张克久作为总技师，苏新军作为技师来到厂里的。

苏新军一下厂，就感到非常振奋和亲切。因为这个厂是在党的指示下，由他亲手创办，厂里的老工人，曾经都是与他同甘共苦的老伙伴。同样大家看到他，格外高兴。过去他是生产管理处的负责人，是他们的领导同志，现在不同了，他已经属于合金厂的成员，属于他们之中的技师了。所以他们特别欢迎他。但张克久到厂的时候，却不曾受这样的欢迎。因而，他认为自己是在被冷淡，被孤立，他不得不憋住这口气，向苏新军靠拢接近。

他说："你做师父吧，我愿意做你的徒弟。"

这当然不是那么回事。他心里正在嫉妒他所谓的"师父"，想要压倒这个对手，以便他为所欲为，而实现他那不可告人的目的呢。为了争取时间，他提出一个捷足先登的"高台"——炼合金不用母合母，即一次炼成成品，这样炼出的成品，必然大大地降低了质量。因此，发到鞍山的订货，被退回来。

问题来了，杨副厂长不知所措地问苏新军道："这是怎么一回事，质量为什么这么坏？"

苏新军早已看得明明白白，便直截了当地说："做饭不淘米，还能做出好饭吗？"

张克久在旁一听，气炸肺了。他叫起来："同行是冤家，你有意要打击我呀。"

苏新军可以忍，但忍不住张克久这种恶意挑战。他质问道："怎见得是我打击呢？"

"那你应该提出你的办法呀，咱们不都是为了革命工作吗。"

"我的办法，早就摆在那儿呢，可是你偏说不好嘛。"

在技师间争论中，杨副厂长不知所从。最后他说："你们各人按照各人的办法，都再试试看吧。"

结果，张克久还是坚持进行他的一次熔炼的方法。苏新军不断地进行技术改革，小锅改大锅，改良烧火方法，（见第六章）使生产大大地提高了一步。但张克久对杨副厂长说："老苏，这是假的。"

随后，他趁着人家都去吃饭的时候，他偷偷地往锅里投入一大块锑，来破坏苏新军的改进。但破坏只能是这一次。为什么呢？人家已经提高了警惕，使他再难下手了。结果，杨副厂长把苏和张的两种样品拿去化验，科学说明苏新军的改进胜利了，而张克久的投机失败了。

张克久的失败，是不甘心的。接着，他在焊料模的问题上，又下了毒手。

木质的焊料模，如何的落后，如何的妨碍操作，见第六章。这里，只补述张、苏间的斗争。

当初，张克久一发现这个问题的时候，没有提出任何的改进方法，只是站在一旁说风凉话："我还没见过世界上有这样做焊料条的。"

可是，苏新军经过多次研究试验，随着提出改革的意见："把木模改成铜模，问题就会解决了。"

由于市工业局王局长赞助杨副厂长，同意这种改革意见，张克久便不敢说二话了。并且，他不住地在表示："我愿意帮助老苏的改革成功。"

他自告奋勇，替苏新军跑沈阳做铜模。他做回来的铜模，样子的确很好看，但铜质的颜色变了。苏新军纳闷，便问张克久道："这是什么缘故？"

张克久哼了两哼，随后说道："那没关系。"

苏新军被人称为"苏傻子"，这个人是就是实心眼，一听"没关系"便信以为真了。可是他一用的时候，焊料和模子粘在一起，倒不出来。为什么粘呢？他这才疑心起来。他拿着铜模到机械厂去请教一位老技师，人家一看就明白了："这里含的铅太多，铅和锡到一块，自然就要粘住。"

可是，张克久反而认为有机可乘，他去找杨副厂长说："老苏这办法，根本不行。"

杨副厂长想到制模的损失，痛心起来："这一下，糟蹋三百万（旧东北币）。"

"以我看，应该叫老苏个人包出来。"

苏新军一听这话不是话，也发了火："咱们的搞技术改革，即使有些损失，怎么能叫个人包呢？再说我哪儿有钱包得起呢？"

"你不包，就叫国家这样白白地损失了吗？"

苏新军不想再跟张克久做这种无谓的争吵。干脆，他正式提出质问："我问你做的铜模，为什么含有大量的铅质？"

苏新军这一问，问中了张克久的要害。忽的一阵，张克久脸红起来，但他还在尽量地镇静一下，莫名其妙地自言自语问："铜里含铅质？"

"是呀，说吧！"苏新军说得理直气壮，显然他是有根据的，"我已经在仓库里调查过，你去沈阳领了八十斤铜，同时又领了十五斤铅。你领铜是做模用的，可是你领铅做什么用？"

"铅？"

"是呀，铅，十五斤铅。请看吧，这是你亲笔写给仓库的收条。"

在苏新军摆出这张收条的时候，张克久踌躇许久，哼一哼，尴尬地说："我以为铅里兑铜，质量更好些呢……"

"你是个技师，难道你还不明白铅兑到铜里，就大大地降低了铜的温度吗？"

"……"

"你这简直是公开的破坏。"

在苏新军这种严厉的质问和批评下，张克久才老实下来，他不得不低头了。

一九五三年，厂全部搬到高丽坟背以后，张克久公开的捣鬼，暂时停止；而私下的倒把，却从未放弃。比如，他通过沈阳私营的庆丰熔炼厂代购原料，代销铅灰，总之，他是处处都要从中取利的。这在他说，怎么能满足呢？当然，他时时刻刻还在窥视苏新军的动静。

为了抗美援朝，市工业局受东财委委托交给厂制造三千吨精铅（用于冶普通压延品：子弹头、淬火槽、上下水管子接头的任务。）王局长问苏新军说："你从前是不是做过这种东西？"

苏新军回答说："我没干过。从前，我在日本人厂学徒时，听说这种东西是用蒸发法做的。我们可以试试，糟蹋东西，也糟蹋不了多少。我想，总能试成功。"

最后王局长指示："现在把任务交给你带回厂去吧。"

但厂的某些同志都不敢接受这个任务。主要的，是因为精铅这种品种，厂里从来没有制过；即使试制，也非易事，万一试制不成，影响抗美援朝，谁敢负这么重大的责任。特别是张克久抓住这个把柄不放，不住地摆着手说："不行，不行。炼不成，炼不成。"

张克久是总技师，他一敲退堂鼓，厂里也就做不出决定，闹得市工业局不得不召开会议，打通干部思想。在会上，由于苏新军坚持试制，和局领导支持试制，厂里才接受了任务。厂要求两千元经费，局只拨给二百元。二百元，太少了，买什么都不够，可是买什么都舍不得。每次试制新产品，都是如此，缺少经费，缺乏技术，一句话，就是困难重重。但他们有勇气克服一切的困难，并且相信试制的最后成功。本来，这整个厂都是在党领导下穷干苦干出来的，何况一种新产品的试制，他们还怕什么困难。首先从劳动局要来四名工人，苏新军跟他们一起，拆掉一个厕所搭成棚子，捡些碎砖头搭起锅台，他们就是这样试制起精铅来。

整整地熬了三天三宿，他们连眼都没合过，才熬出来第一锅。可是，这一锅稀的都熬成干的铅水变氧化铅了。结果，失败了。

张克久早不来，晚不来，这时候他来了。他说："我还没听过世界上有这样炼精铅的。"

本来，工人们都熬得很苦，情绪不高，一听他这样泄气话，就更灰心了。苏新军只好鼓励他们继续再试，可是再试锅台已经塌了。原来它是碎砖头砌的，经不起那么大的重量，塌是必然的。这样，就非花钱买耐火砖不可，动用了全部老本二百元之外，还欠下人家八十元的账。他们用耐火砖重新搭起锅台，放大炉腔，接长烟囱。果然不错，铅水烧成桃红色，上面浮着一片沫，像一层油似的发着光，冒着泡，泡一破，就是一股烟。这是说，铅已化到沸点，锑已熔到蒸发点。有希望了，炼吧，炼到八十小时成功了。他们赶快打块样子，送给褚厂长。褚厂长满意地说："成功了，好。"

可是，苏新军皱着眉头说："八十小时，时间太长，"

于是，有些急了，大说特说起来："八十小时炼一锅，三千吨得炼到哪一年呢？"

"军事任务，急不可待，那怎么等得了？"

张克久一听有机可乘，他在一旁说起风凉话："这怎么能说成功呢……"

苏新军表示尽一切力量缩短工时。于是，第二锅七十几小时，第三锅六十几小时，而第四锅又回到七十几小时。这是什么缘故呢？他们找记录，找到唯一的原因，炼第三锅的时候，刮过三天三夜西南风。因而启发工人们想到："这是风的关系。"

苏新军同意，并且说："是，咱们加风，就是说加氧，一定能缩短熔炼的时间。"

他跑到修配厂借回一根铁管，截成五截。每人捞起一截铁管插到锅里，用嘴吹风；腮帮子鼓得圆圆的吹啊，嘴吹木了，吹肿了，吹也吹不动，还不住地吹呢。

张克久从旁观察，好玩似的说："咦，劳动得好，都发福了，胖了。"

幸而新来的郑厂长到了，极力支持这种试制，而且帮助借到一架吹风机，接上胶皮管子插进去，还是吹不动；可是换上铁管一吹，把铅水吹活了，烫坏了工人们的手脸。有人指着苏新军说："你这不是调理人吗？"

"你们想想，咱们都是并肩作战的战友，我能调理人吗？"

工人们明知道苏新军是不会调理人的，但铅水实在把他们烫苦了。苏新军领他们到医院去抹二百二，抹得满脸通红的。

在路上，张克久一见，故意跟他们逗笑话："你们唱关公，再不用画脸了。"

可是，他们都不灰心，并且认为加风的方法，是正确的科学的。苏新军从汽车队借到一根细管子，从中心化验室借到一盏小酒精灯，从颜料厂借到一个小坩埚；靠兄弟单位的帮助，凑成这套实验设备，下了一斤料，吹了十分钟，就炼成了精铅。他的信心更强了，更有勇气了。他到煤铁公司去问杨工程师："往钢水里吹风，用啥机器？"

"空气压缩机。"

空气压缩机，在他听来还是个新名词呢。

"请你帮助画个图吧。"

"用不着画，这种东西，到处都有。"

到处都有？合金厂就是没有这种东西。结果，他们从颜料厂借来一架五马力的空气压缩机安上去一吹，完全解决问题，炼一锅只用二十四小时。然后，他们改换大锅，锅口镶上耐火砖，要来一架四十马力大空气压缩机，以及进行了一些其他的技术改革，熔炼时间由二十四小时缩短到十二小时，再缩到八小时。显然，现在完成三千吨精铅任务，已经有了把握。

到这时候，张克久不但不肯服输，而且狼子野心，变本加厉，勾结个别干部，又耍新花招。他说："我现在有了更好的办法，可以提高精铅生产。"

于是，趁着苏新军去沈阳的机会，张克久一面叫人扒人家的锅，一面派人拉耐火砖修炉子。他发明的这炉子，特别大，一下料就是二十八吨。可是一炼呢？二十八吨料都漏到地下去。他失败了，彻底失败了。终于暴露了丑恶的狰狞的面孔。

张克久究竟是怎样的一个人呢？只要到沈阳打听一下，就知道了。他是私营庆丰熔炼厂的股东，是个违法的资本家。在五反运动中，他这个家伙遭到狠狠的一击。他感到走投无路了，才投身到这个厂里，暂避革命的风雨。从表面看，他是个接受改造的资产阶级分子，而其实质还是个十足的唯利是图的投机分子，心怀仇恨的反革命分子。因此，他自私自利的行为，阴谋破坏的活动，是不难理解的。不过他善于伪装，骗取了领导的信任，他才敢于如此的明目张胆地进行反革命的勾当。

但党是伟大的，明智的。市委市政府十分重视地方工业的发展，重视合金厂的成长，组织专案检查组，进行彻底检查，作了最后处理：张克久被捕了，与他有关的个别干部受处分了，郑羽同志兼任了党支部书记，苏新军同志任了厂长。随着，党又给厂配备了一批领导干部：

生产股长兼支部副书记马庆祥，工会主席徐运堂，团委书记祝耀生，合金车间主任兼党支部组织委员葛连生等。

十、新产品种

险恶的风波，平息下去。从一九五五年春开始，合金厂出现了一个崭新的局面。党的组织，经过整顿，新的支部活动起来，加强了党的组织生活，吸收了新的党员。总之，党的战斗力提高了，给厂带来了新生。

这期间，开始试制多种有色金属材料：铅合金，铜合金，镁合金，镍合金，锌合金等等。由于试制任务的繁重，在党的领导下，成立一个试制组；其中包括技师、工程师和车间主任，由苏厂长负责。

在试制上，虽说有过经验，但它却也不是容易事。比如：试制锌合金、镍合金等，各有各的难处；试制镁合金、铜合金等，各有各的苦处；试制铅合金呢，它有它双重的苦难之处，它有一个有趣而有意义的故事。

铅合金专门用于航空发动机气缸头、飞机装配零件、军械特种零件、仪器零件等等，要求规格，非常严格。因此，它的试制，必然有它的来历。

当初，为了大批新产品的试制，在党的领导下，做了全面的安排，郑厂长在厂主持筹备工作，苏厂长跑北京去了解情况。在中央外贸进口局，他查遍进口订货卡片，而了解清楚进口的各种合金，铅合金就是当中的一种。

当时，有位非常关心试制的同志对苏厂长说："这种铅合金，如果你们能够试制成功，将会给国家节省大批的外汇。"

苏厂长回厂，试制组开始制铅合金。地上搭起简陋的棚子，地下挖出简单的坑子，仍旧照样白手起家，一切从俭。小坩埚炉像小水缸似的，装满料，烧起火，仍旧照样土法熔炼，试制起来。他们经过多次的失败，长期的熬煎，终于试制成功，并且经过鉴定，规格完全达到标准。因此，他的样品，受到订货者的欢迎。

一位代号厂的厂长，大约有四十左右的年岁，举止稳重，谈吐风生，看起来是颇有修养的老同志。他带着几个干部，从外地来到合金厂。合金厂党、政、工、团负责同志，一起招待他。他们从自己袋里掏出烟来，请他抽烟，从公共水房打壶水来，请他喝水。真不大好意思呀，招待远方客人，抽烟却没有烟灰碟，喝水却没有茶叶。怎么好呢？只好尽他们的热情招待他吧。当然，客人是见过革命世面的，是经过斗争风霜的。你看，他的鬓发已经斑白了。他完全没有想到他们招待的寒酸，反而赞美他们这种刻苦朴素的作风。他说："办企业是应该节俭的。在这上，我们要好好地向你们学习。"

马支书谦逊地表示："我们应当个好好地向你们学习，更多地向你们学习。"

随着，客人从他的皮包里取出一块铝合金的样品。他问："这是你们厂的出品吗？"

这样品上铸着合金厂的字样和标记，当然是合金厂的出品。所以郑厂长爽快地回答："是呀，是我们厂的出品。"

"哦，是你们厂的出品。"

"质量有什么问题吗。"

"没有。完全合乎规格。"客人忽然感叹一声，"我们试制过这种东西，可是试制许久，都没有成功，所以这次才来找你们订货。趁着这个机会，我们再仔细地参参观，好好地跟你们学习学习。"

订货，当然欢迎。参观，怎么样呢？茅棚、地坑、坩埚炉、手工的操作、土法炼制，怎么请客人参观呢？郑厂长愣着，望着在场的同志们——首当其冲的是葛连生同志。这位车间主任在工作中任劳任怨，埋头苦干，而此刻在客人面前，却显得局促起来："参观……"

"怎么，你们现场有什么说道吗？"

客人敏感，立刻感到是不是为了技术的保密。当然，主人不是这个意思，而是怕那套设备、土技术叫人笑话呀。万一影响到订货，那就糟了。这怎么向客人解释呢？结果，苏厂长说："不是，不是。我们的厂房还没有修建起来。目前制成的样品，都是采取的临时措施……"

"那你们能承担大批的订货吗？"

"能，你们要订多少？"

"一百五十吨。"

合同订是订了。可是一百五十吨，这个数目实在太大了。怎么完成这个任务呢？首先从党支部号召起召开小组会支部大会，动员和发挥每个党员积极地带动群众，随着团委工会也都采取了各种必要的措施，而使每个团员响应党的号召，迅速投入生产战斗。这样，合金车间整个力量都动员起来，特别是葛连生同志实干苦干，奋不顾身，与大家一起为一百五十吨铝合金的任务完成而奋斗。

可是，那种小坩埚太小了，什么时候才能炼成一吨呢？一天一天地过去，一夜一夜地过去，真是时不我待啊。请问一百五十吨，什么时候才炼得成呢？于是，他们专心研究，进行技术改革，由小坩埚改成大八卦炉熔炼，大大地提高了生产能力。不久，就先给订户发去三十吨铝合金。

接着，在人家接到订货之后，打来一个电报，内容只说请厂的负责同志前去一叙。

这是什么意思呢？是货到得迟吗？是货到得数量少吗？都不会的。因为按合同说并没有误期，同时第一批货也不能算少。那么为什么？结果，大家一致认为可能是由于质量的问题，不是退货，就是撤销合同吧。不管怎么，总得去上一个人哪。谁去呢？厂里经过商量，要苏厂长亲自去。

作为厂长也好，试制组负责人也好，有关质量的问题，是需要他出头的。于是，苏厂长硬着头皮去了。

当他乘火车走进一条苦闷的旅途的时候，他根本没有想到仍然受到热情的殷勤的招待。人家派秘书用小汽车把他从车站接到厂里，那位可敬的参观未成而订货的厂长同志，站在门前恭候他，陪他走进食堂，摆好一桌酒菜，请他吃饭，好像迎接贵宾而给贵宾洗尘似的。说真话，酒也好，菜也好，但他什么也吃不下去，一直担心合金的质量问题。厂长同志，你快提吧，快提出这个问题。酒都吃不下去，一心只想着究竟它是什么缘故，是配料的百分比问题，还是熔炼的技术问题？唉，是撤销合同，还是按照合同罚款呢？他想起来，再没有闷在葫芦里难受呢。人家既然那么客气地照顾，自己也不好随便地冒昧。挨着，让时间来折磨吧。他好不容易吃完饭，又摆上茶，真糟糕，还得喝茶呀。茶是新泡的，浮着热气；茶叶是高级的，有一股扑鼻的芬芳的香味；可是，他一口也没有喝。人家客气地说："喝吧，喝吧。"

"等等，等等。"

等到他刚一举杯，恰好人家就要开口，他的茶还没有喝到口，头已经冒汗了。

"苏厂长，你这次来得快，我们还以为你要明天后天到呢，你看我们今天的招待都没有准备。"

"我我……接到电报就来了。"

"我们很感谢……"

"啊，感谢？"

"感谢你厂按合同发来订货……"

"质量怎样？"

"非常合格。"

"什么？"苏厂长怕听错了，又重问了一句。

"质量非常合格。"那位可敬的厂长同志郑重地重复一遍。

苏厂长放心了，白白受了一场虚惊。当他把它说出来的时候，惹得人家哈哈一场大笑起来。为了聊以解嘲吧，他说："同志呀，既然如此，你们干啥要打电报呢。"

"打电报吗？当然有个目的。"

"什么目的？"

"目的吗？就是请你来'参观'。因为我在你们那里没有达到这个目的，那就请你在我们这里达到这个目的吧。"

话里有话，含蓄着什么意思呢？苏厂长不好问，反正说"参观"就"参观"吧。

他跟着主任走进一所实验室。呀，精美的实验室。现代化的建筑，自动化的设备，一切都用电力操作，只要一按电钮就成了——需要投入的原料就都投入了。可是，炉里出来的实验品，却不成型，好像马粪渣似的。显然，这个实验，是失败了。

"苏厂长，你看，这就是我们实验的铝合金。我们实验了一年，都没有成功。为什么呢？就是我们请你来'参观'的目的。换句话说，这就是我们请你来指导的目的。"

原来如此，苏厂长窘住了。

"我们可没有理论哪。"

"请你讲讲你们的经验吧。"

"呀，同志，我们用的都是土办法。连你那次要参观，我们都没敢请你看，怕你笑话呢！现在要我讲，我有什么可讲的呢。"

被迫得无法，苏厂长讲了讲铝合金的试制经过，这种敢想敢干、大胆创造的精神，而使得在场的人们都震动起来："我们向合金厂学习。"

最后，那位可敬的厂长同志把实验铝合金的两个电炉赠送合金厂。

"它在我们这里受尽了委屈，希望你们发挥它的最大作用吧。"

苏厂长把电炉带回来，厂内从郑厂长到每个职工同志都衷心地感谢兄弟厂这种大力的协助和支援，让合金厂开始走向洋土结合，从土到洋的第一步。

在党的正确领导下，全厂职工的忘我劳动下，从铝合金试制达到大量生产的两年，正是从多种新产品试制到大量生产的过程。如果说一九五五年是试制年，那么一九五六年就是生产年。这两年间，他们从试制到生产新产品，共计有一百八十三种。这两年间，这个厂在发展中不断地巩固，在巩固中不断地发展。

在这个基础上，他们建起了新的现代化的厂房，安装了新的机械化半机械化的设备，提高了技术，增加了产量。职工达到六百六十七名，并改善了生活。这期间，马庆祥、葛连生同志先后担任了副厂长；同时，党支部改为总支，马玉臣同志担任了总支副书记。

加强党的领导，是一切人民事业的根本保证。

十一、跃进年

由于多种新品种的试制和生产，合金厂打下一个巩固的基础。在这个基础上，它开辟了一条通行无阻的道路。如果说过去的两年——一九五五、一九五六年，是试制年；那么连续而来的两年——一九五七、一九五八年，便是跃进年、继续跃进年。

这种跃进，正像全国其他厂矿一样，它的内容，包括两个方面——从思想跃进直到生产跃进；而它的形成主要的是由于党的领导、伟大的整风运动——从鼓足干劲、力争上游、多快好省地建设社会主义总路线直到反右倾、鼓干劲、厉行节约运动。

随着全国跃进形势的发展，合金厂党的领导，已在不断地加强。一九五七年初，市委先后派来党总支书记张四维同志、宣传委员马希田同志等。由于党的领导的加强，形成了党的领导核心，发挥了集体领导的作用，因而具备了跃进的先决的条件。

张四维同志来厂经过一个时期的了解，而后工作。他一开始，就抓政治思想问题；因为他知道党的工作首先是政治思想工作——政治挂帅。

举个例：当时全场只有一台乒乓球，后来羽毛球兴起才有了羽毛球。总之，厂内的娱乐工具仅有这么一点点，并且常被干部们所占用，而工人们几乎完全无份。特别是在业余，大家同在一个院里，这边干部们在玩羽毛球，而那边工人在回收废品。每当这个时候张书记常从楼上向外观望，于是他看出这之间的一个距离，职工之间的一个距离。

本来白手起家的合金厂无论厂长，也无论工人，就是从同吃同住同劳动，从同甘共苦开始的。老工人们都记得吧？当初第一任的姜厂长，虽说是个女同志，而她与工人的关系都十分密切，比如她在倒模的技术上是完全比得上技术工的。但后来，这个厂从小到大，有了大大的发展，职工由四个人发展到六百多名。在他们之中绝大部分是新来的，特别是许多新来的职员们，没有学习到优良的传统，而与工人们显出这样一个距离。

张书记有意地问工人们："为什么不跟他们一道玩？"

工人爽快地回答张书记："咱们跟他们玩不到一块去。"

于是，由党总支建议工会，给工人宿舍安乒乓球，买扑克牌，组织职工假日一同跳舞和野游，有一次到温泉寺去，还动员了工人们的老婆和孩子。同时，号召职员们参加业余劳动，与工人们一起回收废品，修建工人宿舍。而且张书记向干部们做"紧点好，松点好"的报告，不断地进行了政治思想教育。按照后来中央颁布的干部参加劳动的规定，这还很不够。而在当时看，它确有一种新的精神,并起了巨大的作用。结果,工人们说:"干部好。"干部们说:"劳动好。"这不仅缩短了消灭了职工之间的距离,而且提高了干部的政治思想水平,热烈地进入伟大的整风运动。

整风一开始,便迅速地展开,小辩论大辩论,边鸣放边整改。群众提出问题,只要领导上依靠群众,就都可以得到解决。比如食堂饭冷,宿舍房漏,领导上一发动群众,就都有了办法。不仅福利问题,即使有关工作的重大问题,也都如此。比如修大仓库,没有木料,没有木工,怎么办?可是,群众有办法,他们从木器店买到木料。刘俊峰只向厂要了两个木匠,带动大家献工三天就修成了。在生产问题上,群众的积极性创造性,表现得更为突出。当缺少焦炭的时候,合金厂车间主任王顺怀号召大家用煤代替,并创造地下坩埚炉、地下反射炉。当水源断了的时候,电解车间老工人麻德贵带头到太子河去挑。锅炉工们表示,就是停水,也要保证有汽,因为他们发现厂后有口大井,并已接上了管子。特别是原料供应,经常发生问题,党总支召开动员大会,欢送供销人员上战场,通过组织关系往全国各地进行收购。他们表示:"不完成任务不回家。"先后出发的有张书记、苏厂长、刘德福、张福礼、王凤鸣、黄文宽、于洪阁、方向书等,分头跑到北京、大连、铁岭、锦州等地,就地请求各个有关部门支援。马副书记带领董少模、刘三君、刘殿训等一同去沈阳送□□□。因此,辽宁省人民委员会发出通知,供应全省搜集的杂铜废铅锡,国家经济委员会国家物资储备局做了决定,拨出国家库存铅锭七百吨。由于党的关怀,国家的支持和群众的努力,合金厂终于闯过重重的难关,而以英雄的姿态,向前跃进。

在双反运动期间,群众热潮,轰轰烈烈,召开职工代表大会,大鸣大放,经过苦干,大战八天,猛攻保守,横扫三风五气,共贴出大字报两万六千多张。随着,领导上引火烧身,进行检讨,更加激起职工群众的干劲。他们用三十六小时组成四个展览馆,召集参观,组织座谈,发动大家对各种浪费问题,纷纷献策,进行抢救。因此运动取得显著效果,□□□□□□□□,总值达四二七六万元;同时实现了进一步贯彻勤俭办企业方针,降低原料消耗,加强技术管理,提高工人技术水平;发挥设备潜力,调整不合理的劳动组织;推广先进经验,进行技术革新;克服困难,试制新产品,尽速投入生产,以及注意安全生产,避免发生事故。总之,在整风、双反、反右派的斗争中,在种植试验田和下放干部的实践中,特别是在党的建设社会主义路线的照耀下,使全体职工提高了政治思想,改进了各个方面工作,实现了全面的跃进。因而一九五八年的生产总值,由国家计划八六六五万元而跃进到一五〇〇〇万元。

在场内举办的展览会上,来自全国各地参观的人们(三九三八人),不仅看到这个辉煌成绩,而且看到创造这个辉煌成绩的全体职工特别是许多先进的模范人物。

供销科副科长张延相同志一贯爱厂如家,时时刻刻地关心着厂内的一切公共财产。有一个晚上,收音机广播当夜有大雨,他就赶快起身,穿好衣服,跑到厂去,找人盖好没有盖好的物资。刚刚盖好之后,就下了倾盆大雨,而这些物资都完全没有受到损失。

工人李振海在党的号召和帮助之下,以创造性的劳动,抢救了国家的财产。有一次,电解反射炉正在加氧的时候,都忘记事前电业局停电的通知;随着,党总支立刻召集会议提出如何抢救铜水的问题。在大家研究和讨论中,李振海受到启发,提出一个有效的办法,就是在铜水上面敷以焦面和木炭,保护炉子的温度,另将烟道的抽尘匣打开,结果抢救了这一炉铜水。

张绍尧学技术,成绩特别显著。全厂有工程技术人员四十名,技术工人三四四名;其中绝大多数是在生产实践中,以师父带徒弟的方式而培养出来的。当然,每个人的成绩,也都离不开他自己的努力。张绍尧就是要学好合金技术而非常努力的一个。每天下班以后,他坚持业余学习,不论下大雨刮大风,从来没有间断过。他不仅关心理论学习,而且注意实际学习。为了学习,他戒掉烟、少做衣服,尽可能节约些钱,好去买一些书籍。他把他学到的东西,随时应用到生产上去。比如焦炭困难的时候,他便把学习所得,加以研究,设法用煤来代替,并且试验成功,而保证了生产任务的完成。

一等荣军张富信,是全厂著名的模范人物之一。近几年来,职工骤增,其中有二百多名荣复转业军人。他们有责任感荣誉心,有组织性纪律性,保持着中国人民解放军光荣的传统。他们来厂以后,每个人都有他自己的贡献,并有许多人已经获得社会主义建设积极分子的光荣称号。张富信就是他们的一个代表。在解放战争中,他立过两次大功。在抗美援朝第五次战役中,他被炮弹震破耳膜,听觉完全失去作用。领导为了照顾他的身体,决定叫他转业回家,至于他本人和他家庭生活费用完全由国家负担。但因他积极要求工作,一九五六年才来到厂里。领导还是为了照顾他的身体，叫他担任烧水看房的工作。他在工作中，非常热爱这个岗位，每天除了完成岗位工作任务外，他还主动地洗刷厕所，打扫环境卫生。由于他的工作积极成绩显著，后被提拔为勤杂班班长。他以模范行动，带动全班人员积极工作，因而有一个季度内，全班二十一名同志中，有六名被评为先进生产者。他两次出席市烈军属荣复转业军人社会主义建设积极分子大会，都受到了奖励。

此外，还有许多的职工们，在党的培养下，在群众的运动中，在自己忘我的劳动和工作中，他们先后成为技术工人、领导干部，成为模范人物。总之，他们的模范行为，大大地有助于合金厂的发展和跃进，同时，合金厂的发展和跃进，也使他们成长起来。

这个厂，由四个职工开始，发展到一千多职工。由一所偏厦发展到一座座巨大的现代化的厂房，由简陋的土锅和土设备发展到新型的电炉和洋设备，由没有一个技术人员发展到具有大批的技术力量，由一种合金发展到二百七十四种合金；这些产品遍销全国一千多个厂矿，其中若干品种，已成为出口物资，不仅供应了社会主义兄弟国家——朝鲜、越南等，而且远销到资本主义国家——黎巴嫩、新西兰等。到本年为止，总产值增长二十六倍，上缴国家利润，超过国家投资十一倍。由于这个厂发展迅速，影响深远，它除了在厂内举办的展览会之外，在首都举办的全国工业交通展览会上，也占有一个重要的地位。从市到中央党报先后都有报道和专文论列。

《辽宁日报》（一九五八年四月三〇日）头条新闻，开始就说："党的群众路线，勤俭办企业方针，在本溪市地方国营合金厂大放光彩。八年来，这个工厂依靠这两个法宝，由手无寸铁创起家业，高速的发展了工业。"

《人民日报》（一九五八年五月八日）记者有专文介绍，题为"独创风格的英雄工厂"。结尾说："本溪合金厂以政治为统帅，坚定地走群众路线，大胆创造，现已成为辽宁省发扬独创精神，勤俭办企业的一面鲜明的旗帜。"

《本溪日报》（一九五八年五月三一日）发表中共本溪市委员会的决议，号召全市厂矿企业掀起学习合金厂依靠群众勤俭办企业经验的热潮。决议说："合金厂几年来勤俭办企业，少花钱多办事，不花钱也办事的发展道路，正是符合党中央提出的鼓足干劲，力争上游，多快好省地建设社会主义的总路线的精神的，他们的'只要勤和俭，不怕穷和难'的革命干劲，共产主义的英雄气概，会启发我们对总路线精神的体会更深入一步，有了这种精神可以更好地贯彻多快好省的方针，因之，这就是成为另一个方向性的问题，而不仅仅是工作方法或技术问题。领导干部与群众同甘共苦，以实际行动带头影响群众的革命热情，依靠发挥群众的智慧，哪里有困难，领导干部就到哪里和群众在一起，就会使党的建设社会主义的总路线，有了保证。合金厂的不断提高技术试制新产品的实际情况，再一次证明了'大量的发明创造是各行各业从事于实践劳动的劳动者'，必须打破对科学技术的迷信思想，首先要思想解放，敢想敢干，不断的革新。大量的试制新产品的过程，就是提高技术、培养技术力量的过程，在实际操作中必须打破技术人员的保守思想，依靠发挥群众的智慧大胆的创造试验，这是群众性的技术创造过程，是今后开展技术革命运动的前提条件。至于搞好社会主义协作关系，必须有社会主义的整体观念指导思想一切为了社会主义，从社会主义建设，从整体出发去考虑处理协调问题，就可以防止扯皮和束缚生产力的现象发生，这也是我为人人，人人为我的共产主义的道德品质；合金厂职工群众忘我的劳动，不怕牺牲、困难的精神，大公无私、不计较个人得失利益的共产主义风格，也是值得大家学习的。因此，可以设想如果把合金厂的经验推广到全市的厂矿企业，将会大大的加速我们实现第二个五年计划的进度和生产出更好更多的产品，这样在全市厂矿企业掀起一个学习合金厂勤俭办企业的经验的热潮，就有着现实的重大的意义，而且是必须的了。"

　　由于党报大力的宣传介绍、合金厂丰富的内容，文学艺术工作者迅速地创作了多种的作品。本溪市话剧团演出话剧《红心虎胆》。本溪市评剧团演出评剧《中国的好孩子》。长春电影制片厂上映大型艺术纪录片《白手起家》。辽宁人民出版社出版以黄洪义故事为内容的《人民的好儿子》，以及各地出版的小人书种种。

　　通过这些创作，可以看到了工人阶级辛勤创作的成果，更可以看到了党英明领导的胜利，不仅教育了广大人民群众，而且鼓舞了合金厂全体职工更大的信心、更大的干劲、更大的跃进。

　　党总支书记张四维同志说：只要依靠群众，没有克服不了的困难。

　　中共辽宁省委第二工业部总结说：合金厂的领导干部依靠群众，在提前和超额完成第一个五年计划的基础上，现在正信心百倍地发动全体员工为了实现第二个五年计划而奋斗着。

十二、厂龄九岁

本市为了迎接国庆十周年，市区范围内重点工程已实现美化香化。车站前广场一带，建起葡萄架，配上彩色电灯。人民公园修筑环山柏油路，沿路装彩色灯，置长椅，可以任人游栖观览夜景。这是幸福之夜，愿游人们幸福。

从中华人民共和国建国到今年十月，恰是国庆十周年。从合金厂建厂到今年十月，恰是九周年，或说厂龄九岁。

在伟大的中国共产党、英明的毛主席的领导下，十年间，从土地改革运动到人民公社，从私营工商业改造运动到公私合营和国营，从政治学习和整风运动到思想改造，从生产竞赛到生产跃进和继续跃进，从恢复到过渡和建设社会主义总路线，我们国家已经走上社会主义社会。九年间，我们合金厂从"一二三四"到总产值一五一四〇万和近二〇〇〇名职工，生产设备已有全套土洋结合的冶金设备以及冶炼、电解、合金、压延、拔丝设备等，另有水源地、专电所、机修车间，在生活福利方面有俱乐部、畜牧场、食堂、浴池、托儿所、子弟学校等；几年来连续四十个月完成生产计划，提前一年零十个月完成第一个五年计划，被评为完成五年计划先进单位并完成财务、成本、文体、卫生、安全、转复军人、报刊发行等十六项跃进规划，取得区、市、省先进荣誉称号而获得十六面奖旗；特别是今年，在反右倾、鼓干劲、厉行增产节约运动的号召下，在跃进的基础上，继续不断地跃进，提前三十三天另十六小时全面完成全年生产计划。

这是党领导的胜利，群众运动的胜利。

今年，市委派来宋厂长，改组党总支成立党委，由张总支书记担任党委副书记，进一步地加强了党的领导。

并且，省委第一书记黄火青同志亲身来厂，听取张副书记的汇报，检查各个车间。他说这个厂很好，希望全体职工同心同德，继续努力。在临走前，他从记者手中取过照相机，亲自给大家照相，随后他又与大家合影。这个纪念，不仅是印在照片上，而且是记在心里，使每个职工牢牢地不忘，而在感激党。

特别是在党的八届八中全会向全党全民发出战斗号召之后，全市像全国一样，全厂像全市一样热烈地展开了反右倾、鼓干劲、厉行增产节约运动。党委立即组织职工学习市委的报告，用大鸣大放的方法，既务虚也论实，发动大家有力地批判了某些干部的"月初松口气，月末再加劲"的右倾保守思想。因而全体职工鼓起更大的革命干劲，迅速投入更加紧张的生产战斗。全厂领导干部和科室人员，分头负责，齐上火线；全厂工人在红旗竞赛和技术表演中，干劲冲天，勇往直前，因而全场面貌，日新月异。苏厂长带领六十多干部分赴全国各地找原料。在积极外找的同时，开展大力内挖的活动，将几年来积压的成千吨的废料，利用水淘、打罐、竖炉还原等民间原始冶炼方法，从废合金灰和铜釉子中提炼出纯金属代替好料使用；并设法让从来没有得到解决的收锌问题得到解决，以黄泥代替水泥、红砖，修筑收锌设备，因而提高回收率70%，仅全年可以为国家多回收一三○○吨氧化锌。特别是在生产方面，负责同志都走下车间，按生产区域包干，昼夜轮流跟班劳动，发现问题就地解决。比如副厂长葛连生、生产科长张延相等同志发现六号反射炉熔炼时间长问题后，马上召开现场会议，采取措施，使熔炼时间由四十二小时缩短到三十四小时，大大提高了产量。青年合金班干劲十足，不但完成生产计划，而且利用业余时间，回收废品，有一个晚上就回收了两吨多废铅。铅合金班大胆革新，采取炉内加大风量和扫清烟道等措施，由原炼一炉前铅四个小时缩短到两点五十分钟，创班产六炉的新纪录。铁合金班学习和采用吉林铁合金厂套炉打沙窝的经验以后，产量直线上升，原产一炉钨铁修一次炉，提高到炼七八炉才修一次炉，延长炉的寿命七倍，使日产量由二.八吨提高到四吨，全月可增产三十吨左右。冶炼车间六号反射炉郭长绪小组，干起活来，更是如龙似虎，刷新投料纪录，每炉由十一小时缩短到六小时，大大提高了精铜的产量。总之，全厂上下一心，团结一致，干劲一鼓再鼓，跃进一跃再跃，终于赢得本年日日红、月月红、季季红，成为一个满堂红的红旗厂。因此，著名的劳动模范黄洪义作为代表参加了今年在北京召开的全国群英大会。这是他的光荣，是全厂每个职工的光荣。

并且，在群英大会和怀仁堂，市话剧团演出了以合金厂为内容的话剧《红心虎胆》。中央负责同志们和代表们在看剧的同时，特别关心这个白手起家的合金厂。在怀仁堂演出中间，朱德委员长特意接见了市文化局和话剧团的负责同志。他非常关切地问道："这个厂子还叫合金厂吗？在本溪的什么地方？那四个人都还在吗？"

朱德委员长对合金厂的关切，是党、人民和国家对合金厂的关切；关切着它的"四个人"——苏新军、姜新冰、曹平，赵广昌；关切着它的白手起家，它的发展，它的历史。

它的历史是短暂的，仅仅九年。在这九年里，由于伟大的中国共产党和英明的毛主席的领导，和全国各兄弟厂矿的大力的支持和全厂职工的忘我的努力，它发射出灿烂的光辉、创造丰富的成果，而它的这本小小的历史，只不过是它的一个简单的轮廓、一个模糊的缩影而已。

最后，让我们预祝：在未来长久的岁月里、在社会主义共产主义的时代里，它将闪着耀眼的光芒，创造着惊人的奇迹，而写出动人心弦的历史，并在伟大祖国的重工业城之一的本溪市志里，占一个重要的位置、一页令人不忘的篇幅。

1959年12月15日